小说眼·看中国 丛书

守望黑夜

陆东平 编

山西出版传媒集团
北岳文艺出版社
·太原

图书在版编目(CIP)数据

守望黑夜 / 陆东平编. —太原：北岳文艺出版社，2018.8
ISBN 978-7-5378-5458-0

Ⅰ.①守… Ⅱ.①陆… Ⅲ.①中篇小说—小说集—中国—当代②短篇小说—小说集—中国—当代 Ⅳ.①I247.7

中国版本图书馆 CIP 数据核字(2017)第 296529 号

书　　名	守望黑夜
策　　划	续小强　左树涛
编　　者	陆东平
责任编辑	范　戈
书籍设计	张永文
印装监制	巩　璠
出版发行	山西出版传媒集团·北岳文艺出版社
地　　址	山西省太原市并州南路 57 号
邮　　编	030012
电　　话	0351-5628696(发行部)
	0351-5628688(总编室)
传　　真	0351-5628680
网　　址	http://www.bywy.com
E － mail	bywycbs@163.com
经 销 商	新华书店
承 印 者	山西人民印刷有限责任公司
开　　本	890mm×1240mm　1/32
字　　数	200 千字
印　　张	8.25
版　　次	2018 年 8 月第 1 版
印　　次	2019 年 1 月山西第 2 次印刷
书　　号	ISBN 978-7-5378-5458-0
定　　价	32.00 元

目录

王祥夫 _ 浜下　001

秦　岭 _ 吼水　016

陈继明 _ 灰汉　033

邢庆杰 _ 鲁北四记　089

刘醒龙 _ 守望黑夜　100

毕飞宇 _ 蛐蛐 蛐蛐　143

陈应松 _ 醉醒花　157

陈　伟 _ 神秘角落　166

杜开春 _ 丁香溪　194

乔洪涛 _ 吹猪　203

陈崇正 _ 黑镜分身术　219

浜　下

王祥夫

1

怎么说呢？婆婆过了年就八十三了，但身体还很好，还能自己给自己做饭吃，和子粥和米饭，她总是吃这两样。婆婆还能自己给自己洗衣裳，还养着十几只鸡。早上起来，婆婆会把窝里的鸡一只一只地摸一摸，看看哪只鸡的肚子里有蛋。婆婆做什么都一五一十，清清楚楚。春天暖和起来的时候，婆婆可以坐到外边去，在院门口的树下和村子里的老婆婆们坐在一起说说话，一边做做针线活儿。按照浜下这边的规矩，婆婆现在是要给自己做寿衣了。

婆婆的两个女儿和两个儿子都和婆婆住在浜下，既然已经都成了家，他们就各忙各的，他们要是不忙就坏事了。要想把日子过好就得忙，他们在坡地里劳作。比如薅红薯或起山芋，或是在村子里过来过去，好像是，只要能远远看到自己的母亲坐在门口他们就放心了。一个人只有得了病才会让人不放心，婆婆身体很好，所以他们就放心。放心的结果就是他们只顾各忙各的，忙得简直好像是疏忽了婆婆的存在。反正婆婆身体是那么好，还能和村子里别的婆婆在一起有说有笑做活计。

婆婆八十三了，眼睛却还很好，居然还能绣花，婆婆要给自己最后穿的鞋子上绣两朵牡丹花，这是老规矩。青色的鞋面上绣两朵好看的牡丹花，牡丹花是红的，大红，配着两片碧绿的叶子，大红大绿，真是鲜亮。这鞋子呢，是九层底，五层面，穿着才结实，才能一路走到另一个世界里去。但婆婆毕竟是老了，五层布的鞋面上绣花原是很吃力的，一针下去，要把针从另一边抽出来就很吃力，婆婆就用牙咬住针把针一下一下抽出来。这样一来呢，就出事了。出什么事？是婆婆把那绣花针一下子咬断了，一半儿断在手里，是有针鼻儿的那一半儿，另一半还在鞋面上。婆婆就用牙去把鞋面上的那半根针一点一点抽出来，那半截针是抽出来了；旁边的老婆婆们却都大吃了一惊。她们都看见婆婆还没来得及把那半截针从嘴里吐出来，就咳嗽了一下。这时候能咳嗽吗？好家伙！但婆婆忍不住，咳嗽是能忍得住的吗？连婆婆都明白，那半根针给自己一下子就咳嗽到肚子里去了，周围的人都吓慌了。

婆婆的大闺女很快就跌跌撞撞地赶来，已经有人把婆婆吃了针的事跑去告诉了她。婆婆的大闺女正在家里莳弄春菜秧，把菜秧一块一块分开，每一根菜秧下边都要带着一块泥，菜秧是碧绿碧绿的，泥块儿是油黑油黑的。这是一个多么好的春天，她下午就要种菜了。有人跑来给她报了信，她当下就慌了手脚，顾不上那些菜秧了，一路跑着到了母亲家，胸脯起伏着，起伏着，眼里早已蓄满了泪水。她忽然觉着：是自己的不对，怎么能让母亲自己做鞋？

婆婆的大闺女一路跑一路后悔，自己在心里算一算，从过年到现在，她都有三四个月没好好去母亲家坐坐了。只是，做了什么好吃的，或者就是两个油煎蛋，她都是让自己的闺女给母亲送去。她觉着这就是孝心。但现在她觉得这不是孝心了，是不孝！都四个月了，她都没好好到母亲那里坐一坐，她总是忙，她的儿子要结婚，她天天总是想着怎么才能多给儿子挣点钱。她让这个念头给关了禁闭，禁闭得都没有一点点时间去看自己的母亲。她也是太累了，时间都一分一秒紧挨着，每一分钟都有每一分钟的事。喂鸡，喂鸭，喂猪，种菜，做豆豉，做酱，做霉干菜，做皮蛋，做了还要卖。早上六点多就要起来，先是把鸡圈打开，像她母亲一样把一只一只母鸡都捉住检查一下，也就是，把两个手指塞到温暖的鸡屁股里，看看里边有没有货，再看看那年轻的小母鸡的屁股门儿开了没，要是两个手指能松松快快地伸进去就说明这年轻的小母鸡也要下蛋做母亲了。她养的鸡比婆婆多，但她心里都记着，这天一共会有多少蛋，她都要一个不少地收回来。然后是喂鸡，然后是喂猪，喂猪喂鸭用的都是猪食。鸭子这东西很讨厌，吃完了还要喝点儿水，又不老老实实地喝。其实它们不是喝水，是在那里涮嘴，把个扁嘴放在水盆里涮来涮去，好像它们都爱干净爱得了不得了，或者就干脆跳进盆去洗澡。婆婆的大闺女很讨厌这些鸭子，就用一大块铁板把那个给鸭子喂水的大木盆子盖住，只剩下两边窄窄的缝隙，那些鸭子就只能把头探进去喝点水，想涮嘴就不得要领。鸭子下蛋一点点规矩都没有，到处乱下，简直是四海为家，没心没肺！婆婆的大闺女也要把那些母鸭子一个一个检查过来，鸭子真是脏，要不浑身的毛湿漉漉的，要不就是浑身的毛都一撮一撮粘到一起。检查完，婆婆的大闺女就会把要下蛋的鸭子都圈起来，这样一来它们就有意见了，不停地叫，不停地叫，团结在一起，把肥屁股摇过来摇过去地叫。

"叫就叫吧。"婆婆的大闺女对它们说，"我反正没时间跟着你们的肥屁股到处捡你们的蛋。"

婆婆的大闺女赶到了母亲家了，满眼的泪。她看见母亲了，身子不由得一软，就靠在门口的树上。婆婆呢，没事一样，坐在门口的竹凳上，眯着眼，弯着腰，正在那里拣米，看样子要做中午饭了。米是盛在一个竹篾小笸箩里，给太阳照得白花花的。婆婆总是一做就是一大锅饭，她这样做惯了，这样一来呢，婆婆就总是吃剩饭。婆婆的大闺女对婆婆说过不知有多少次了，要她每次少做一些，顿顿就可以吃新鲜饭了。"要是有客人来呢？到时候给客人都端不上来一碗饭。"婆婆总是这样说，还总是把锅底的焦锅巴存在那个瓷坛子里，到了年里还总是把锅巴炒炒给孩子们用红糖水冲冲吃。

婆婆的大闺女，气喘吁吁的，抢几步，一下子冲到婆婆的身边，却不知道说什么了，却马上又知道自己要说什么了。说什么呢，说那半根针？"是不是？真咽到肚子里了？怎么就咽到肚子里了？"婆婆大闺女的手在母亲身上这里摸摸，那里摸摸？其实就是乱摸，没一点点道理，没一点点主张，没一点点方向感。这里，那里，疼不疼？婆婆的大闺女又让母亲把嘴张得老大，她要看看母亲的嘴，是不是那半根针就卡在牙齿上？或在什么地方扎着，也许在胃里，也许在肠子里，也许已经都跑到了脑子里了。就这样摸来摸去，婆婆的大闺女倒把自己摸出了一身汗，汗能摸出来吗？是急出的汗。婆婆的大闺女急也没有法子，她没主意，她没主意就只会把母亲的米笸箩接过来挑米，却左挑右挑挑不在心上。抬头朝屋里看看，屋里是暗黑的，外边的太阳白花花的，太阳从屋顶上的烟窗照下来，白白的一块，在地上。因为这白白的一块，屋子里就起了反光，渐渐让人能看清了，屋子里真是乱。这又让婆婆的大闺女心里难过，从过年起她就没再给母亲把家收拾一下。她想真是应该给母亲收拾收拾家了,但就是不知道还会不会有这个机会。她不挑米了,把米笡箩放在了一边,两眼看她母亲,好像能在母亲的脸上看出个答案。这时候,婆婆另外的两个儿子和二囯女也都急急地赶来了,他们也都得知了消息,也都吓坏了,扔了手里的活就跑来了。针可不是别的什么东西,怎么会把针吃到肚子里?婆婆的四个儿女是不约而同,是又急又怕。

  婆婆呢,也有点儿着慌,四个儿女同时出现在婆婆的面前,对婆婆而言简直是少有的事情,除了过年才会这样,这是过年吗?又不是过年。这就让婆婆有些慌,说是慌不如说是激动,说是激动又不如说是高兴。她是老了,好像根本就不知道把半根针吃到肚子里会有多么危险,倒要张罗着多加些米做饭了,又兴冲冲去屋后的地里多摘了些春菜。屋里烟窗上还吊着腊肉和腊鸡。在她,像是要过节了,这时候,倒是婆婆的两个儿子和两个囯女都呆在了一边。婆婆的二囯女和婆婆的两个儿子已经去问了一下,问谁?问那些和婆婆一道说话做活计的婆婆,婆婆的儿子和囯女得到的回答是肯定的,母亲肯定是把那半根针吞到肚子里了。而且呢,他们看到了那另外半根针,在母亲的针线笡箩里,针鼻上还拖着条绿线。

  婆婆的儿子和囯女一时都没了主意,你看看我,我看看你,最后又都把目光停留在他们的母亲身上。多少个日子?日子简直就像树上的树叶一样数不清,在这些数也数不清的日子里,因为忙,他们都忽略了母亲。这时候,他们是清清楚楚明白母亲的存在了,而且是老了,走路和以前不一样了,他们的母亲,从屋里出来,再进去,把腊肉从天窗口上用绳子放下来,再把篮子吊上去,动作都迟慢了。由于两儿两女都突然来了,婆婆是激动,她的激动就是要做饭给孩子吃,腊肉已经放在盆里泡着,还有腊鸡,是半只,已经不是鸡的模样,什么模样呢，谁也说不出来，也泡着。婆婆的儿女都看着母亲在那里忙，好像都有些不认识自己的母亲了，是这样，怎么会是这样？腰弯得这样厉害？那半根针，在母亲肚子里的什么地方？婆婆的两个儿子和两个闺女都盯着自己的母亲。而忽然，没有交谈，没有说话，他们忽然都跳起来拦住母亲不要母亲做这餐饭了。婆婆的大闺女说："赶紧去医院吧，还吃什么饭，让医院照照透视，先看看针在什么地方。"

婆婆忽然生气了，拍拍手，大声说："米在锅里，怎么就能去医院？"婆婆的兴奋和激动突然遭到了阻击，生气了，"嚓啦嚓啦"去灶头炒菜了，碧绿的青菜和腊肉在锅里的热油里油汪汪地忽然有了节日的气氛。婆婆来了拗脾气，偏不让两个闺女帮她，好像是，她还不老，她还是当年，她要给她的儿子和闺女吃一顿好饭。她这样做，只能让她的儿子和闺女更伤心，他们坐在那里面面相觑，他们一点点办法都没有？他们只知道那半根针随时随地会把他们的母亲带到另一个世界里去。也许是明天，也许是后天，也许是马上。

婆婆在四个儿女的搀扶下，从县医院出来的时候天落雨了。

2

婆婆的四个儿女都已经明白了，那半根针就在母亲的胃里边。先是，透了一下视，后来，又拍了一个片子，婆婆的四个儿女都把那片子看了又看，都明白片子上那一小截儿东西就是针。婆婆的大闺女在家里是老大，她去问大夫："那针会怎样？到底会怎样？"大夫说："会怎样？哪个知道会怎样？针是会行走的，谁也不知道它会行走到哪里，因为胃是活的，会一刻不停地动，它要动，谁也不能不让它动，它一动针就会跟上到处走。"婆婆的大闺女吓坏了："那肠子呢？肠子是不是也会动?""当然会动了,要是不会动,吃下去的东西就像是进了仓库,会堆积起来,会把肠子堵起来。"大夫说唯一的办法就是把它开刀取出来,但婆婆这样大的岁数能动手术吗?大夫看着婆婆的大闺女。婆婆的大闺女在那一刻已经想好了,把家里的猪和鸡鸭都卖了,给婆婆动手术。"能不能动?"婆婆的大闺女又问大夫。"这样大岁数?你说呢?"大夫倒像是在考婆婆的大闺女。"你说呢?"大夫又说。婆婆的大闺女当然答不上来,看着大夫。那个大夫,表情十分严厉了,问:"怎么会把针搞到肚子里了?怎么回事?这样大年纪,又不是两三岁小孩儿。"

婆婆的大闺女简直是昏了头,怎么说,是跟跟跄跄跟在母亲和弟弟妹妹的后边,最后一个从医院里出来。她好像是一下子没了方向感,不知去什么地方了。在雨里,有一头没一头地领着母亲和弟弟妹妹乱走,她现在是在心里责备自己,责备自己的结果是想给母亲马上做些什么。

做什么呢?这念头毫无目标。雨细细地下着,她忽然就领着自己母亲进了离县医院不远处的商店。她的两个弟弟和一个妹妹都在她后边跟着,心里也都慌慌的,也都已经没了主意。小商店里的地上都是泥巴,红色的泥巴,因为下雨,地里无法做活,农民们就赶到商店里来买东西,把商店里踩得到处是泥巴。小商店不大,是狭长的,左边的柜台呢,是百货、暖水瓶、饭盒、奶瓶什么的摆在货架上;右边是布匹,一板一板花花绿绿地立着,又一卷一卷奢华地在柜台上铺陈着,花色一律都鲜鲜亮亮。婆婆的大闺女是昏了头,没头没脑地领着自己母亲先到小百货那边看了一下,其实她的心不在这上边,一直走到卖农具的那边了,看到涂了黑色防锈漆的犁铧了才停了脚,愣了愣,才明白这是农具。看农具做什么?自己家里又不准备买这些。就又领了母亲往回走,她带着母亲站到卖布匹的柜台前了,念头是突然产生的,她忽然就想起要给母亲买块做被面的花布了。她要母亲看,哪块花布好?一连看了几块,是那块大红大绿的花布,上边满是牡丹花和孔雀的真是好看。婆婆用手摸了又摸,还揣了揣厚薄,说是好布。婆婆的大闺女便让售货员打开米尺在那里量了,一共四米,从中裁开两幅便是六尺长四尺宽的一个被面了。婆婆问:"是给伢子结婚用?"等听到是给自己扯来做被面时便一下子激动起来。婆婆的激动是不要,说:"我能盖几年?这是浪费钱!"婆婆这样一说,婆婆的大闺女就更伤心了,更觉得对不住自己的母亲,她背过脸,怕自己的眼泪掉出来。婆婆的那床被面早该换了,早洗糟了,还用两块旧毛巾补了被头。花被面已经给售货员卷了起来,婆婆的大闺女又扯了被里,要最软的那种,售货员在那里"嗞啦"一声把被里扯开的时候,婆婆的大闺女就更伤心了。好像是,她从来都没有好好想过母亲的事,这回要想了,却也许是最后一回,最后一回。

外边的雨还下着,婆婆在四个儿女的簇拥下从商店里出来时,小街上雨漾漾的,石板路亮亮的,像在上边抹了清油。道边的玉兰要开了,毛毛的花骨朵已经裂开了,露出里边嫩白的花瓣。桃花也要开了,枝头上星星点点地红着。这就是春天的好,下着雨,花还要开。因为下着雨,婆婆的二闺女把自己的绣花围兜解下来给婆婆轻轻罩在头上。就这样,两个儿子,两个闺女都走在婆婆两边,石板路上到处是泥,红泥巴,又给雨水稀释着,倒有一种喜庆的意味。就这小街,婆婆年轻时也不知带着她的孩子们走了有多少次,但这次却好像格外地新鲜,这样的日子倒好像要从无数过去的日子里一下子跳了出来,有格外不同的意义,格外让人担心,格外地让人不安,格外地让人难过。

婆婆的小儿子忽然站住了,看看道边的抄手小店,对他的大姐说:

"咱们去饭店陪妈吃吃抄手好不好？"口气虽是商量的，却是决定了的，不容任何人反对。"咱们陪妈吃一回吧。"婆婆的小儿子又说，眼睛红红的。婆婆的四个儿女里数这个小儿子惯得娇纵。当过四年兵，在北京还参加过国庆阅兵式，人长得精精神神，黑黑瘦瘦的那种精精神神。他在村子里的小炼铁厂里上班，工作很苦，每天要出大量的汗，热得很。因为是给私人做活，所以总是没有休息的时间，总是累得要命。总是没有时间去看一看母亲，所以他更内疚。

婆婆是第一次在饭店里吃东西，进去，坐下来，在那里倒有些不自在起来，仿佛是，有些害羞。婆婆用手轻轻拢拢筷子，再摸摸酱油壶，百般的不自在，看看这边，看看那边。抄手这时给服务员用一个盘子端上来了，一共是四碗。婆婆的小儿子觉得这还不够，看看那边，又要了小笼包子，一共是五屉，每一屉里是五个荸荠大小的包子。红油抄手红汪汪的，无端端让人觉着富足和喜庆，但婆婆的四个儿女都不说话，肚子里满满的都是心事，都眼巴巴要看着他们的母亲吃。婆婆的饭量一向好，这时偏又变得不好了，偏要把自己碗里的抄手一个，一个，一个，一个地给四个儿女的碗里分了一回。这是老习惯，婆婆总是这样，从孩子们小的时候就是这样子，总是怕孩子们吃不饱，自己总说自己吃不了这许多。一碗抄手，夹来夹去，她自己的碗里，倒只剩下清汤了。四个儿女面面相觑，猛然回过神来，又争着你一个我一个给母亲往碗里夹了一回，婆婆那边便是满满的一大碗了，都冒了尖儿了。

外边的雨下着，只是不大，好像是有，又好像是没有，饭店门口的那株玉兰树上，有一朵玉兰，开了，白白的像是要放出光来，又一朵也跟着开了，好像还发出了轻微的响声，"啪"的一声。

3

很快就到了晚上，村子里的"赤脚"头顶着一块红塑料布赶来了。"赤脚"现在河头的纸厂做工，人辛苦得一天比一天瘦。就这个"赤脚"，早年做过赤脚医生，认识不少坡地上的药材。他知道了婆婆的事，赶过来是要告诉婆婆一个偏方。他想不到婆婆的儿女都在，说你们在就好了，你们几个马上都去找韭菜。"赤脚"说针这种东西就怕挂在肠子上，韭菜吃到肚子里就会把针给带下来。比如钉子、铁丝，只要是吃到肚子里，就都会给韭菜带下来。那一年，村子里的花牯牛，吃了这样大，不，这样大一枚钉子，还不是给韭菜带了下来？

婆婆的两个儿子陪"赤脚"坐在堂屋里说话，抽烟和喝茶，堂屋里的灯黄黄的有点暗，暗就暗吧，暗又不妨碍说话。婆婆的大闺女在另一间屋里，却已经开始给母亲做新棉被了，她说什么也要让母亲盖一回新棉被。婆婆的大闺女在心里这样想，两眼便红红的，好像是，婆婆马上就要离她们去了。婆婆的二闺女也没有回去，她的眼睛也红红的，两只眼简直是一刻不离地随着母亲转，好像是要把那半根针从母亲的身上盯出来。婆婆呢，好像不知道针吃到肚子里会有什么后果，会有多么危险，她只是兴奋，不停地出来进去出来进去，不停地让茶倒水。两儿两女，多少年了，一下子都回到这间老屋里来，这真是少有的事。婆婆的兴奋是一浪一浪的，又把过年时放起来的核桃和桂圆从老柜里取了出来，"哗啦啦"撒在桌子上，要儿女们吃，要"赤脚"吃。做完这些，婆婆又坐到那里去收拾那半只风鸡，一点点地拔毛，一点点地清洗。这风鸡，切了丁，放了辣子和豆豉一起炒最最下饭。婆婆又忽然想起了什么，对两个儿子说："好不好，明天要媳妇她们和孩子们一齐都来?"

"您真以为是过节啦!"婆婆的小儿子原是娇纵大的,忍不住大声说了一句,他是心里急。说完这话,他马上就后悔了,便抢过母亲手里的风鸡收拾起来,他什么时候做过这种活计?

为了做那新棉被,另一间屋里已经换了大灯泡,这样一来呢,就更像是过节了,节日呢,也就是这种气氛。要是没有事,谁家会点这样大的灯泡?和婆婆相邻的人家来人了,他们关心婆婆是不是出了事?那半根针,说不定什么时候就会把婆婆给带走了,也许一下子就会扎在心上,也许,那针已经走到了脑子里。人们看着婆婆,眼睛里,怎么说,都有些惜别的神色。来看婆婆的那些女人们,甚至眼睛都湿湿的。再加上,婆婆的两个儿子,都坐在堂屋里,声音都放低了,有些神秘,有些要出事的那种气氛。婆婆的两个儿子和"赤脚"在那里说话,在别人看来好像是在商量事。商量什么事?能商量什么事?这真让人担心。邻居毕五家的,吃过晚饭已经多时了,却又专门做了一碗热腾腾的黄酒鸭肉和豆腐来,下着雨,她顶着雨,把那碗鸭肉和豆腐端来要婆婆吃。

婆婆的两个儿子很快都冒着雨打着赤脚出去了,他们听了"赤脚"的话去找韭菜。在他们的村子里,没有种韭菜的习惯,因为地气太湿。婆婆的村子在浜下,所以这村子就叫"浜下"。婆婆的两个儿子去了浜上,浜上的地气干一些,到半夜的时候,婆婆的两个儿子都浑身湿漉漉地回来了。韭菜呢,足足弄回了两大捆,是去地里现割的。"赤脚"已经吩咐过了,韭菜一拿回来就要让婆婆生着吃一些下去。婆婆便坐在那里,神色有几分庄重,开始吃韭菜,一根一根吃,婆婆的四个儿女都看着母亲吃。婆婆能吃多少韭菜呢?婆婆的四个儿女又都怕母亲吃坏,毕竟是生韭菜。看着母亲吃过韭菜,婆婆的大闺女要自己的两个弟弟赶快回家去休息,她让自己的妹子也回去,但婆婆的二闺女说什么也不回,要和她姐一起给母亲做那床新棉被。"那也好,你们回,有什么事就去喊你们。"婆婆的大闺女对自己的两个弟弟说。这时候已经夜深了,外边呢,却忽然又想起了"扑通、扑通"的脚步声,是"赤脚"。"赤脚"忘了一件要紧事,睡下了,又穿了衣服顶了那块红塑料布忙忙地赶了来。他告诉婆婆的四个儿女,要观察一下婆婆的大便:"人老了,肠子滑,有什么马上就会拉下来,如果顺利的话,如果没有扎在肚子里的话,最好拉一次看一次,也许会拉下来。""赤脚"赶过来就为了吩咐这句话,吩咐完又匆匆回去了,雨打在他头上的那片红塑料布上,"沙沙沙沙"响。

婆婆的两个儿子,也索性不回了,从小睡惯的老棕床还在,兄弟俩双双洗了脚,就睡在那里了。婆婆呢,刚刚才平息下来的兴奋又一浪一浪地重新兴奋起来,又去老柜里取了被褥要给儿子盖,被褥放在老柜里都发了霉,或者那就是老柜子的味道。就是这味道,让婆婆的儿子觉着亲切,这亲切却又是伤感的,多少关于过去时日的回忆都一下子随着这味道来了。"你先睡,我听着。"婆婆的大儿子要弟弟先睡,母亲那边的动静由他来听:"人上了年纪,说不定什么时候就要解手。"但他不睡的原因还在于,他怕母亲说不定什么时候就给那半根针带走了。那半根针现在在母亲身上的什么地方?在肠子里,还是在胃里?也许都快走到心里了。这样的担心,让谁能睡得着?婆婆的二儿子呢,却非要让他哥先睡,说母亲那边的动静由他来听,他还年轻。结果呢,是兄弟俩都不睡了,都趴在枕头上说话抽烟,耳朵呢,听着母亲那边。婆婆在那边屋子里咳嗽了一声,又咳嗽了一声。她一咳嗽,这边的兄弟俩就静下来,听着,两个烟头在暗处红红地一闪一闪。

婆婆的两个闺女呢,现在也是给自己的行为激动着,她们什么时候这样连夜赶着做过被子？两个人，一个在这头，一个在那头，把被里被面和棉花套子一针一针先用红线引了，再用蓝线拦腰缝一遍。红线是避邪，蓝线呢，是拦住的意思，是要把母亲的性命拦住，不要她走。棉花套子是从婆婆大闺女家里取的，是婆婆的大闺女准备给儿子结婚用的，这时却先给婆婆用了，婆婆的大闺女是不由分说，非要把儿子准备结婚的棉絮给母亲拿来用。其实她的儿子和丈夫没有一点点反对的意思，她的眼里却有眼泪了，好像是，他们已经反对了；好像是，他们已经惹了她了；好像是，他们已经对不起她了。婆婆的两个闺女，这时头对头缝着被子，却都不敢说母亲肚子里那半根针的事。她俩说些什么，是有一搭没一搭，是鸡短鸭长，耳朵呢，却听着母亲那边。婆婆咳嗽了一声，又咳嗽了一声。她俩就不说话了，屏住气听着，婆婆那边没动静了，她俩就又有一搭没一搭鸡短鸭长地说起来。婆婆那边忽然又有动静了，这一回，好像是下地了。婆婆的两个闺女就急忙停了手里的活儿，下床去了母亲那边；婆婆的两个儿子呢，也急忙下了地。婆婆那边，果真是摸摸索索下了地。

"是不是要解大手？"婆婆的四个儿女都忙忙地问。

婆婆却笑了，她起来做什么？真是让人想笑，都什么时候了，婆婆忽然想起了那几个橘子。想起橘子是什么意思呢，是要拿给儿子和闺女吃，那几个橘子都已经干了。这都是什么时候了？是后半夜。婆婆的兴奋真是一浪一浪的。

早晨终于又来了，这是一个多么好的早晨啊，村子里一晚上绽开了那么多玉兰，玉兰花让整个村子像是一下子变得明亮起来，好像是，分外多了一些阳光。乡村里的人都起得早，人们又看到婆婆了，又在那里把她养的鸡鸭放了出来。她好像什么事都没有，像往日一样，该做什么还做什么，这就更让人担心。接着呢，人们看到婆婆坐在那里择韭菜,好像真是节日降临了。婆婆的两个闺女这时已经睡下了,她们已经把被子做好了,被子做好的时候天都快亮了,这大红大绿的被子现在就盖在婆婆的两个儿子身上。

早晨终于又来了,婆婆"托托托托、托托托托"在那里剁腊肉了,声音木钝钝的,但传得很远。也许是这木钝钝的剁腊肉声又惊醒了婆婆的小儿子,他忽然醒来了,一下子坐起来,问他母亲:解了大手没?问完这话,婆婆的小儿子自己先就笑了起来,笑过又躺了下来,他是太紧张了。

天快亮的时候,婆婆已经解了大手,就解在马桶里。婆婆的四个儿女简直是太紧张了,这紧张就是要他们看看母亲的排泄物里会不会有那半根针。婆婆的四个儿女在那里解剖和研究婆婆的排泄物了,在灯下,也不嫌那气味。他们在心里,也许都是这样想,小时候,婆婆就是这样一把屎一把尿把自己带大的。他们一点一点把婆婆的排泄物弄开,一点一点,一点一点地看。后来呢,是婆婆的小儿子大声叫了起来,这叫声传得好远,几乎惊动了整个浜下,邻居们都听到了。毕五家的,忙忙披了衣服冒了雨过来,以为婆婆不行了。想不到,婆婆的小儿子在婆婆的排泄物里看到了,亮亮的,是什么?就是那半根针!

早晨又来了,慢慢升起来的太阳把村子里的玉兰花照得简直是晃人眼。婆婆真是福大命大,她又在那里坐着"托托托托、托托托托"剁她的腊肉了,腊肉剁好,还要切韭菜,细细切了,她要做肉饼给孩子们吃。婆婆的四个儿女呢,在这春夜里,简直是只合了一下眼,现在都又出去了,各忙各的去了。

这毕竟是春天,春天的日子就是金子,谁浪掷得起呢?他们都有许许多多的事情做,他们各有各的家,婆婆没事就好了,他们就放心了。日子呢,又回到了往日的轨道上。婆婆说好了要他们中午都过来吃肉饼,但婆婆的四个儿女实在是都太忙了。大闺女马上就表示中午实在是顾不上来了,针拉下来就好了,她要去种菜了,菜秧怕都要放蔫了。二闺女家里要起稻秧,还雇了外人帮忙,中午就更顾不上过来。婆婆的大儿子,原来就说好的,要去县城拉一趟化肥。二儿子呢,要赶去上班,给私人做事,一天都误不得。

  婆婆在那里又"托托托托、托托托托"地剁着她的腊肉,她觉得腊肉剁得还不够细,一边剁,婆婆一边想,她觉得自己昨天真像是做了一个梦,四个儿女忽然都回来睡在这间老屋里,多少年都没这样了,团团圆圆真像是过了一个年,两个闺女还给她连夜赶做了一床新被子。婆婆还不糊涂,现在是,她后悔自己怎么就把那半根针解大手给解了出来,要是不解出来该有多好!婆婆的眼里忽然有了泪水,但她马上把这泪水擦了,她看见邻居毕五家的从那边过来了,婆婆站起来,笑着,招招手,非要毕五家的进屋看看那床新花被,看看花被子上那一大朵一大朵的牡丹花。毕五家的也笑着,随婆婆进了屋,婆婆把那床新花被打开了,铺在床上了,花被上的牡丹花开得有多么好,一大朵又一大朵,一大朵又一大朵,婆婆给邻居毕五家的不停地指着,数着,说着。指着,数着,说着,身子却突然朝后边一下子倒了下去。

  倒下去的那一刹那,婆婆满眼里都是红色的牡丹花,一朵又一朵,一朵又一朵,一朵又一朵,一朵又一朵……

选自《人民文学》2005年第1期

吼 水

秦岭

1

谁听过这样的吼声呢？那天的尖山人纷纷竖起耳朵，拉直了追寻的目光。吼声分明走样了，像曲里拐弯的老藤，一网子过去，把尖山兜了。

早先的尖山人习惯了吼，但咋吼也到不了这嗓子。日子里的吼声往往是这样的："哎——娃他大——回来吃饭来——"这是女人们站在村口、崖畔、沟沿的吼法，一吼，准有男人从庄稼地里冒出来，晓得饭熟了。后来旱象重了，吼饭慢慢变成了吼水："哎——娃他大——回来喝水来——"。男人就晓得女人找着水了。人这东西，像极了脚下的庄稼，缺肥，蔫也就蔫着，可一旦缺水，身子上下就没了形。人活一口气？不对，人活一口水。老子训斥懒汉小子："你简直是个饭桶。"小子态度诚恳："大大，我是饭桶，但更是水桶，渴！"再后来,连吼水也稀罕了。你敢吼?试试,女人麻绳一样的尾音还在崖畔绕呢,准有人翻墙蹿进厨房,水缸里那么点稠泥浆,准被搜刮得不见一丝湿气。

"啊——吁——啊——"

那天的吼声来自董球,真格是惨透了!像尖锐的铁钩子。——事情是这样的,当时,习惯了吃草的马,突然抢前几步,大嘴一张,从董球身后发起了袭击,目标很明确:董球的左耳。只一口,像是一片汁满肉厚的嫩叶没了。

正午的空气瞬间拉紧了弦。那天的日头,喷火的意思。天旱已经让尖山村伤痕累累,日头一毒,等于伤口上铺了厚厚一层盐巴。当时,帮董球修建水柜的帮工们渴得要命,都歇了手,眼巴巴期待董球从山下背来的水呢。一顶顶草帽,宽檐儿,像嘴脸的掩体,抵御着紫外线狂躁的扫射。董球和他的马终于从山坳里探出了头,像平地冒出来一个泉眼儿,清亮亮的,由小变大,越来越近。"水!来了。"包工头邓念泉悲壮地喘了一声。好像董球和马都不是真的,只有水才是真的。帮工们一个个伸长黝黑的脖子,像一只只困在旱地的黑鹅。事情就这样发生了,从天而降。

有那么几秒钟,董球像是木了,呆了,一只手照样攥着缰绳,另一只手朝身后揽着装满水的塑料桶,半边脸像崖畔的树茬上钩住了一块湿漉漉的红绸布,在没有风的正午飞流直下。几秒钟后,董球才被自己的惨叫惊醒,撒手,慌忙摸着自己的脑袋。塑料桶自杀一样从他伛偻的背上一跃而下,轰然开裂。水逃命似的窜出来,尚未形成流窜的态势,就被枯焦的大地合围吞没,只剩几丝残留的蒸汽。苍天在上,不可一世的日头,在那个瞬间一定愣神了,头重脚轻,一个倒栽葱要翻到人间来的样子。

倒栽葱的只是董球。陡然升腾而起的干尘弥漫开来，这是驴打滚时才有的云遮雾罩。董球的两手死死捂着左耳部位——左耳早已告别了脑袋。显然，马用的是毁灭的力量。面对惊愕的帮工们，这匹驮着水泥和石料的马目空一切地昂起它干瘦的头颅，目光轻蔑，下巴上扬，惨白的牙齿锁成了地牢，上下唇夸张地外翻，托出一团熊熊燃烧的红色火焰，那是乡亲董球的血。

只有麻雀狐疑不定地从头顶掠过，从这个树梢，落到那个树梢，从那家屋檐，落到这家屋檐。群山一如既往地凝重、苍白、肃穆。家家户户的泥瓦房呈阶梯状悬挂在层层叠叠的崖畔上，每户人家院外正在修建和刚刚建成的水柜，高高矮矮，肥肥瘦瘦，都说像抗日影片里的半截炮楼，可是，从对面坡上望过来，像是院外多了一只大眼睛。这几十只眼睛似乎睁得很大，目光射向董球家的水柜工地……

"快！"帮工们仿佛从大梦中醒来。

当务之急，解救耳朵。帮工们走南闯北，都是鬼精。耳朵离开人体，趁紧些，能接上的。邓念泉和几个村民合围了马，钢钎都用上了，马嘴被撬得鲜血淋漓，但就是不松口，一双失神的大眼睛眺望着山外。

"牲口咬人耳朵，盘古开天头一遭，这是为啥嘛？"

"这混账东西的心，还在山外呢。"

"要不是董球把它从骡马市场救出来，它早成城里人餐桌上的马肉了。"

过去的骡马市场，是给种田人选帮手呢，如今的骡马市场，是给城里的餐桌上选肉呢。几月前，董球来选马，卖主说："这马又聪明又善良，真舍不得让它上餐桌。"董球说："不是的，我是买个帮手。"

"帮手？这年月，你不去打工，还种地？"

"不，建水柜，驮建材。"

董球成了马的救命恩人。得救的马,眼泪像花儿一样绽放。董球牵着马,翻山越岭往尖山赶。马像个温顺的女人,时不时用嘴唇轻吻董球的手背、肩膀和背。马的轻吻,挟裹着一股热流,痒痒的,陌生、新鲜、刺激。董球回头看了马一眼,马收回了嘴,大眼睛扑闪了一下,羞怯地低了头。明明是一匹纯种公马,却像个相亲中的大姑娘,慌乱、紧张,非常不好意思了。马头再次抬起来的时候,羞怯像云一样从目光中飞走,这是一双明亮的眼睛,乌黑的瞳仁飘溢着一层温热的光亮,蓄满女人一样的柔情。女人,是女人。那天的董球,从来没有如此强烈地想到离他而去的女人。一兴奋,就吼起了秦腔:"本为王走四方微服私访,惩贪官察民情坐稳江山……"

女人是从后梁嫁到尖山的。用村里知识分子的话说,女人嫁给董球,是邓念泉最为杰出的、足以彪炳史册的伟大贡献。本村的姑娘都留不住,一个个从小丫头长成了大姑娘,腿长了,胸满了,进城一打工,就跟上外地人去有水的地方过日子。小媳妇们也跑了好几茬,跑了,又来了,来了,又跑了,跑了的终归比来了的多。后梁比尖山还要缺水,别说水柜,连水窖都没有。都传呢,说是后梁人早上的第一泡尿,一半儿给茅坑沤肥,一半儿留给自己洗脸。是不是真的,没人考证过。谁要是较真,那就是乌鸦笑猪黑、罗锅笑瘸子。山里人缺水,不缺心眼儿。都传,当时的姑娘与董球见第一面之前,直言不讳地问媒婆子:"对方——就是董球家,有水柜没?"

"当然……有哩。"

于是有了第一次见面,不是见人,而是见水,见的就是邓念泉家建在崖畔后的水柜。姑娘问董球:"这水柜,真是你家的?"

"真的。"

姑娘带着对水的梦想,一夜之间变成了媳妇。年轻的媳妇每次挑着担子去水柜打水，一脸的灿烂，腮帮子上浮泛着山丹花的花瓣儿那样的光亮。细细的腰肢一闪一闪的，风吹杨柳的意思。打水，也不忘走颠步，变秧歌了，口气又大方又自豪："喂——如果用水急，就不用一大早下沟了，用我家的水吧。"。

女人吼水的音噪，像吼秦腔一样："哎——我的球哎——回来喝水来——"

满村人偷着乐。董球只想哭，半晌跨不出地头。

邓念泉靠这全村唯一的水柜，骗来了后梁、后寨、后洼一带的许多姑娘，姑娘们理所当然成为尖山光棍们的女人。骗，是个难听的字儿，山里人把这种骗不叫骗，叫哄。哄来一个，等日子上了路数——生米煮成熟饭后，娃儿快鼓捣出来了，再亮底儿。女人们号啕一夜，只能忍气吞声。为了哄下一个，当年的被哄者继续帮着瞒天过海，谜底再次满世界封存。就像一段麻绳，系死，又解开；解开，又往死里系。全村的光棍、新郎们谁不巴结邓念泉？等个下雨天，宁可让自家的缸空着，也要朝邓念泉的水柜玩命，把屋檐水一担担往邓念泉的水柜里灌。雨地里，滑，人人不惜摔一身泥。

有个简单的逻辑，当初如果不是邓念泉的催逼，董球就不会重返尖山，就不会买那匹要命的马，就不会失去一只耳朵。当时，在兰州打工的董球接到邓念泉的电话，瓮声瓮气地回应："我女人和娃娃都跑了，即便建了水柜，也不像个家。"

"家家户户的水柜该开槽的开槽、该起桩的起桩、该埋管的埋管，就剩你了。怪不得女人要领着两个娃儿离开你，像你这尿样儿，娶个母猪，人家也得挪窝。"邓念泉的口气像镰刀刃子，一割，一个疼。

都说月是故乡明。明，有啥用？除了过大年，谁敢还乡？如果不是修建水柜，鬼才还乡呢。鬼是要还乡的吧？谁晓得鬼到底喝不喝水。

"靠天吃饭"，老话了。一年到头，从娘胎里带来的一点力气，全耗在了找水上。过去，只有邓念泉家有水柜，一柜水能支应三五个月。这些年旱得紧，下雨像掉眼泪似的，邓念泉家的水柜就成了金柜。这次政府给尖山村安排的水柜建设项目，公家补贴，农户自建，一年集流几次雨水，所有的光阴就有指望了。千年等一回，天南海北打工的尖山人候鸟似的"扑棱棱"往回飞。

董球像个不争气的小学生，太迟到了。在董球眼里，人人仿佛都变成了民办教师，但没有人批评他。

不少人主动提出义务为他投劳。董球的任务是去山外镇子上驮建材。天麻麻亮，董球就牵马动身，天麻麻黑，董球牵着马回来。每天往返六趟，每一趟，马背的一侧五花大绑地驮着几块石料，另一侧五花大绑地驮着几袋水泥。镇子距村里二十里地。六趟是啥概念，一百二十多里。生产队时没这么驮过，土地分到户时没这么驮过，如今为了建水柜，驮了，破天荒了。

事情，就出在那天的第四趟上。

"老天说旱就旱咧，女人说走就走咧，牲口说咬就咬咧……"人们的感叹，像一曲古老的甘肃花儿。

2

"一头牲口半个妻"，老说法了。

平日里，没人发现董球和马的关系有多么糟糕。董球自己也认为，对马，他从来是真心的。开工前，董球每天不忘翻山越岭到麻子沟割草，顺便找一桶水回来。草和水，不够填马的肚子，就另加两碗玉米和黄豆。疼马，疼女人的意思。

董球后来曾告诉过村里人，那天，也就是咬掉耳朵之前，马其实曾两次靠近过他，不是咬，是吻，吻了他的耳根。董球说："我早已习惯了马吻我，一直以为是表达救命之恩呢。"董球说，"这年头，要说知恩图报，牲口比人还懂。"话一脱腔，董球意识到失口了，脸憋成了红篮球。要说牲口比人懂得知恩图报，那村里人为他义务投劳，图个啥？人家邓念泉堂堂一个包工头，光赔不赚，又是为个啥？啥东西最能见人心，水！就是个这——水。

　　当天的第一吻来的时候，真正的人困马乏，极限了！羊肠小道像斩不断的青烟，让人心烦意乱。但一想到要建水柜，董球快要散架的身子像注入了鸡血，灰暗的眼珠子就有了亮色。他前面牵着马，塑料桶像山一样压着他。董球能报答帮工们的，只有水了。饭是管不了的，一个男人烟熏火燎做出来的饭，谁忍心端那个碗？

　　一看前后无人，董球就回头对马说说真心话："马啊马啊！你是公的，我是男的，公的男的，总归都是一个性。我是个有良心的男人，将来咱水柜建成了，我绝不会卸磨杀驴，不，是杀马，不会把你卖给城里人吃掉。我给你找匹母马，让你弄弄爱情。咱这里母马少，不过母驴倒是有的，爱上了，都差不多。"

　　马打了一个响鼻，也许是听懂了吧，也许，根本就没懂。

　　日头挪到了头顶，毒，像敌敌畏。男人和马浑身上下像开锅的馒头，热气蒸腾。——第二吻来的时候，感觉不仅是痒，还有几份麻。马用的不光是嘴唇，牙齿也搭上了，牙面黏糊糊地贴住了他的耳根，真正的异样了。这让董球浑身起了一层鸡皮疙瘩。扭过头，发现马伸长脖子，正在舔他背上的塑料桶。舔得执着，舔得明确，舔得不卑不亢，带着一种情绪。情绪里，有一种不加掩饰的委屈、嗔怪和责备。一滴湿漉漉的东西挂在马的睫毛上，不是汗，是泪，晶晶地亮，是一种折射了阳光的亮度,像蓄满了水的塘坝,那么大,蓄得了整个世界。

董球这才醒过盹儿来,马是图水呢,吻里面有求援的意思。在帮工和马的天平上,水朝哪边倾斜,好像不是一个多么复杂的难题。董球迟疑了足足有一袋烟工夫,最终选择了拒绝。董球轻轻拍了一下马嘴,说:"忍一忍,再忍一忍吧,将来……"

手掌上黏了一抹抹的血,是马的。马嘴上的裂痂,一道道的,渗血丝儿。

一股热浪从心头涌上来,溢满了董球的眼眶,他一拽缰绳,转身,再也不敢正视马的眼睛。为了表示和马同甘共苦,同病相怜,董球坚持不喝一口水,任凭肺火攻心。背上的塑料水桶光滑冰凉,在阳光下浮泛着水一样的光芒。水桶里好像有万顷波涛,"哗哗哗"的。马吃力地跟在后面,像在大海的彼岸。马丝毫没有放弃舔塑料桶,并不时延伸力量,舔,上升到了拱。拱的力度,像电流一样一遍遍传导进董球的身体,让每一寸神经地动山摇,山呼海啸。董球泪流满面,不敢回头。

快进村了。大老远,董球能看到自己的水柜工地,混凝土浇筑了一半,瘦骨嶙峋的钢筋裸露在光天化日之下,帮工们目光中充满期待。当时邓念泉那一声悲壮的"水!来了",没人晓得董球是否听到,但马分明有了反应,它不再拱塑料桶,悄悄拉开了距离,然后……

那天的事件现场,血,糊了董球一身,糊了人们视野里久违的家乡。

大家来不及评头论足。邓念泉当机立断:"兵分两路,第一路,扶上董球奔乡卫生院。第二路,拽上马,跟上。等人马都到了卫生院,请医生撬马嘴,接耳朵。"人算不如天算,天算不如马算。第一路早已开拔,第二路却举步维艰。马,就是不撒蹄。有人急了,抡起铁锹,照准马屁股猛拍。"啪——啪啪——啪啪啪——"马浑身抽搐,屁股都烂了,就是不挪步,像是老树生根了,根扎到十八层地狱了。硬的不行,村民们就来软的。"扑通扑通。"给马跪下了,还磕了头,当老祖宗了。可是,老祖宗像神龛里的一尊雕像,淡定,从容,还有那么一点说不清楚的庄严。

董球的伤口在卫生院缝了十针,到第四天出院,偌大的卫生院也没见马的影子。

"耳朵,被马吞进肚儿了。至于马,你放心,大家替你养着哩。"

"不要对马计较,你要像理解你女人一样理解牲口。"

"女人还从四川给你寄钱呢,马的心眼也没有完全坏透,它要真害你,半路上一个急转身,就把你掀翻到悬崖下去了。何况,马选择了进村才咬你,选择了人民群众。"

拆线后的董球,半边脑袋光秃秃的,反而让右边的耳朵突兀得有些扎眼,像一个尘封几千年的单耳陶罐出土了。邓念泉送了他一顶宽边长檐的鸭舌帽。从没戴过帽子的董球,鸭舌帽往脑袋上一扣,活脱脱一个背运的炼钢工人。

夜晚的月光下,董球呆呆地看着马,马呆呆地看着董球。一人,一马;一马,一人。啥话都不用说,还能说啥呢?那个空空洞洞的耳朵眼儿,像一个永远合不拢的小嘴巴,无声胜有声。"我晓得,你和我,都是为了一口水。"董球终于开腔了,"我一直把你当我女人看待呢,你还……"缓缓地,马把嘴伸了过来。董球吓得跳了起来,吼:"你个畜生,想咬我的另一只耳朵吗?"

马立即耷拉了脑袋,像理亏的女人。董球想起女人说过的话:"你看那大雁,如果不离乡背井,该多好啊!"春去秋来,尖山的天空总有雁群飞过,一会儿飞成一个人字,一会儿飞成一个大字。假如,假如不飞呢？

女人是被一个在兰州经营餐馆的四川老板黏走的。当时董球每天蹬着三轮车给餐馆进货，女人给老板收拾餐桌。两口子混兰州有两个目的，一是打工挣钱，好歹有水喝；二是躲计划生育。第二个闺女就是在兰州生的，取名董陇华。陇是甘肃省的简称，华是中华的意思，认准了，纵算超生，也是共和国的人。四川老板在老家有好几幢别墅，妻子儿女都在老家享福呢，还不忘在兰州包个女人什么的。老板待董球一家不薄，老板说："你董球真有福气，娶了这么好的一个妹子，真是深山出俊鸟啊！你发现没有？让城里的自来水一滋润，妹子至少年轻了十岁。"悠闲的时候，老板喜欢给两个娃儿讲他的家乡，他告诉娃儿，他的家乡有长江，还有嘉陵江。是说给娃儿的，却听得两口子心痒痒，像进入一个水汽氤氲的梦幻世界。江，那是多少的水啊！准比水柜里的死水好喝吧。

那样一个夜晚，说来就来，迟早要来的。女人吐出了憋久了的话："晓得不？许多有钱的城里人，都把娃安顿到国外了。咱没本事去那，但咱有本事把娃安顿到有水的地方。祖国，也号召关心下一代呢。"女人给四川老板开出的条件是："包我，行，但必须捎带上我的娃儿。"

女人就领着娃儿跟四川老板走了。"我的球，无论四川的家伙把我包多久，我也会给你寄钱的。"女人说。

董球亲自帮女人和娃娃打理行囊。董球不想让分别的时刻阴云密布，像死了人似的。他给女人唱了一曲甘肃花儿《下四川》：

  脚踩上（者）大路（哟噢），
  （哟嗬嗬）心（哟噢）（哟嗬嗬）牵着你，
  心牵着你（哟），

（吆嚅）喝油也不长（者）肉了。
……

唱花儿时，董球调动了全身的力气，让挤出来的笑堆积如山。

女人也笑了，但她是哭着跟四川人走的。四川人大为扫兴，冷冷地说："算了吧，好像我拐卖妇女儿童似的，法治社会，咱要的是和谐。"

"我不哭了，不哭了行吧。"

女人就这样走了，董球就这样回了，耳朵，就这样没了。

董球养伤的日子，谁也不敢使唤那匹马。建材短缺，董球家的水柜成了半拉子工程，像刚挨过炸的炮楼，丑死了。

3

一个大雾弥漫的早晨，有人看见董球牵着马，出村，下山。一只右耳孤苦伶仃地闪了一下，人和马，没了影儿。

"董球一定去骡马市场了，他容不下这匹要命的马。"看到的人叹，"马，要变成马肉了。"

董球在前头，马在后头，中间是一根松松垮垮的缰绳。马从容不迫，一副慷慨赴死的样子，豁出去了。马显然非常清醒，它的未来，在城里人的餐桌上。

谁也没有想到，董球南辕北辙，东绕西拐，去了依山傍水的下河寨。乡谚说："十里不同水，十水不同质。"下河寨的水，真正的琼浆玉液了。无论地下水还是河水，新鲜得像一刀见血。尖山水柜里的水再好，毕竟是死水，差辈呢。下河寨离风景区仙人崖不远，驮送游客的马帮,生意火得很。董球送上门来的马,等于送给了买家砍价的资本。买家一副不耐烦的样子,抑着兴奋,忽视了这个脑袋上捂着宽檐草帽的男人,比他少一只耳朵。

"要高价,你去骡马市场吧,我只给一千五百元。"

这笔账,秃子头上的虱子摆那儿了:当初两千七百元买的,如今一千五百元卖的,还赔了一只人类的耳朵,倒贴了一千二百元医疗费,耽搁了建水柜的工期……

董球没有回村,揣着钱,南下几千里去了深圳。钱,真是个要命的东西,以往乡下人打交道,送力气,帮营生,从来不讲钱的,慢慢地,就变了,特别是自从农民的尾巴梢上缀了个"工"字,钱就像伸到枯井里的一根井绳,没绑得住水,倒是把心眼绑住了,捆小了,一出手,钱说了算。董球一定不会想到,他再次离乡背井以后,家家户户的水柜开始了雨水集流,山外还搞了个水泵站,作为应急水源。不少农民工开始陆陆续续返乡,把水管延伸到了田间地头,搞起了种植业。驮粪的马,耕地的牛,又多起来了。跑掉的女人,也回来了几个。

董球再次接到邓念泉电话的时候,是第二年的谷雨前后。邓念泉电话中说:"来吧!你的水柜,村里人给你建好了。"

董球"啊"了一声,说:"替我感谢乡亲,但我不回了。"

"水也蓄满了。"

"一个缺耳朵的人,回家乡,丢不起这个脸。"

"……你女人和娃娃回来了,你还不来?"

最后一句,天然的吸引力。董球怔了半响,疯子一样爬上了开往甘肃的列车。董球没有进村,径直爬上村口的崖畔,那里可以眺望到东坡、西坡的几块承包地。女人和娃娃如果在视野里露头,八成会在承包地里。放眼望去,不少人家的承包地破天荒地栽上了苹果树苗、梨树苗、花椒树苗。指头粗的输水软管像羊肠一样绕来绕去，浮泛着银白的光芒。只有他家的承包地一如既往地荒芜着，老黄风戏耍着稀稀拉拉的狗尾巴草，一个人影儿也没有。他晓得被邓念泉骗了，不！被哄了，就像当初哄后梁的姑娘。

　　院外，董球看到了梦中的水柜，饱满，盈实，像女人十个月的大肚子。夜半三更，邻居们听到了董球吼水的声音："哎——我的女人——我的娃娃——你们喝水来——"都晓得这是梦话，不！是梦吼。吼……就吼吧。

　　吼了一夜水的董球，第二天直奔邓念泉家。"泉哥，我要去看看我的马。"

　　"你这是何苦呢？马换了主人。"

　　但董球执意出发，背着塑料桶、拎着饮马盆上路。塑料桶里装满了取自水柜的水。村里自从有了水柜，背水、驮水的场面早已像够寿的老人一样逝去，有些人甚至像打发缠身太久的瘟疫一样把驮水用具扔进了沟底，还不忘追下去踩几脚。一脚比一脚踩得狠，踩得猛，踩得准。董球背桶、拎盆上路的身影，从一个个水柜前绕过，像一段遥远往事的投影，像一断过时的黑白片，久久地印在村里人的记忆里。

　　夕阳西下。视野里的下河寨，流水潺潺，遍地青草，无忧无虑地盛开着各种各样的花儿，十几匹马悠闲自在地在坡上吃草。董球一眼就认出了那匹马。这里的水滋润了它，这里的草滋补了它。它已经恢复了状态，体态魁伟，精神抖擞，浑身上下像绸缎一样光亮。马扬起头的时候，远远的，只一眼，就看到了一个缺耳朵的男人。马轻轻收了蹄，锁住了身子。夕阳抚摸着整齐而流畅的马鬃，清风拂动着瀑布一样的尾毛。马有些局促，有些不安。黑亮的瞳仁里安放着两个男人：一个缺耳朵的男人，正朝一个长着两只耳朵的男人靠近，靠近……

"老哥,我是这匹马原来的主人。"

"传说,你的耳朵被马……"这次终于看清了。

"不是传说,是真的。"

新主人呆了许久,说:"那……你今天找上门来,是要干啥嘛?"

"不干啥,只求你一件事。"

"啥事?神兮兮的。"

"让马喝一口我家水柜里的水吧,马在我家的时候,没喝过一次饱水。"

对这样一个不可思议的话题,新主人显然不愿接受。再说,马是灵物,喝惯了这里的鲜活水,怎能咽得下水柜里的死水?谈判到僵持阶段的时候,董球说:"老哥,我给你跪一次吧。"新主人只好扶住了董球。董球选择一个平坦的地埂,安稳了盆子,小心翼翼地解下塑料桶,旋开了盖儿,把水"哗哗哗"地往盆子里倒。飞泻而下的水,亮亮的。董球轻轻朝马扬起了手,招一招,再招一招。

"来吧!我的……马,喝!喝!"

马迟疑了一下,走出马群,打了一个响鼻,一口气喝了三大盆,像离开娘胎就没见过水似的。"我的天哪!没想到它还真喝。"新主人自言自语。马抬起头,看了董球一眼,看了新主人一眼。"咴儿——"突然长嘶一声,撒腿就跑。二人还没反应过来,马已经像飓风一样卷到了对面的山梁。马在山梁上立定,回头,在晚霞的背景下,定格成一个漂亮的剪影。只一瞬,马头一摆,四蹄腾空而起,尾巴一闪,不见了踪影。

"没事儿!在我家,这家伙不愁吃,更不愁喝,晚上会回来的。"新主人说。

日头已经缩了脖子,起风了,"呜呜呜"的,万马奔腾的样子。

夜幕把大地糊得天衣无缝。太晚了，夜路不好摸，新主人留董球喝了一夜的酒。董球聊了许多大山里的奇闻逸事，聊了马的这个好那个好，唯独不聊马咬耳朵的事，这让新主人有些失望。两瓶酒，算是白搭。在新主人看来，这匹马温顺善良，如果是个人，都够着知书达理的份儿了，咋会制造咬人耳朵的血腥传奇呢？第二天一早，新主人陪同董球进入马圈向马告别。呆了，其他的马安然无恙，唯独那匹马一夜未归，夜草，分毫未动。

"坏了，坏了！"新主人大惊失色，"在我这里，它顶好几个农民工呢。"

煞白漫上了董球的脸，当场给新主人发誓："老哥，马是我吓跑的，我回头喊上尖山人给你找，一定给你找回来，我是个说话算数的男人。"

新主人盯着董球背上空荡荡的塑料桶，目光最后落到董球比例失调的脑袋上，说："你不用发誓了，我晓得马跑哪儿了。"

"你晓得？那，跑哪儿了？"

新主人的表情突然古怪起来："我好像懂这匹马了，你找到它后，别……别……"

"别啥？"

"别送来了。"新主人说到这里，下意识地摸摸自己的耳朵。

马比董球提前到了尖山，当天夜里来的。马绕着董球家的水柜"咴儿咴儿"地长嘶了半夜，把全村人提前拽进了早晨。邓念泉二话没说，把马牵到自己家里，给它上等的苜蓿草。

晨雾深重。全村人都在村口等董球，就像当初等背水的董球和驮建材的马。马站在人群前面，嘴唇合拢，四蹄并立，昂首，像尖山的一个老主人。雾开处，董球从山坳里闪了出来。他一定老远看到人群中的马了。董球的步履突然就慢了下来，一慢，再慢，干瘦的身子由小慢慢变大，由远慢慢变近。

很近了，到了。董球和马，二目相对。

"走吧！去你的新主人那里。"

风静了下来，东山梁上分娩出了一轮明亮的日头。任凭董球拽缰绳，马却死活不走。董球饱含热泪，顺手夺过一把铁锨，高高举过头顶。"你再不走，我……"马左右回首，看看围观的人群，最后，目光就落到了董球的单耳"陶罐"上。马低下了头，前蹄缓缓拔起，第一步，迈起。

铃铛作响。马和董球再一次离开村庄。翻过山梁，横七竖八的山道就成了牵扯着四乡八邻的蛛网，时不时能撞上出山、进山的人。有男人、女人，还有娃娃。马蹄声占领了董球的全部注意力。他在前头，马在后头，缰绳被董球拽得直溜溜的，像杵进他和马之间的一截钢筋。

"你……单耳，是尖山的董球吧。"

董球装作没听见。路人又追了一句："路上碰着一个女人和两个娃娃，娃娃张口闭口，有点四川腔儿，我琢磨……"

这实在是个太意外的消息。女人和娃娃远道而来，今后的光阴是啥成色，董球似乎来不及走心，但这个消息立即让董球的脚步有些慌乱。手里的缰绳抖一抖，松了，又直了。董球一声不吭，只顾赶路。

但是不久，半个月的光景吧，有个外乡人在地头堵住了董球，董球认得来人。来人说："我只是想它了，你放心，我看看，就走。"

"老哥你大老远来，到底想看啥？它是个啥？"

"马。"

"不是还给你了吗？"

"它又跑了。"

"啊？跑哪了？"

"你问我，我问谁呢？"

"……"

两个男人面面相觑，一样的狐疑，一样的目光，一样的表情，仿佛把对方当成了镜子里的自己。那一刻，两个曾经的马主人，如果不是一个双耳齐全，一个单耳，真像一个娘胎里出来的弟兄。来人不知说啥才好，其实他想要说的是：这些天，马在他那儿拒绝喝水，多好的水也不喝，包括桶装的纯净水。他一气之下差点打了它，可刚刚举起鞭子，他突然发现马的眼睛里有一道奇异的光芒，他没见过这种光芒，这种光芒让他唯一联想到的，居然是自己的耳朵。

"哎——我的球哎——哎——娃他大哎——回来喝……"

村口突然传来悠悠的吼声——但没吼出水字来，像树丫上的高音喇叭在最关键的时刻断了电。吼声带着一丝四川味儿。董球晓得是女人的吼声。女人一定意识到返回尖山的日子里，早就没人吼水了。那一瞬间，女人准捂了嘴。

但那吼出的半截儿是收不回去了，全村人都听到了这久违了的吼声。吼声像受惊的夜鸟群一样在屋顶上、树梢上、崖畔上飞窜，并像炊烟一样向满山满洼扩散、弥漫、缠绕……

来人说："女人在吼啥呢？"

"吼水。"

2016年8月改于天津观海庐
选自《当代》2017年第2期

灰　汉

陈继明

　　这个名叫海棠的村庄里，至今还保留着一些旧习惯，比如，麦子、谷子、高粱等大部分庄稼收割时，总会故意留下几束在埂边，赠给过往的蜂虫与鸟雀；苹果、核桃、葡萄、梨子、杏子，甚至花椒、辣椒、茄子，也不会悉数摘走，总要留二三枚在枝头——在最高的枝头，供天地间无所不在的神灵们享用。

　　万物有灵，没人怀疑这一点。人鬼神，草木鱼虫，自古以来，大家共存于这个世界，你中有我，我中有你，手心手背一样相互依赖，互为表里。一代代祖先，身体虽然死了，鬼魂却随时会回家来看看的。人们相信，鬼魂是最恋旧的一种东西，旧人、旧物、旧家，都会恋恋不舍。鬼魂唯一要做的事情，可能就是"恋旧"。还有，鬼魂一般具有和生前一样的习气，如果生前就缺德，死后就一定是缺德鬼；如果生前就捣蛋，死后就一定是捣蛋鬼。村里人，无论男女老少，很多人都承认，曾经"见过鬼"。"见鬼？不难不难，你想见着就能见着。"他们总会这样说，口气平常极了。

如果雨水好，四处的石缝里会长出一种藤状植物，皮是绿色的，剥开薄薄的皮，露出白色的茎，软而细的一根，空芯，里面储满白色的汁液，一头用嘴嘬住，另一头放在火上，一边吸一边烧，就有轻烟又辣又滑地流进喉咙。几口之后身体就开始发飘，轻得像雨后的浮云，抬眼望去，河水倒流，树影匍匐……

这种植物名叫"鬼烟"。

吸鬼烟是见鬼的第一步。接下来，最好是炎热的正午，找一片瓦顶在脑门上，静静地闭上院门，站在院门后面，就看见满院子都是鬼了，飘来飘去，无声无息。通常都是自己的祖先，过世没多久的，一眼就能认出来。

这样的奇风异俗还有很多，再比如，牛、马、驴，这些与人们朝夕相处的家畜，要等到年老体衰时才会杀，切忌由主人亲自动手，最好交给"灰汉"——先把牲口捆绑好，请灰汉来捅上一刀子，要了命，剩下的活，其他人就可以干了。灰汉不过捅了一刀子，却可以得到丰厚的报酬，和宰一头猪差不多。

灰汉，就是专门替别人杀生的人。村里不能没有村长，也不能没有灰汉。自家的牲畜，起早贪黑劳作了一辈子，如今垂垂老矣，该杀掉了，不忍心亲自杀，交给灰汉杀。替人杀生，代人造孽，便是灰汉的唯一使命了。

灰，显然是最讨人嫌的一种颜色。灰汉，就是脑子笨、心性瓢的汉子。在海棠话里，瓢，兼有傻、呆、弱、差等意思。有时指某一方面，如身体瓢、水平瓢，有时指整个人，如"这娃娃瓢得很"，颇有轻视、嫌弃的意味。村子里，傻人瓢人多了，但是，能做灰汉的傻人瓢人却常是可遇而不可求的。为什么？做灰汉还有一些必备条件：第一，傻，但傻得有限，不是傻到底、不是白痴，至少知道饭香屁臭，明白基本事理；第二，傻，但傻得可爱，不是"二百五"，不横、不赖、不臊（专指狐臭）、不臭（不脏）、不抢、不偷、不嫖，不令人生厌。就算符合上述所有要求，还不一定有资格做灰汉。因为，一段时期内村子里只需要一个灰汉，而且，还必须经过认真挑选和严格认定。

由上一任灰汉指定谁来接任灰汉，并由村里的若干头人用某种祖传的仪式来正式认定。经过认定后，才可以称为"灰汉"。

做灰汉到底是一件光荣的事情还是耻辱的事情？很难说，如果你的确有点儿傻，而且傻得可以，那么做灰汉就可能是一大美差了。如果你有正常的智商和正常的性格，你就绝不会同意做灰汉。"不好好学习，长大做灰汉啊？"这是人们警告孩子的话。人们甚至这样吓唬孩子："灰汉来了！"近似于："狼来了！"

关于灰汉，实在一言难尽。

来听听银锁的故事吧。

银锁

村里曾经有过多少任灰汉？不可考，也没人能说清。可是，大家众口一词，都认为银锁一定是有史以来最好的一位灰汉了。

其实，小学四年级之前银锁以聪明著称，有一张聪明可爱的小黑脸，所以，人们亲切地称他为"黑宝"。银锁有个哥哥叫金斗，比银锁长一岁。两人却是同一天开始上学的，班里的第一名、第二名长期被哥儿俩承包了。有趣的是，第一名向来是弟弟。弟弟银锁总拿满分，哥哥金斗却免不了总要丢掉七八分。哥哥丢分的原因永远不变，就是性急、粗心，喜欢第一个交卷。而弟弟总是磨蹭到最后才交卷。

弟弟银锁还有个绝活，一笔下去就能画出一匹马或一头驴，要多像有多像，无论马还是驴，一概是静美斯文、乖顺听话的样子。银锁自己也恰恰是这样的性格，寡言少语，一说话就脸红，总是一个人缩在墙角，伸长脖子向人群里偷看，一个字，就是"瓢"！这很像一个必要的伏笔，令他后来成为灰汉不显得突兀。哥哥金斗则相反，用人们的话说，他是"五伦不入"，从小就是"啃不动的牛筋"。哥哥金斗还经常打骂弟弟银锁，打了骂了还不够，还要用偷来的粉笔在地上画一个圈，让弟弟站在里面，不许"擅自离开"。于是弟弟就会真的乖乖站在圈内，哥哥不发话就绝不出来。

小学四年级的时候，发生了两件小事情，从根本上改变了银锁，使银锁成了另一个人，一个后来有资格被推选为灰汉的人。

哥儿俩的班主任是个女老师，姓谷，是全校唯一的女老师，也是唯一住校的老师，她喜欢弟弟银锁，反感哥哥金斗，而且毫不掩饰其好恶。于是，哥哥金斗设了一计，让谷老师和弟弟银锁各吃了一点亏。这位谷老师，非常爱干净，因为女老师就她一个，学校就按她的要求，把女厕所里最靠边的一个蹲坑用砖墙隔起来，安上门，成为单间，供她一个人专用。门上挂了一把锁，一把坏锁子，轻轻一拉，锁簧就弹开了。哥哥金斗找机会钻进去，把蹲坑两边踏板下的砖头抽掉，让蹲坑表面看上去好好的，脚一旦踩上去，就会立即陷进满是蛆虫的化粪池里。果然，某一天上午课间，全校师生都听见了谷老师骇人的尖叫。于是，全校停课，追查元凶。有三名同学讲了一样的话："银锁干的。"从现场找到的鞋印也有力地证明，是银锁，不是别人。银锁本人也承认是自己干的。于是，接下来的三天，银锁每天都站在三十多摄氏度的高温下，接受惩罚，用校长的话说："你狗日的不是黑宝嘛，干脆把你晒成黑狗。"连谷老师都不知心疼他,她从他身旁经过了好几次,冷冰冰的,看都不看他一眼。这之后,银锁的成绩就由第一名滑到第五名,后来干脆滑到了第十名。而全班总共有十一名学生。

半年之后的另一件事情,则彻底改变了银锁。时间到了冬季,连续下了几天雪。雪停了,哥哥金斗和弟弟银锁在村头的路边堆雪人。雪人的肌肤是雪,骨架却是一捆玉米秆。随即又把中央的玉米秆点着,外面的雪渐渐化掉了,里面的玉米秆大部分只是烧黑了,于是四处都是雪白的雪人,唯独金斗银锁弟兄俩的雪人是黑色的。当晚,深夜从村外归来的村支书和黑雪人撞了个满怀,以为是鬼,吓了个半死。次日,哥哥金斗溜之大吉,弟弟银锁被人揪了去,围着黑色雪人和躺在车子里、面容蜡黄的村支书,一遍遍地敲着锣,用令人怜惜的童音给书记叫魂:"书记,回来……书记,回来……书记,回来……"书记后来正常了,遗憾的是,下雪不冷化雪冷,银锁感冒了,高烧不退,随便吃了几颗药,没管用,结果把一半的聪明烧没了,烧成灰了,从此变得半傻不傻,打死也不去念书了,一心要跟着爸爸做羊倌。村民的羊圈不在村里,在距离村子三四里路的山顶上,站在羊圈门口大吼一声,村子里隐约能听见。放羊的好处是有事干,能挣工分,又不和别人打交道。

父子俩在北山顶上放羊,不参加村里的其他农事,倒也清静自在,没多久,银锁的脸更黑了,看上去纯然是一个放羊娃了。

某一天深夜,爸爸把儿子叫醒,说:"我听见泉水结冰了,咱们去看看明年的庄稼好不好?"银锁问:"明年的庄稼还没影子呢,怎么看?"爸爸说:"走吧,爸爸教你怎么看。"到了离羊圈不远的泉眼旁,看见涝坝里果然结冰了,白晃晃的一层,爸爸蹲在边上,用石头轻轻一敲,冰就破了,爸爸捞出一块冰,用手在反面摸,说:"你来摸摸,摸起来一粒一粒的，明年的庄稼就能长好，摸起来光光的就麻烦。"银锁蹲在爸爸旁边，摩挲那冰的背面，心里就一咯噔，因为背面滑得像娃娃屁股。恰在这时，有个黑影从对面蹦过来，直接扑在银锁的脸上，银锁"啊"了一声，仰翻过去，爸爸看清是一只红色的狐狸，来不及动手，它已经迅速跑远了，不见了踪影。爸爸把儿子拉起来，忙摸儿子的脸，没摸到伤痕，就急忙拉上儿子回羊圈了。进屋后，什么话也没说，就睡下了。紧接着银锁就听出爸爸呼吸不正常，嘴里还咕噜着胡话，试试额头，湿淋淋的。

至今村里人都记得，那天凌晨，天还没亮，平时不说话的银锁，却在山顶上吼叫："快来人啊，快来救命，快来救命啊——"

银锁的爸爸就这样死了。

"是被吓死的。"人们都说。

怎么会被一只狐狸吓死？

人们深信，遇见狐狸没好事。

任命

1979年，年满21岁的银锁正式成为灰汉。这一年秋天，粮食收齐后，公社变成了乡，土地分给了私人。接下来，全部牲畜也将分给各家各户。这样的话，就不能没有灰汉，很多人希望恢复中断了十几年的灰汉制度。于是银锁成为新时代的第一任灰汉。银锁具备了成为灰汉的所有条件，更主要的是，银锁没有爸爸，银锁的哥哥金斗也在两年前入伍了。这种情形下，任命银锁为灰汉，就全无顾忌。

按照老习惯，应该首先选出两名候选人，然后在祠堂里烧香供饭，诵经三天，再用银瓶掣签的方式选出正式的灰汉。这样选出的灰汉就有了神示的味道，差不多是人神之间的一个桥梁，杀生之罪，就可以忽略不计。但是，由于"文革"期间毁了祠堂，百废待兴，银锁又是众望所归，就直接由村干部任命了。

获得任命的当天，银锁要当众杀掉一头牲口，启动自己的灰汉生涯。当时三个生产队的牲口正待化整为零分给农户，各队都有一些老牲口注定没人要，于是决定，每个队各挑一头最不中用的牲口，供新任灰汉试手。

一队是一头牛。

二队是一匹马。

三队是一只驴。

那是给鬼神们烧完寒衣的第三天，天气很冷，全村的男女老少早早就聚集在村中央，男人们喉结耸动，说话的声音充满亢奋，女人们端着各式各样的盆子，敲敲打打，等着分肉。连村头巷尾的猫狗都悄悄跟来了。新任灰汉将一次杀倒一头牛一匹马一只驴，一个新时代即将有血有肉地开始。人群的中央便是一头牛一匹马一只驴和三块门板三堆麦柴。牲口们的确是老不中用的架势，鬃毛又脏又乱，说明整日卧在圈里不起来。人们大呼小叫，异常兴奋，手中的盆子发出各种怪响，牛和马似乎在流泪，驴则是没有知觉。不久，有人用旧衣服依次蒙住了马脸、牛脸和驴脸。中间的马脸先被蒙住了，牛拧着脖子瞅了瞅，眼泪大量地流了下来。驴也看见了，冲人群外围的朝阳大吼起来，声音直勾勾的，而且拉出一串黑黑的驴粪蛋子。驴叫声震得天地觳觫，人心不安，于是人们自然加快了节奏，三伙人一致行动，次第用力，将事先套在牲口蹄子上的绳子横向一拉，毫无防备的牲口们就突然轻如鸿毛，腾空摔倒，砸起三片呛鼻的烟尘，烟尘下面，牛、马、驴都是一模一样的姿势，四个蹄子全都可怜地兜在绳索里，鸡爪子一样徒劳地伸向了高空……

"新任灰汉上场!"村长喊。

人们立即就肃静了下来。

银锁穿着一件灰色的长衫,戴着青面獠牙的面具,跟在几位老人身后,款款走来。他的脚步有些凌乱,内八字变得更明显了。大家知道,银锁做灰汉之前连鸡鸭都不敢杀的,现在却要杀一头牛、一匹马、一只驴!

银锁站在牛面前,面具有效地抹去了他平时的愚弱模样,令他显得威猛无比,但是,他把头拧来拧去,在寻找自己的妈妈。

没找见妈妈,银锁心里很慌。

这时,有人把专用的刀子递给了银锁。那刀子接近三尺长,很吓人,刀子刚磨过,细幽幽的,令银锁想起妈妈的头发丝。

银锁把刀子举在手上。

妈妈看见了,心想,应该提着!

银锁举着刀,还在找妈妈。

有人将一根绳子穿入牛鼻子,用力拽绳子,牛嘴就张开了,另有人将一根铁棍塞入牛嘴,整个牛头像铜铸一般稳定了下来。

"灰汉,请动手吧!"村长向银锁鞠了一躬。

银锁也向村长微微鞠了一躬。

之后,银锁把手中的刀子缓缓放下来,用双手握住,指向牛脖子,刀尖先滑出两寸褶皱,令人们感到了牛脖子的良好弹力,接着刀尖便过于猛烈地捅进去了,一边摇晃着,一边陷向深处……那血,热乎乎的,先是急急地喷,再是缓缓地流,有些落在地上了,有些径直漫向刀柄,染红了银锁的手……牛哞声并不高亢,却不屈不挠,给新任灰汉以巨大威胁,直到血流大大减少,刀子的压力骤然减轻……

最后，人们看见银锁脚底下湿漉漉的，冒着缕缕热气。银锁遗尿了！银锁的妈妈也看见了，儿子杀了牛，但是，儿子遗尿了。

哈哈哈……哈哈哈……

有人在喊："一摊稀屎！"

有人跟着喊："窝囊废一个！"

有人低语："这娃太瓢了！"

银锁并不知道人们在笑什么喊什么，敬业地提着红刀子，走向一旁的马，嗒、嗒、嗒，大血滴从刀尖上黏黏地滑下去了。

妈妈本想坚持看完，却突然不想看下去了，迈着小脚跑回近旁的家里，推上院门，回过身，软软地跪在门廊里，泪如雨下。

"他爸，千万别埋怨我！"

"列祖列宗，原谅我们孤儿寡母啊！"

"这娃只有做灰汉的命了！"

几分钟后，银锁的脚步声响起来了。

妈妈急忙站起来，擦去眼泪。

银锁推开门，仍然戴着能吓死人的面具，手上提着红红的刀子。银锁站在妈妈面前，本想取下面具，和她说些话的，却终于没取也没说，快步穿过宽大的院子，推门进了堂屋，然后凶狠地关上双扇门，还关上了窗户。

妈妈跟过来，在门外偷听。

妈妈大声说："把裤子给我。"

里面没有任何声音。

"听见没有，把裤子给我。"妈妈敲敲门。

里面还是没任何声音。

妈妈想起银锁手上有刀，很害怕，继续敲门。

窗户突然打开了。

银锁的棉裤飞出来,落在台阶上。

妈妈提着棉裤去了厨房。

妈妈找到一根棍子,勾着头在灶膛里搅来搅去,看见灰堆里有小火星明灭闪烁,便找来簸箕,撮出一堆蓬松的细灰,先把明明灭灭的火星拍灭,再把银锁尿湿的棉裤埋进去,果然,很快就闻到了一股子浓浓的尿臊味。

"硬邦人谁愿意做灰汉?"

妈妈半仰着脸自言自语。

瞎马

次年开春时节,生产队要分牲口。牲口少,农户多,只能每两户"合饲"一只牲口。至于谁家和谁家合饲,只好自愿组合了。

没人愿意和银锁家合饲。

分到最后,剩下两户人、一匹马。一匹瞎了一只眼睛的老母马。为什么没人要?不因为瞎也不因为老,而是因为此马身胚魁伟,胃口大,能吃,极费草料,考虑到这一点,一匹马之外还搭了一亩苜蓿地,还是没人要。

另一户,既不想和银锁母子合饲,又不想要瞎马,抢先选了苜蓿地。不要牲口,只要苜蓿地,苜蓿是次要的,关键是地。

银锁家只好牵走瞎马。

这明显是欺负人,妈妈哭着说:"你哥要在,就不一样了。"银锁明白妈妈的意思,自己心里也很愧疚,只好默默认"瓢"。

瞎马和灰汉,很像是天生的"一对"。一高一矮,一重一轻,一个是半瞎的牲口一个是半傻的灰汉,无论怎么看都像"一对"。

瞎马从村中央走过时,脚步声响当当,马蹄子打击着地面,令人振奋,周围的人一听就知道,是灰汉银锁牵着瞎马过去了。

到了夏天,四处的青草长高了,西沟深处的草,更是长得凶巴巴的。忙完农活之后,银锁就牵着瞎马离开村子去放马。

在村子里,银锁从来都是牵着马走路,从来不会骑在马身上,他知道自己是灰汉,灰汉就该是呆头呆脑的样子。可是,离开村子后,银锁就不管那么多了,他会骑在马身上,双腿给瞎马一个信号,身材宽大的瞎马就会立即张开四蹄奔跑起来,飞一样地向前冲去,眨眼之间,就到了一个完全陌生的地方。村里的男人都会骑马,银锁也是生来会骑马,而且也会不由自主地吟唱那么两句祖传的歌谣:

　　天空在下雪
　　我们在赶路

他记得放羊的时候,爸爸也总是这么哼哼,简单的歌词,舒缓的旋律,往复轮回,不停地唱下去,不在乎天空是否在下雪。

离开村子去放马,令银锁的世界变得无限开阔了。干完农活,他总喜欢骑着马,向西(西沟)或向东(东沟),一口气跑到四顾无人的地方再停下来,听着瞎马咯嘣咯嘣吃草的声音,漫无边际地想着随风流入脑海的人和事,比如死去好多年的爸爸,远走高飞的哥哥,以及早就不知调往何处的谷老师……

有一次,瞎马在吃草,银锁光着脚躺在柳树下乘凉,突然脚心凉酥酥的,抬头一看,是一只大黑狗,它垂着红艳艳的舌头站在他的双脚前,他吓了一跳,极为小心地撑住地坐起来,黑狗却没有攻击他的意思,他站起来,它便仰起头看他,仿佛有求于他,他环顾四周,没看到任何人,竟意外想起了自己遗尿的一幕。他的心突然怦怦直跳。他心里冒出一个热望:我不是窝囊废,不信我打死这狗试试!

他一直在寻找这样的机会,而此刻,周围没任何人,这狗是自己找来送死的!他过去解下马辔,提在手上回到黑狗身边。黑狗有些警惕,身子后缩,尾巴低垂,发出混沌的低吠。他试探着蹲下来,抚摸黑狗光滑的脊背,成功地让它的身体松弛下来,它开始摇尾巴了。他把缰绳搭在它脖子上,看它没反应,进而系上扣子,牵着它来到树底下,突然光着脚爬上树去。缰绳的长度不够用了,黑狗开始尖叫,声音迅速变得沙哑起来。他把手中的缰绳搭在树枝上,用力向下拉,黑狗的身体呈现出站立的姿势,后腿乱蹬,紧接着整个身体就悬空了,身子仍在一纵一纵,凶狠地撞向树干……

他拴好绳子,跳下去。

他从地上捡起一根棍子,照准弓着腰的狗身子一顿猛抽,一边抽一边念叨:"不信我是一摊稀屎!不信我是一个窝囊废!"

黑狗始终哀嚎不已。

他突然想起来,应该直接砸狗头。前两年,村里经常有人喊:"谁反对毛主席,我就砸烂谁的狗头!"说明砸狗头肯定是杀狗的诀窍。嘭、嘭、嘭,一下、两下、三下,三下之后,狗就死了。狗不叫了,身子一颤一颤。

他瘫坐在草丛里,喘着气。

这一次,他没有遗尿!

他笑出了声音和眼泪,哈哈哈……

他看见瞎马在几米外抬头入神地看着他,目光冰冷,他心里突然怕极了,急忙上树解下绳子,丢下狗,一溜烟逃回海棠。

倒是没有任何坏事情发生。

他想，心里藏一个秘密，够了。

可是几天后再去放马的时候，忍不住想带上那把刀子，那把灰汉专用的长刀子。他相信，村里很快会有人用得着灰汉的。他很想把手上的功夫练好，很想做一个硬邦邦的灰汉。他还顺便带上了一根长长的麻绳。

他遇见了另一只狗，一只花狗。和黑狗一样，花狗不咬他，一味地向他摇尾巴，见了他就像亲人一样。听说狗的鼻子灵，嗅见谁身上有杀气就会主动巴结谁，看来真是如此。那么，在狗眼里，我银锁已经是一个标准的灰汉了。哼哼，他心里发出怪笑。这一次他改进了方法，把花狗吊起来后，直接"砸狗头"，然后再改用刀子——像上次杀牛杀马杀驴那样，直接将刀子刺入喉咙。花狗流尽了血，死了。

银锁终于看清了死，比活着简单多了。活着要复杂无数倍，活着有可能遗尿，有可能娶不上媳妇，有可能连灰汉都做不好。而死多简单，简单得像"一"。他压根没体会到做了件事情，花狗就变成一条死狗，他看了看四周，除了他自己，就是树和鸟、太阳和风，所以，他决定剥狗皮，他见过爸爸剥羊皮，把拳头塞进皮和肉之间，左手拽皮，右手攥成拳头一拳一拳捣下去，皮和肉就刺啦刺啦地分开了，那声音好听极了，手上还不沾一滴血……可惜的是，他还没机会试试手，爸爸就走了。

银锁跪在草丛里，开始剥狗皮。把脖子上的那道伤口挑通，越过腹部，直接冲着屁眼而去。用刀子一下子划出一条直线，这是剥皮的第一步，也是最美妙的一步，就像他小时候帮谷老师办黑板报，无论直线曲线，一笔就能画出来。接下来怎么办？他想起来了，接下来应该是"挑四梢"——这是爸爸剥羊皮的说法，"挑四梢"就是再把四个蹄子挑开,一直通向腹部。最后,银锁学着爸爸的样子,把血红的刀子像笛子一样咬在嘴上,开始用手,一边拽一边捣,这两个动作还真的够用了……

这一次,他体会很深。

他甚至担心自己会上瘾。

他带着一条狗腿回了家,妈妈问哪来的。他说,他帮人家杀了狗,人家送他一条狗腿,他让妈妈赶紧做饭煮肉,他饿死了。

狗肉煮熟了,香喷喷的。

他把狗肉啃得干干净净,得意地对妈妈说:"你看,我啃过的骨头,狗都不啃。"妈妈一看,笑着说:"没你爸爸啃得干净。"银锁听了很不高兴,心想,我就不信我啃骨头也啃不过别人!妈妈把狗骨头扔了,他对她恶狠狠地喊:"别扔,我有用。"妈妈问:"有啥用?"他说:"反正有用。"妈妈就把骨头还给他。

他拿着骨头瞅了瞅,决定用小楷笔在上面画一只狗,要尽可能画得像那只花狗!妈的,以后每动一次刀子都要留一根骨头!

狗骨头里果然就映出一只花狗,卧在草丛里,伤心地看着远方,身上有黑有白,似乎能听到凄凉的秋风从草丛里刮过……

这是一个发现,他的才能并没有完全丢失,他还会画画,他急忙拿去让妈妈看。妈妈却说:"二十几的人了,干点儿正事吧!"

妈妈有一脸的恨铁不成钢。

他心里凉了半截子,他后悔让妈妈看了,妈妈的意思他明白,和外人没两样,无非是你这个人怎么就长不大?你以为你还是十二岁呀,和你一起长大的人都当爸爸了,你呢?你连个灰汉都当不硬邦,你还能干什么?

骡驹

这年春节,瞎马产下一只骡驹。

当时没人愿意要瞎马,除了嫌它胃口大、费草料之外,更是估计,以它的岁口,十有八九怀不上驹了。"算计的算不过不算计的。"事实再一次证明了这一点,同时还证明了:傻人有傻福。清明节前后,栗色的小骡驹就已经满村子乱跑了,银锁每次拉着瞎马去河湾饮马时,小骡驹总是蹦蹦跳跳地跟在旁边,要么就撒着欢跑出去很远,再往回跑,要么躲在后面久久不露面,突然又冲出来,挡在瞎马身前,等妈妈低头舔自己。这个世界的内心是什么,小家伙显然完全不知道,只知道蹦呀跳呀……

如果放在土改那一年,一匹马加一只驴,有资格划成中农,地主、富农,下来就是中农,中农下去还有贫农、雇农等等。

所以,妈妈开始张罗着给银锁说媳妇了。妈妈相信,用一匹老马或一头小骡驹换一个女人应该够了。如果是本村外来户张木头家的傻婆娘小娥就更是绰绰有余。要说傻,小娥那才是真傻,整天连鼻涕都擦不净,看人总是斜着一只眼睛,走起路来像只母鸭,两个奶子抖成那样子,还经常把一张脸画得花红柳绿。全村就这么一个傻女子,前些年还嫁给三皂的一个哑巴了。三年内生了一双儿女,哑巴丈夫出车祸死了。一个只会吃饭不会干活的傻婆娘留在家里没啥用了,就被人家打发回来了。

可是银锁看得上小娥吗?

妈妈知道儿子肯定看不上的。儿子并不承认自己有多傻。儿子一直觉得,自己被选为灰汉,是冤枉,是因为家里没有个硬邦人。如果爸爸和哥哥，有一个人在家，如果妈妈不是那么没用，都不会把自己选为灰汉。

妈妈终于还是问了银锁。

银锁说："我不结婚。"

妈妈说："你不结婚，我怎么抱孙子？"

银锁说："有我哥呢。"

妈妈说："你哥是你哥，你是你。"

银锁说："别说了，反正我不要，打死也不要！"

妈妈就没敢再说下去。

隔了两天，妈妈自言自语："聪明能干的女子多了，傻女子就眼前这一个。"

银锁听见了，厉声问："你是啥意思？"

妈妈的脸被银锁的声音吓黄了，一个字都不敢再说。妈妈知道，银锁最怕听到"傻"这个字的，更别说娶个傻媳妇回来了。

转眼又过了两天，中午，妈妈在堂屋小睡了一会儿，梦见了银锁的爸爸，他坐在她旁边一言不发，脸上的愁容像一封信一样明白无误，原来死人和活人愁的事情一模一样！哪个娃娃瓢，心思就总是拴在哪个娃娃身上。妈妈醒来后看见银锁呆坐在院门下，正要说刚才的梦，银锁倒先开口了："我爸爸刚来过。"

妈妈问："你咋知道的？"

银锁说："反正，我知道。"

妈妈看见了银锁脚下的"鬼烟"。

妈妈叹一口气，说："我刚才也梦见你爸了，他坐在我旁边一声不吭，我问，你有啥心事？你爸说，发愁咱们银锁娶不上媳妇。"

银锁说："那就随你们便吧。"

说罢，就杳然离去。

妈妈急忙找人算了二人的属相，一猪一狗，很配，接着请了媒人，带上礼品进了张木头家，张木头一家笑得合不拢嘴，原来张木头同样盯上银锁了，张木头的想法一目了然：银锁背着傻瓜的名，其实并不算傻，再说人家是灰汉，好坏有个身份，从实惠的角度说，一个灰汉相当于一个杀猪匠，时不时能挣一份杀猪钱，还有更重要的，银锁的哥哥金斗当兵两三年了，听说已经是副连长了，有可能爬得更高。再加上瞎马刚下了个小骡驹，如果聘礼真是小骡驹，那实在是天上掉馅饼的事。

当然是一拍即合了。

对方提出的彩礼不是别的，正是小骡驹。小娥可以先嫁过去，小骡驹倒不急，让它继续跟着大马，等满周岁了再接过来。

订过婚之后，妈妈催银锁给哥哥金斗写封信，银锁想了半天，却说："不知道咋写。"妈妈就说："那来吧，我说你写。"

金斗我儿：

你好吗？妈妈想你，银锁也想你。银锁最近要结婚了，你要是有空，就回来一趟，要是没空，就寄一张照片回来。

最后这句话原本是要钱的，临时换成了照片。妈妈和银锁百分之百相信，哥哥看到信，人如果回不来，一定会寄钱回来的。

半个月后，金斗回来了。

金斗的口音变了，性格也变了，变得老成稳重了，话少了，笑容也少了，一个过去"五伦不入"的人，这样的变化当然是巨大的，令人难以接受。看见村里人，虽然不失亲切，却是暗含冰冷的一种亲切。

人多嘴杂，议论很多，只有个别人切中要害："任命弟弟银锁为灰汉，其实是没把当哥哥的放在眼里。"

金斗在家里只能待三天，他果断决定，在剩下的两天时间内把弟弟的婚事办了。金斗亲自找阴阳先生看日子，阴阳先生笑着说："日日是吉日。"于是，由阴阳先生本人带上自己三个徒弟，当晚就请来各方神圣——佛祖、观音、玉皇大帝、王母娘娘、土地神、灶神、财神，以及列祖列宗，开始供饭、焚香、诵经。同时，宰猪、杀鸡、搭棚子、蒸馒头、借碗筷、写对联、缝制被褥、买烟买酒……各项事务都于当晚开始了。总之，金斗的心意是：弟弟虽然是娶一个傻媳妇，婚事绝不能草率。

村里有讲究，红事用红筷子，白事用白筷子，新媳妇娶进门时，要故意把一双红筷子扔在洞房门口，再由某个男人用脚踩住，等新媳妇弯腰捡。如何顺利从脚底下捡起筷子，能看出新媳妇的应对能力，以及气质风度。

小娥的气质风度还用检验吗？妈妈提出取消这一条，主事者说，办喜事要的就是闹，检验气质风度是次要的，闹是主要的。

小娥来了，经过打扮，头上又半遮着红纱巾，还有伴娘暗暗使劲，令小娥看上去竟有几分娇羞迷人的味道。到了洞房门口，伴娘把心急的小娥拉住，指了指脚下，小娥便看见了地上的红筷子，弯下腰正要捡，一双大脚已经结结实实踩上去了！小娥抓住筷子的一端，使劲往外拉，筷子纹丝不动，小娥有些生气，大喊："臭脚拿开！"人家继续踩着不动，小娥急中生智，在那人的脚踝上狠狠掐了一把，那人急忙提起大脚，单腿在院里一跳一跳，哎呀个不停，小娥顺利拿到筷子，交给伴娘。

"掐得好掐得好！"有人起哄。

"快送我上医院啊。"那人还在跳。

哈哈哈，哈哈哈……在人们的笑闹声中，身着军装的金斗转身走了。银锁刚好看见了这一幕，尤其看见了哥哥难过的样子。

当晚，客人散尽后，小娥成了银锁的老师，教银锁完成了那事。小娥叫床的声音很凶猛，妈妈听见了，哥哥金斗也听见了。

早晨起来，银锁觉得，整个世界都变了。阳光还是原来的阳光，但里面好像兑了过多的金粉，看上去像画家画出来的。矮墙还是原来的矮墙，但矮墙后面的小树顶上，一只好看的绿蜻蜓在静静地休息，突然又飞起来了，在风里面立即又转了向。天空瓦蓝，那种蓝，又陌生又亲切，非常陌生，又非常亲切，就像他刚刚见识过的某个世界，非常美丽，又非常普通，非常美丽和非常普通竟然可以是同一样东西。他奇怪，自己竟然从那个世界里出来了，他想不通自己为什么舍得出来？他应该一直待在那儿才对，吃喝拉撒睡全在那儿！这时候他才怀疑自己可能是傻了，可能是傻了！

金斗说："我今天要走。"

银锁说："我去送你。"

银锁心里其实很不想送，送到镇子上，一来一回起码半天，他好想待在那个非常美丽又非常普通的世界里，永不出来。

大家来给金斗送行，唯独不见新媳妇小娥，妈妈大声喊："小娥，小娥……"仍然不见小娥的人影，银锁红着脸说："走吧。"

就拖拖拉拉向村口走去。

到了村口，好不容易才把一大堆送行的人劝住了，只剩下兄弟二人了。但是，兄弟二人以前就没多少话说，现在更没话了。

转眼一半路都走过去了。

"结了婚，就真的长大了，把妈妈照顾好。"金斗说，银锁不喜欢这话,却不知道如何回答,就反过来问哥哥:"你啥时候把妈妈接出去享享福?"哥哥警惕地问:"刚结婚就想把妈妈踢走呀?"弟弟的脸唰地红了,忙说:"没有没有,我可没那个意思。"哥哥笑了,说:"你没那个意思我相信,你那个傻婆娘可难说。"弟弟心里猛地一沉,差点儿要把哥哥的行李扔下不走了,除非哥哥把"傻"字拿掉,终归没那样的性子,只能是想想而已,接下来便闷声跟在哥哥身后,半句话都不说了。

到了车站,哥哥说:"有些事,我对不起你。"

弟弟看着哥哥,表情恍惚。

哥哥又说:"陷害谷老师的事是我干的,我专门穿着你的鞋,给你栽赃。那之后你的学习成绩就一落千丈。后来给书记叫魂的应该是我,我跑了,你一个人转来转去给书记叫魂,把人家的魂叫来了,把自己的魂叫丢了。"

弟弟似乎很怕哥哥说这些。

哥哥说:"那时候咱们都太小,太贪玩,后来长大了,明白了,却来不及挽回了。我千方百计去当兵,其实是为了逃避。"

弟弟的眼睛有些湿了。

哥哥说:"当了兵,又听说你成了狗屁灰汉,我心里就更他妈的难受了,连续几年没回家,就是因为不想看见这帮狗杂种。"

弟弟低下头,踢着脚底下的碎石子。这种时候,他才由衷地相信自己真是傻,需要说几句光堂话的时候,啥屁都放不出一个。

车来了,喇叭像迅雷,劈面而来,银锁的心一下子松开了,金斗却有些紧迫感,从口袋里摸出早就放好的二十块钱,递给银锁。银锁没犹豫,伸手接了。轿子车的车头昂然亮相,接着整个车厢像画轴一样徐徐展开。

哥哥说:"给我写信!"

弟弟点头。

哥哥说:"自己写,写你自己的话!"

弟弟还是点头。

哥哥说:"别光点头,说话呀!"

弟弟又点头。

小娥

送走哥哥,银锁一转身就想起了小娥。事实上他的身体自动惦记着小娥,一刻也没停,里里外外一径在说话:"怎么那么好!"

是呀,他完全想不到小娥是一个世界。不是一个女人,更不是一个傻女人,而是一个世界。其实他有一个巨大的秘密:他曾经好几次梦见过小娥,梦见他把她领到草垛后面,把她睡了。梦里面的小娥总是很听话,乖得很,要啥给啥。妈妈突然提起小娥,他着实吓了一跳,头上冒出一层汗。他对妈妈说"打死也不要"的时候,心里有个如意算盘:和小娥在梦里面见面就够了,梦里面他已经什么事都干了,用不着娶回家了。娶回家还要背一个傻瓜娶傻瓜的坏名声。在梦里面悄悄睡她,又安全又省事又不失面子。他哪里能想到,和真正的小娥相比,梦里面那是屁,而且是一个小屁。真正的小娥是一个不得了的世界,那里面堆纱叠皱,山高水长,好得不得了!如果梦里面的小娥和昨晚上的小娥,都是一间房子的话,那么,梦里面的房子是空的,是空房子,昨晚上的房子里,藏着太多太多的金银财宝。现在,他的手,他的脚,他的肚子,他身体的每一部分,不能不随时重复着一句话:"怎么那么好!"如果不担心别人说他傻,他真会逢人就问:"她怎那么好?"或者问天上的飞鸟、地上的爬虫:"你们告诉我,她怎么就那么好?"

他已经认为,小娥只能是自己的老婆。小娥是老天爷看着我银锁的样子专门制造的。别人嫌弃她,唯独我银锁不能嫌弃她。

银锁进了商店,用哥哥给的钱买了一双胶皮底的布鞋,打算送给老丈人张木头,还称了半斤水果糖,心想妈妈和小娥各一半。

回到村子,银锁打算瞒过妈妈,就直接进了村口的老丈人家,说:"姨父,这双鞋给你。"张木头还没反应过来,银锁已经跑掉了。

就这样,这对夫妻在婚后第一天便进行了一次完美的合作,给了大家两个漂亮的理由——说他们是"一对傻夫妻"的理由。

先说小娥,吃过早饭去撒尿,一看茅坑里蹲着个人,回来憋了一会儿再去,又蹲着个人,一想自己家离得不远,就回去了。家里人问:"你怎么现在回来了?第三天回门才能回来!"她闷声说:"我回来上个厕所还不行?"

再说银锁,还没等到回门的一天,就已经烧包得不行了,提着一双新鞋去孝敬老丈人,就差跪在地上给张木头舔鞋底了!

此等例子后来就越来越多。

比如,银锁买回来的半斤水果糖,并没像他计划的那样,妈妈和小娥一人一半,而是只给了妈妈两颗,其余都给小娥了。小娥的糖,小娥舍不得一个人吃,拿出去发给大家了,目的是告诉大家:"银锁对我有多好!"

太疼老婆的男人是没地位的,大家会群起而攻之:"没出息!"这么瓢的男人,女人都不喜欢。可想而知,那半斤水果糖的坏作用有多大。这让大家进一步看清,银锁是一个多么没出息的男人,他也只有做灰汉的命。

而银锁并非不想"有出息"。

几天后,银锁发现,他送给老丈人的那双胶鞋回到自己家了,戳在粮食柜里,他抽出来先问妈妈,妈妈摇头,再问小娥,小娥老实承认:"我拿回来了。"银锁问:"谁让你拿回来的?"小娥还是老实承认:"我自己偷偷拿回来的。"银锁又可笑又可气,故意端着架子大吼一声:"不像话!"小娥勾着头、斜着一只眼睛、衔着涎水说:"我想拿回来让你穿……我……我又不会做鞋!"银锁心里揪了一下,很想把小娥抱在怀里,可是,他实在不想老是"没出息",再说这双鞋的下落必需有个交代,于是,银锁一把揪住小娥的黑头发,把小娥扯出家门。小娥大哭不止,却不反抗。银锁一个动作把小娥扯到大路上,再扯到小路上,一直扯到张木头的炕头,冲张木头大喊:"看看你养的啥女儿,把我给你买的鞋偷回去了!"张木头不说话,只是嘿嘿笑,笑完了应付着说:"我的女儿我知道,你别生气,你把她放下,我好好熟她的皮。"银锁气咻咻地回到家,意外想起张木头的表情和语气,才明白张木头明明是把他当成傻女婿哄走了,他还在傻乐呵。

但总算当众硬邦了一回!

这之后的某一天,灰汉银锁被人请去杀了一只驴,带回来一块肉。"天上龙肉,地上驴肉。"妈妈做好后,一家三口好好吃了一顿。妈妈还偷偷给儿子留了几疙瘩肉,没想到一夜之间竟没了,肯定不是猫吃了,肯定是又傻又懒又馋的儿媳妇吃了,妈妈想都没想就告诉了银锁。银锁一听就明白,妈妈希望自己把小娥教训一顿。但是,银锁后来有些想通了,无论如何自己是洗不掉"傻瓜"的名声了,还不如由它去,老婆虽然比自己更傻,又的确有点儿懒有点儿馋,不过他不打算再扯她的头发了。

这可怎么办?妈妈的面子又不能不给。哈哈,有了!银锁想起了小时候,哥哥经常在地上画一个圆圈让弟弟站进去,说:"不许擅自离开。"银锁决定借过来一用。银锁把手伸进灶眼里,抓了一大把煤灰出来,再来到院中央,弓下腰撒了一圈,就撒出一个圆圆的圆圈。银锁一笑,心想画圈没人比得上我!

"小娥你给我过来!"

小娥用母鸭的样子跑来了。

"进去,站着别动!"

小娥乖乖走进圈里,双手并齐,站下来。

"好好站着,不许擅自离开!"

小娥问:"站到啥时候?"

银锁想了想,摸摸头说:"等我头发长长了再离开。"

当时银锁刚刚剃了光头。

小娥看着银锁的光头,问:"要是等不住呢?"

银锁说:"等不住也得等!"

银锁狠狠跺着脚,唾沫星子乱溅。

银锁看见妈妈的脸在堂屋窗口闪了一下。

银锁喊:"你这个女人,又懒又馋又笨,还傻!你想想你狗日的除了会饮马,会烧炕,还会干啥?会炒菜吗?会烙馍馍吗?"

小娥低头说:"我会养娃!"

银锁问:"你说啥?"

小娥没有把握地说:"我还会养娃呢……"

银锁没声了,的确是呀,小娥给前面的男人养了一儿一女,还都"不傻",眼下人家的肚子又微微隆起来了,起码三个月了。

小娥没听到银锁的声音,有些得意,斜着眼睛偷着看银锁,不由得流下了涎水。银锁正不知该怎么办,妈妈的脸露出窗户。

"这一次饶了她吧!"妈妈说。

"不行,你饶我不饶!"银锁跺着脚。

"你嘴上不饶,心里早饶了。"妈妈一笑。

小娥背对着妈妈,没看见妈妈笑。

被妈妈轻易识破了心思,银锁头上渗出了细汗。

"我没说错吧?"妈妈问。

"我不管了,你看着办吧。"银锁说。

银锁一摔院门,躲出去了。

妈妈一看,小娥站在圈里没挪窝。

"好了,出来吧。"

小娥扭扭屁股,继续站着。

"哎哟,我让你出来你偏要站着?"

小娥还是定定站着。

"你真要等他的头发长长呀?"

小娥不吭声也不离开。

等银锁去洋芋地里转了一趟回来,看见小娥还站在院中央,几只小鸡在她脚底下啄来啄去,早把灶灰踢得到处都是了。

妈妈在厨房里蒸新麦面的馒头,正巧刚刚揭开锅盖,浓浓的雾气喷射出来,带着甜甜的味道,快把屋顶撞开了。银锁假装没看见小娥,进了厨房,悄声问妈妈:"怎么还站着?"妈妈同样悄声说:"等你头发长长呢!"

母子俩在屋里窃笑起来。

院里的小娥分外伤心地哭了。

小娥站在圈里等银锁头发长长这件事情,经过银锁妈的添油加醋,成为"一对傻夫妻"的新证据,被邻居们广泛传诵开来。

令大家预料不到的是，银锁似乎对画圈罚站有些上瘾了，时不时会命令小娥站在圈里，不许擅自离开！地点已经不止于自家院内，有时候竟然会在田间地头，锄草的时候、割麦的时候、犁地的时候、挖洋芋的时候、掰玉米的时候，小娥稍有闪失，就会被银锁大吼一声，骂一句"日你妈"，然后用锹用铲用棍子用任何现成的工具，就地画一个圈，让小娥"快死进去"。而小娥就像中了邪，或者也竟是有了瘾，你让站我就站，你不说出来我就不出来，一开始会低头抠指甲缝里的垢，翻来覆去，抠得很细，趁银锁不注意，会坐下来，抠脚缝里的垢，抠完了接着站；有时候站得尿急了，四下里看看，如果没人，就脱下裤子，谨慎地蹲在边线内，就像蹲在月亮的边上……

也有人认为人家那哪是罚站？是调情！两个傻子特有的调情！有人亲眼见过，两人一个在圈外一个在圈内，在打山歌：

银锁：
白麻纸糊着窗亮子
风吹着喳哪哪地响呢
说起姑娘的模样儿
眼泪喳哪哪地淌呢

小娥：
爬不上墙的老嫖客
墙根里下了泪了
这一回走了就别来了
难肠着活不过帐了

银锁：
黄铜的烟瓶红铜的罩
当中装着一口水呢
十七十八的惹人爱
心疼着想给个嘴呢

小娥：
有钱的哥哥你来了
油馍馍青茶咱俩吃下睡了
没钱的哥哥你来了
一碗凉菜你吃下去吧

有一次，银锁撅着屁股正要画圈，小娥用平素罕有的口气说："你不是罚我，是罚你儿子呢！"银锁立即愣住了，回头看着不像小娥的小娥，心里一惊一乍的。"你保证是儿子？"银锁问，小娥嘟着嘴答："肯定是儿子，头一个是儿子，第二个是女子，第三个又该是儿子了。"银锁禁不住笑了，说："有道理！"

一月后银锁就当了爸爸。

果然是一个胖儿子，而且是银锁自己接的生。男人亲自给婆娘接生，这也是这对傻夫妻连续弄出的无数笑话中的一个。

为什么是笑话？

因为，村里有讲究，女人的血是不干净的，男人最好别碰女人的血。男人给自家老婆接生，这种事情更是头一回听说。

怎么不叫你妈妈接生？

银锁如实答："来不及。"

那天银锁的妈妈刚好串门去了，小娥叫唤肚子痛的时候，已经没法子走路了。银锁赶紧把炕上的被子席子扯下来，再将事先准备好的一担白土倒上去，用双手铺开、抹平，再把实在是母鸭模样的小娥扶上炕，帮她脱了裤子，让她仰躺在白土上，没多久一个小黑脑袋就咔嚓一声喷出来了，眨眼间，白土已经血汪汪了，血的味道和土的味道混合起来，几乎硝烟弥漫，"是儿子吧？"满头是汗的小娥问，银锁一边剪脐带一边答："不是！"小娥说："骗人！"银锁把小家伙像兔子一样倒提起来，抖了抖，小娥看了一眼，眼睛就闭上了。银锁顾不上搭理小娥，赶紧用边上的白土清洗儿子的血身子……这是南山上的白土，就像碾碎的药面子，天生有消毒功能，比任何消毒剂都管用……

傻小娥生了个儿子，现在，所有人，包括银锁和小娥自己，开始关心另一个问题了：爸爸半傻、妈妈全傻，儿子有多傻？

于是就给儿子取一个贱名：脏狗。摆出一个低姿态，等他慢慢长大，看他能比"脏狗"好多少，最不济不就是"脏狗"一只吗？

脏狗一天天长大，三翻六坐，还算正常。满一岁时，能扶着墙走路，但显然"话迟"，你教他学任何话，他发出的声音都是"啊啊啊"。话迟有两种可能，一是贵人话迟，二是傻人话迟。按理说，各有一半的可能，可是大家却嘀咕，恐怕只有一种可能。直到接近两岁，脏狗终于勉强会叫妈妈、爸爸了，但怎么听怎么看都和机灵不沾边，不给关心他的人长精神，种种表现都在书写一个字："瓢"。

"这娃还是瓢啊！"

"可能比银锁差，比小娥强。"

"不够做灰汉！"

这些话对小娥来说像天书，她基本听不懂，她只知道，想生儿子就生了儿子，这个本事除了她小娥有，别人没有。银锁则不一样，他觉得这些话像刀子一样,剐着他的心。他自己不得已做了灰汉,他是绝不想再养出一个灰汉儿子的。要傻就傻到底,千万别像我一个样,半傻不傻,说傻不傻,说不傻,傻!

山水

  一个晴朗无云的午后,南山背后的一场看不见的特大暴雨,酿成百年不遇的山洪,沿着狭长的西沟高速流出,拐了一个急弯之后,进入海棠村和北山之间的河湾内,卷走了正在河湾里挑水、饮马、洗衣服,以及偶然经过的七八个人,包括一些牲口和鸡鸭……包括傻婆娘小娥,包括那匹胃口大极了的瞎马……

  天空始终晴朗,比任何一天都晴朗,山水的凶蛮却迟迟不见减弱,说明暴雨的范围超出了想象。波光粼粼的山水表面有完整的麦垛缓缓移动,垛顶上要么卧着两三只鸡,要么盘着一两条蛇,都是郁郁寡欢的样子。一具裸尸的尖肚皮上站着一只红嘴乌鸦,抬头看着岸边,像一个孤独的乘客……最多的则是家具、棺材板、树木。有人发了横财,有人失魂落魄地沿河呼叫着亲人的名字,一路寻找下去。

  连续两天,银锁早出晚归。妈妈迎上来,焦急地等他说话,他只是摇头。不过,次日傍晚,他带回来两根骨头,一根又粗又长,一根又细又短。粗的长的权当瞎马的,细的短的权当小娥的。吃过饭,银锁捧着油灯,带上小楷笔和墨汁,下到院拐角的洋芋窖里。洋芋窖深一丈有余,窖底的旧洋芋变得又蔫又小,寒气和霉味却肥腻腻的,立即把银锁包围起来。银锁站稳双脚,置好油灯,一抬头便看见了他的杰作——活在各自的一节骨头里的牛、马、骡子、驴,还有几只狗……它们个个都是谦恭柔顺的样子,也都是活灵活现,气息宛然!它们已经可以组成一个大家庭了，银锁便是这个大家庭里的家长。眼下银锁打算再补充两名家庭成员：瞎马和小娥。银锁闭眼想了想，打算先画瞎马，又想了想，打算让瞎马卧下，尽量卧舒坦些。银锁舔了舔狼毫笔的笔尖，再蘸上墨，几笔之后，瞎马就回来了，骨骼伟岸、姿态沉静的瞎马安卧在草地上，显然准备一卧不起，永远不再劳作了，永远不再下驹了。接下来便是小娥——小娥该是站还是坐？哭还是笑？银锁又舔舔笔尖，舔黑了嘴唇，银锁抿着花嘴唇想了想，就像要得到冥冥中的启示。接着，银锁手中的狼毫笔就跳跃起来！银锁的手法很单一，无非是勾勒而已，勾出了形，也勾出了神。小娥比实际上美丽了几分，站在花丛间，乐呵呵笑着，发髻上别着一朵野菊花……

银锁听见小娥在打山歌：

你在山来我在河
树叶堵着看不着
马路上的哥哥好心肠
冰糖放在枕头上
你不吃来我吃上
相思病害在你身上

银锁默默和小娥对打着山歌，不知不觉已是泪流满面了。直到妈妈在院里叫他，他才哑哑地应了一声，红着眼睛爬上去了。

第三天早晨，张木头家得到消息，小娥的尸体有了下落。小娥并没有随大流一直向东，在百里之外的县城归入渭河，而是一入东沟就拐了弯，沿着一条不起眼的斜沟漂呀漂，终于在那个名叫三皂的山村前停顿下来。

三皂有她的一双儿女，现在都有五六岁了。自从小娥被赶回娘家，改嫁银锁之后，双方就一直没有见过面。曾有人问小娥："想不想那边的一儿一女？"小娥干脆地说："不想。"可见小娥真是傻得没边没沿。但是，谁也没料到，小娥的尸体竟如此有灵性，没有顺流而去，而是曲曲折折回到了一双儿女面前。

张木头说："我去要人，人家不给。"

银锁问："他们凭啥不给？"

张木头说："人家打算把小娥埋进祖坟。"

银锁问："哼，早是干啥的？"

张木头说："听说坑都挖好了。"

银锁说："他们起码应该先来征求咱们的意见。"

张木头说："是呀，狗日的！"

消息传得很快，几分钟内，海棠村的老老少少都听说了。整个村子受到了莫大震荡，一致感叹，小娥这个傻婆娘，活着时窝窝囊囊，死了，竟上演了如此一幕。这一幕半是倔半是邪，倔得令人揪心，邪得让人动容！

听说三皂那边把小娥的尸体扣下了，已经挖好坑了，准备埋在头一个男人身旁。海棠这边一听就觉得不舒服，越想越不舒服，这里面如果有"疼"，那么，这疼不止是银锁一个人的，而是全村男女老少的。这是一个村子对另一个村子的公然挑战，无异于一个村子对另一个村子下了战书，不能不应啊！

走啊！

快走，把家伙带上！

走走走噢！

眨眼间，任何个人的态度都变得无足轻重了。一个村子有一个村子的大义。大义,并不像吃饭穿衣睡觉那样一刻都不能缺少,但是,总有那么一些关键的时刻,大义就突然浮出水面,变得比吃饭穿衣重要无数倍。大义涉及一个村子的荣誉和尊严,那些头人、那些村干部、那些硬邦人、那些常常出现在大伙前面的人,他们的存在,就是为了在关键的时刻挺身而出,维护大家共有的荣誉和尊严。

人群黑压压拥向三皂。驼背张木头在前面带路,灰汉银锁被人群裹挟在中央。银锁心怦怦跳,怕得要死。银锁也在自责,我这个人,实在是不该活着的。不如等会见了小娥,一头撞死在她旁边。那样自然是乱上添乱,但是,银锁相信,村里这些人是不怕乱的。越乱越能显出他们的聪明才智。村里每过一段时间就会有这么一两件事情发生,平时和大家一样持家务农的一些人,就一下子冒出来,显示出他们的硬邦、他们的威望、他们的才智、他们处理混乱局面的本事。再乱的事情他们也能处理好。只是,到了那边(成鬼之后)怎么办?小娥,小娥的头一个男人,我,我们三个人怎么办?我好办,我认瓢就得了,小娥怎么办?小娥将多么左右为难啊?那还是不死好!

海棠人没想到,三皂人比海棠人更心齐,他们得到消息后,迅速动员了数十人,候在村口,同样手持锄头、木棍、铁器。

双方形成有模有样的对峙。

适当的静场之后,海棠这边的头人出场了。头人是大个子,很魁梧,银锁这一辈人叫他大爸。大爸其实不老,穿着四个兜的中山装,戴着茶色的眼镜,他一走出去,大家就觉得心里踏实了很多。他把锄头交给身后的一个人,空着手大无畏地走过去。刚走出几步,又回头招手,让张木头和银锁跟在身后。

那边也迎出来几个人。

那边的人大声问:"你们想闹事吗?"

大爸说:"我们是来讲理的。"

"讲理?海棠人也懂得讲理吗?"

这话让海棠的群众大为不满,手中的工具立即乱舞起来。

大爸回头示意大家安静。

大爸问:"道理明摆着,就像今天的天气一样,蓝是蓝绿是绿。"

三皂人哈哈大笑,底气很足。

海棠的群众有些汗颜,认为大爸的文绉绉无异于示弱。

"大爸,别跟他们啰唆!"

海棠人有习武的传统,多半男人小时候在自家院子里练过拳脚,有些男人成年后靠走乡串户教人打拳混光阴,光教人打打拳当然没意思,他们的拳脚已经生锈了,痒痒得厉害!他们大老远赶来当然不是要来讲理的,他们最瞧不上的就是卖嘴皮子,就是文绉绉。他们不要讲道理,他们要的是硬邦,是强大。

那边也不是吃屎的。

然而,两边终究都是有组织无纪律的散兵游勇,一接触就乱作一团,片刻之后便发展为一场标准的乌烟瘴气的民间械斗!

可是,银锁在哪儿?

银锁想起了年迈的妈妈和年幼的儿子,银锁坚定不移地认为,小娥可以死,我银锁不能死!我死了,妈妈怎么办?儿子怎么办?于是,银锁不管三七二十一,趁乱躲远,缩在一棵枝繁叶茂的核桃树后面,抱着头,全身猛烈发抖。后来战火渐渐蔓延到核桃树旁边,银锁干脆爬上树,躲在稠密的树叶后面。

不得了,死人了!

有人脑袋开花了,血喷了一地。

看样子还是海棠人。

"死人啦!"

"死人啦!"

这声音是惊惧,也是庆贺!

死人,至少死一个,这似乎正是双方暗暗期待的结果,现在好了,终于死了一个,该冷静了——两边的人同时冷静下来……

善后

死者是银锁的一个堂弟,刚出五服,才十七岁。既然械斗是海棠人自己发起的,又实在不知道要命的一击是谁砸下的,派出所的处理意见只能是冷冰冰的四个字:后果自负。至于小娥的尸体,是留在三皂还是运回海棠,派出所的意见同样简明扼要:小娥死前是谁的老婆,谁就有权决定小娥尸体的去留。也就是说,银锁如果同意小娥的尸体留在三皂,那就留在三皂,如果不同意,那就搬回海棠。

该银锁拿主意了!

人人的主意都没银锁的主意重要,派出所的、头人的、村长的、张木头的,任何人都没有发言权,只有银锁一个人有。

全部目光一齐投向银锁。

目光很像无数根铁叉子,同时压在银锁脑门上,压瘪了他的脑袋,令他的两个眼珠子不得不外凸出来,很像鱼的眼睛,旧铜一般的松软头皮以一种可怕的样子上下扯动,似乎他真的有可能一言兴国、一言丧邦。

"喂,你说啊。"

"我?"

"对,就是你。"

"我……"

银锁在一瞬间里意外镇定下来,眼珠子不凸了,头皮不动了,语气像另一个人的:"让我说……还不如让小娥自己说!"

让小娥自己说?

银锁说:"小娥已经说过了,你们都看见了。"

银锁的语气令银锁自己都吃惊。

之后,银锁重新变得紧张起来。

他看见海棠人一致露出了失望的神情。三皂人简直不相信自己的耳朵。派出所的人也在狐疑。老丈人张木头气得浑身发抖。

"你最好说明白点儿!"

"不要含糊其辞,把话说明白!"

"说呀,再说一遍!"

银锁的头皮就再一次扯动起来,银锁意识到自己有机会改口,有机会把说出去的话咽回来。但是,不知道怎么搞的,心里有一种蠢笨的坚持的力量,就像有时候骑车子,放着宽宽的路面在一旁,却偏向阴沟里骑。

"你是说,尸体留在三皂?"

"小娥自己找来了,那就留下吧。"

海棠人互换眼神后纷纷离场。

张木头犹豫了一下,也红着脸跟出去了。

现场只剩下银锁一个海棠人。

三皂人,有人向他竖了大拇指。

银锁有一种上当受骗的感觉,心里突然很难过、很生气。自己不小心说出的几句话,眼看着造成了不可更改的严重后果,小娥要永远留在人家的地盘上了。这么大的事情,为什么让我决定?不知道我脑子不够用吗?

银锁没看小娥最后一眼,独自走在回海棠的山路上。天气热极了,地底下的热气比天上的阳光还毒,上烘下烤,银锁觉得全身乏力,眼皮也抬不起来。这才想起连续跑了几天路,连续几晚上没合眼,就想倒头睡一觉。

银锁找了个山洞钻进去,随便躺在洞口曾经躺过人的地方,马上就睡着了。醒来后已经是半夜了,有月光从洞口照了进来。他想,现在回家最好,没人看见。他相信这次他把全海棠的人都惹了,海棠的每一个人都有可能把他吃了。派出所的人让他表态他就表态,把鸡毛当成令箭了。表态的瞬间他甚至有一个潜在的向往,尽可能让自己显得"不傻",不给海棠丢人,让外人看到海棠人懂道理、讲感情。结果适得其反,海棠人全部离场,就剩下他一个人的时候,他才多少有些醒悟,却已经来不及了。事实再一次证明,他真是傻,不是脑壳里进屎了,而是脑浆原本就是一摊屎。

"我还能不能做灰汉?"

他突然竟有了这样一个疑问。

"我还能不能做灰汉?"

他真的在问,声音很大,月亮垂着脸看着他,不回答。等待月亮回答的瞬间他滑倒了,就干脆坐下来,坐在自己的影子里。

他呆坐着,耳朵里渺渺然有了哭声,和四处的鸡鸣狗吠合起来,虽然起自乡间,却有高高在上的味道,令他感到冷清极了。

他断定哭声来自海棠。

是呀,海棠该哭。

海棠死了一个十七岁的后生。

三皂那边却他妈的静悄悄,静得像洋芋窖里长了芽的洋芋,散发着寒意和霉味。银锁不由得冲着三皂的方向哀哀哭起来：

"小娥，没人给你哭啊！"

"小娥，你好可怜好可怜啊……"

"小娥呀，我对不起你啊……"

有狼叫从不远处传过来：嗥——嗥——嗥——银锁立即安静下来，头皮一耸一耸，眼珠子外凸，双手紧紧攀住了地畔。狼叫声越来越近了，银锁发现自己除了拔腿跑掉，没有别的办法，但肯定不能跑，便只好展展地伏下身子，用双手堵住耳朵。这时他自然地想起了自己的灰汉生涯，自己杀了那么多生，到了遭报应的时候了。菩萨保佑，菩萨保佑！不知堵了多久，试探着取下手，周围有一些细微的声音，但那是安静本身发出的声音，连海棠那边的哭声都没了，月亮躲进一抹云影里去了。

多谢菩萨，多谢菩萨！

银锁朝着月亮磕头。

面具

银锁的担心是多余的，没人不要他做灰汉。大家只是对他更冷淡了，看见他就像看见一摊稀屎。每次从人堆旁经过时，他总能感觉到他们在说什么。他相信，"瓢"和"傻"这两个字已经不够用了，他们现在用的词一定是："吃屎的""废物""狗不吃的""丢先人的"，等等。好在几天后就有人请他杀牛。

那天早晨，他穿好灰色的长衫，戴好青面獠牙的面具，提上又窄又长的刀子，出门了。一出门，他就感觉到了神奇的变化，在他的脚底下，整个村子都在有节奏地一起一伏。有人冷不丁看见他，吓得慌忙扭转身子闪在一边。所有的女人都发出了尖叫。有个孩子吓得大哭起来。到了宰牛现场，有人点好香，恭敬地送进他手里，他稳步走向临时搭起的祭台，烧香、作揖、磕头。最后，红刀子进白刀子出。

提着滴血的刀子回家时，他发现，妈妈对自己的态度里也有了一点儿庄重。儿子脏狗流着鼻涕，咬着手，躲在奶奶身后，不敢走近他。他笑了，向儿子挥挥手，说："儿子，过来，过来。"儿子硬是不过来。他回到屋内，用小娥用过的镜子看自己，左看右看，终究不忍心脱下长衫摘下面具，也不忍心收起刀子。

他心里有一个声音：

没够！他妈的没杀够！

接下来的几天里，他每天都在期待重新穿着长衫，戴上面具，提上刀出门而去。他甚至屡次梦见红刀子进白刀子出的情景。

"老得太慢了！"

有一天他这样念叨。

他说的是村里的牲口。

刚说完这句话，就在河湾里碰见一个邻居，盯着自家的驴，驴站着，人坐着，人手上举着一根细细的长长的柳条，气鼓鼓的样子，驴尾巴上缠了一圈布带子，脖子两边还夹着木板，也是怄气的样子。人在怄驴的气，驴在怄人的气。银锁很好奇，站在驴旁边问："这驴，怎么啦？"邻居用柳条扫了扫驴肚子，说："骟了，骟了三四天了，伤口还没长好，正痒痒呢！"银锁蹲在邻居和驴的中间，打算仔细观察邻居要把驴怎么样。驴的四蹄明显发软，随时准备卧在地上，邻居就用柳条轻抽驴蹄子，不让它卧。"卧下后，会蹭着伤口。"邻居说。于是，驴只好继续站着，因为难受，用蹄子使劲刨土，刨起很大的灰尘。"死啊，站定，别动！"邻居骂。驴真的就站定不动了，要弯过头却弯不过来,用尾巴扫伤口,因为尾巴上缠着布条,尾巴就失去了刷子的作用。银锁看明白了,心想,做驴也不容易。银锁站起来要走,邻居笑着问他:"你知道,为啥骟它?"银锁一听很不高兴,心想,太小看人了。银锁走出去好几米,邻居才说:"骟了长命,能多活几年。"

银锁还真的不知道:骟了长命,能多活几年。银锁只知道,骟的另一个说法是"去势"。无论马、牛、驴、猪、狗、猫,骟了就去势了,就软了、瓢了、不胡来了。银锁从来不知道,骟的另一个目的是,为了多活几年!

银锁心里咕哝:怪不得!

几天后,这只刚刚长好伤口的驴就死在自家圈里了,被人用刀子捅死的。仅仅是脖子上挨了一刀而已,其他部位完好无缺。

半月后,又死了一匹马。

十天后,又是一头牛。

报案之后,来了几个警察,忙来忙去没给出任何结论。每次的情形都一样,只是杀死而已,并没有砍走一条腿,或者割去一只耳朵。不是为了吃肉又是为了什么?可以肯定是一个家伙干的。但是,这家伙是谁呢?

当然是他,灰汉银锁!有趣的是,没有任何人怀疑过银锁。村里的,邻村的,怀疑了很多人,都和银锁不沾边。这是因为,各种迹象表明,行凶者显然是一个行动敏捷、头脑冷静的家伙,连续杀了三只牲口,并没有留下明显的痕迹,这个人哪可能是傻子银锁?银锁又是灰汉,家家的牲口最终都要死在他手上。

该喜还是该忧?

银锁实在说不清。

恰是秋耕时节,银锁正用花钱雇来的牛,在北山顶上犁地。这牛显然也是看人下菜的，它发觉眼前这个男人没脾气，手上有鞭子，却不怎么用。于是，当银锁不小心把犁尖插得过深时，牛就故意犯浑，昂着头，耸着角，挺住不动。银锁挥鞭子抽牛屁股，牛这才兴奋了，使出蛮力，犁尖就在泥土中急速潜行几米，接下来又停住了。银锁并不生气，扶着犁远眺山下的村子，看了几眼，不禁大笑起来。

笑完后，心平气和地说：

"事不过三，足了！"

脏狗

银锁的哥哥金斗在部队上干得不错，上了台阶，已经是正营级干部，在部队结了婚，婚后不久，把妈妈接走"享福去了"。

家里只剩下银锁父子。

院门顶上钉上了一个黄色的铁皮牌子，写着四个字：革命军属。每隔几个月，银锁都会收到一张汇款单，去镇上取回来，顺便买几样东西，茶叶、水果糖、橘子、西瓜之类，惹眼地提在手上，一甩一甩地回到村子，很令大家羡慕。很多人种完庄稼没事干，纷纷出门打工了，而银锁始终留在家里，种着自己的几亩地。用牲口的时候花钱雇，省得平时操心牧养。省下来的工夫，都用在儿子脏狗身上了。

脏狗到了十岁，还不能上学。去过几天，被学校退回来了。学校说，脏狗的智商只够四五岁的水平，放在学校，成了同学们欺负嘲笑的对象。银锁了解儿子的情况，没办法，就打算亲自教儿子识几个大字得了。

的确，十岁的人，整天只玩四五岁孩子的游戏。从四五岁玩到十一二岁，仍然兴致不减。比如摔泥碗碗，从河湾里弄一堆泥回来，像揉面一样揉揉揉，揉得韧劲实足，做成一个海碗的样子，碗口朝下摔出去，一声干炸的空响之后，再看泥碗碗，已经破得像地图了，而耳膜里的嗡嗡声久久不散。再看儿子脏狗，浑身是泥，脸上也溅满鸡屎一样的泥点子，一副劳动模范的架势。再比如，把玉米缨子揪下来，贴在嘴角装老人，摇头晃脑，嘴里还诌着一些他自己也听不懂的说辞，自己演给自己看。又比如，把蜻蜓捉回来，关在一个罐头瓶子里，捉几只蚊子放进去。令脏狗始终想不通的是，蜻蜓原本是喜欢吃蚊子的，现在却似乎不认识蚊子了，只知道再三用头撞玻璃瓶子。脏狗就一遍一遍地问蜻蜓："喂，你傻了吗？你怎么不吃蚊子啊？"还常常缠着爸爸，让他解释，银锁高高在上地说："你把它关起来，它哪顾得上吃蚊子？"儿子睁大眼睛，似懂非懂。

也有一些方面，儿子令爸爸自愧不如，比如，把蝴蝶翅膀放在灯上烧焦，用开水把罐头瓶里的蜻蜓烫死，一刀剁掉鸡头……干这些事情，脏狗连眼睛都不眨一下，而银锁从小就是胆小鬼，从小就"瓢得很"。先是胆量瓢，后来智力也瓢了，成了"瓢上加瓢"。而脏狗这小子显然硬邦多了，有股子倔脾气。比如，银锁画个圈，罚脏狗站进去，"不许擅自离开"，脏狗要么不进去，要么迟早会擅自离开。

银锁挖空心思教脏狗画画、加减法、认字，都以失败告终，银锁得出结论，所有需要一点儿灵性的东西，儿子铁定学不会。

"这大概就是傻了。"银锁总是这样自言自语。此话的另一个含义是，我银锁根本不傻的，让我做灰汉，是天大的误会。

小娥被山洪冲走的那一年，银锁其实只有二十六岁，可以再想办法娶个女人，有两次机会，都错过了，一次是因为儿子，对方是一个死了丈夫的婆娘，不傻不呆，开始想来，后来改了主意，原因是："有个傻儿子。"

另一次是因为他的灰汉身份——外村有个女人，丈夫出门打工，七八年没消息，看得上银锁，也不嫌弃脏狗，但对方的条件是，只能做倒插门女婿，银锁自己同意，村里人不同意。因为银锁不是普通人，是灰汉！

"他妈的，狗屁灰汉！"

银锁气得把长衫和面具找出来，摔在院子里，用脚一通乱踩，把面具踩了个稀巴烂，随后又用几天工夫做出一个新面具。

一日清晨，银锁去给玉米地淌水，出门时儿子还在炕上熟睡，就锁了院门。中午回来时看见儿子坐在厨房门口，戴着新做的面具，穿着拖地的长衫，闷声不响，像一个恶鬼，把银锁吓了一跳。站在儿子面前的瞬间，银锁突然很生气，不是一般的生气，而是火冒三丈，银锁默默放下锹，找了根绳子，让儿子跟自己来。儿子不明白是福是祸，老老实实跟去了。空置很久的马厩里仍然有老瞎马留下的味道，银锁用力嗅了嗅，转身让儿子举起双手，儿子不肯，银锁大喊："听见没有？举起来！"儿子还是不举，银锁只好自己动手，把儿子的双手强行抓过来，拴在一起，然后把绳子的另一端吊在漏光的房梁上，便离开了。银锁心里知道，此刻吊在马厩里的，不光是儿子脏狗，还是灰汉银锁，因为，他并没有勒令儿子脱下长衫，取下面具。银锁坐在一块石头上，渐渐有些心虚。儿子狗东西竟一声不吭。

银锁突然又跳起来，顺手捡了根柳条，重新冲进马厩。

"你狗日的想当灰汉？"

脏狗乖乖点头。

"好啊，我让你当！当！当！"

说到第二个"当"的时候，柔软的柳条已经抽过去了，左一下右一下，毫不含糊。儿子尽可能扭着身子躲闪着，看不到他的表情，只听见他"哎呀哎呀"叫个不停,直到银锁隐约看见了小娥的影子——小娥不顾死活,用身体护住儿子,他分不清挨打的是小娥还是儿子,终于才停下来,喘着气歪倒在马槽边。

"你真的想当灰汉?"

脏狗又点头了,一脸诚实。

"为啥?为啥想当灰汉?"

"当灰汉,威风!"

他站起来,踮起脚尖,愁眉紧锁,把头顶的绳子解开,帮儿子摘下面具,脱长衫的时候,才发现儿子的右胳膊脱臼了,面条一样晃来晃去。骑着自行车,带着儿子匆匆赶往镇医院的路上,银锁的心里又发痒了,又有了动刀子的愿望。于是,当晚,某家的一匹小马驹离奇死亡,还是老样子,脖子上挨了一刀,尸身完整无缺。人们想起了多年前的那个神秘杀手,家家户户开始暗中提防,准备捉拿凶手。

凶手却不再出现。

雪糕

1998年腊月初十的深夜,有人突然砸门,银锁推开堂屋窗子问:"谁啊?"外面的声音很焦急:"快开门,妈妈回来了。"银锁听出是哥哥金斗的声音,急忙跑出去打开门,看见门外停着一辆小车,却没听见妈妈吭一声,"妈妈!"银锁喊,"银……锁……"妈妈的声音明显病恹恹的,只剩下半口气了!银锁把妈妈背起来,一脚跨进院门,心里就踏实了。银锁当然明白,妈妈赶了几千里路,为了在自己家咽气。海棠人,临死的时候心里只有一个念头:回家。在自家门内咽了气,就万事大吉。

银锁把妈妈放倒在炕上最暖和的地方，妈妈说："这炕热得很！"妈妈的腔调里有由衷的吟叹，"我十年没睡热炕了！"这话是用浅浅的哭腔说出来的，接着又迷糊过去了，金斗给银锁使眼色，银锁急忙跑出去喊阴阳先生。银锁离开后，老婆子又清醒过来了，问："我的脏狗呢？"这时脏狗才趴在老婆子枕边叫："奶奶……"老婆子眼睛一亮，看见孙子已经胡子拉碴的，眼泪就流下来了，脏狗抓住奶奶皱巴巴的手，问："奶奶你不死吧？"透过这句话，奶奶知道这娃只是身体长大了，心眼还嫩。"人家要死呢！"奶奶说，脏狗一听急了，说："奶奶你别死嘛！"奶奶说："由不了奶奶。"

老婆子在炕上迷迷糊糊睡了三天，第三天半夜，突然又说话了，仍然是哭腔："我要吃迎宾楼的雪糕！"只有金斗听懂了，金斗说："迎宾楼在乌鲁木齐，迎宾楼的雪糕在乌鲁木齐很出名。"大家一听，全都哈哈大笑。

没人发现，脏狗不见了，脏狗正跑向伸手不见五指的河湾，搬了一大块冰，反身往回跑，没跑几步就摔倒了，摔了个狗吃屎，磕掉了一颗门牙，手上的冰还在，跑回家，红着嘴把冰放在奶奶手上。奶奶一下子就醒过来了，伸出舌头舔冰，舔了两三口便推开了，用万分陶醉的语气说："迎宾楼的雪糕就是香啊！"

又是一阵哈哈大笑。

笑声中，老婆子咽气了。

咽了气就不能继续睡炕了。堂屋地上迅速支好停尸板，大家七手八脚把仍然有体温的老婆子转移过去，脸上掩一张软软的黄纸，头畔点上清油的长明灯，中间用一块布幔隔起来。金斗、银锁兄弟俩在第一时间里跪在布幔外面的麦柴上开始大哭。脏狗一时哭不出声来，被银锁狠狠掐了一把，才勉强哼哼起来。脏狗奇怪的不是奶奶死了，而是人们用一块白布把奶奶隔在了另一边,真是转眼就不认人了!

一阵混乱和悲怆消停之后,脏狗有机会偷偷摸进另一边,看见有一个人孤单单躺在那儿,面朝上,脸上的黄纸令他不相信那就是奶奶,他很想探个究竟,有点儿怕,但也不是很怕。他快步走过去,轻轻揭过黄纸,发现这张脸像奶奶,又和奶奶相差甚远,眼睛和嘴唇有用力闭紧的味道,面部表情像一种叫不上名字的鸟,正在飞翔途中,而且是持续向高空飞的样子,眼睛和嘴唇之所以用力闭紧,和风的摩擦有关!但是一眼角的一颗滴泪痣表明,这个人的确是奶奶,是奶奶,是十年前他吃过奶的奶奶。突然,他想起小时候捧着奶奶的奶头吃奶的情景,他好想知道奶奶的两个奶头还在不在,他好想再摸摸奶奶的奶头,他犹豫了片刻,就真的伸出左手,快速把左手塞进奶奶厚重的老衣下面,艰难地向上摸去,他摸着了,先是右边的,再是左边的,两个奶头,都软耷耷的,软里面还有硬,微微有点扎手,很像风干的葡萄,完全不是他记忆中暖融融甜蜜蜜的模样……

"奶奶呀,奶奶……"脏狗伤心地哭起来。脏狗的本意是默默哭两声,想不到竟完全放开了,声音里充满真切的哀恸。

有人拧住了他的耳朵。

他惊恐地回头,看见是爸爸。

银锁歪着嘴,把儿子揪出去,摁在麦柴上。

银锁又是摇头又是叹气。

金斗小声问:"怎么了?"

银锁小声答:"摸妈妈的奶头呢。"

金斗没生气,倒笑了。

银锁说:"你说怎么办?十六七的人啦!"

金斗说:"等着当灰汉呗!"

银锁心里大惊，想不到哥哥也会说这样的话。因为这句话，银锁觉得哥哥金斗在自己心目中的位置，大大降低。银锁发觉，兄弟俩的情分突然浅了。银锁相信，埋过妈妈之后，自己和哥哥恐怕不会再有多少联系了。

父子

埋了妈妈，烧过一七纸，哥哥回部队了。家里重新剩下银锁父子。给妈妈烧一年纸、两年纸、三年纸的时候，哥哥金锁都没回来。哥哥来信说，争取五年纸回来，哥哥还告诉弟弟，自己升任副团长了。每过几个月，哥哥仍会寄钱回来。随着物价的上涨，钱的数额也一直在涨，从每次五十涨到每次二百。父子二人过着极为单一和乏味的生活，不结婚、不出外打工、不和人吵架、不害病、不拉账、不盖房……银锁被人请去做灰汉时，总是有意无意把脏狗带在身边，似乎有培养儿子成为继任人的意思。而脏狗，向来都是明确承认，打算将来接爸爸的班做新一代灰汉。大家尽管觉得以脏狗的情形，做灰汉还是欠一点儿，但也无妨，毕竟，脏狗具备了最主要的那些特点：

不横；

不赖；

不臊；

不臭（脏）；

不抢；

不偷；

不嫖；

傻得偏多；

还算可爱。

然而，任何人都想不到的是，脏狗这么一个人，竟然能想到自杀，而且真的自杀了，用村里最流行的办法——喝农药。

那天银锁骑车子去镇上取哥哥寄来的钱，称了一斤猪肝、买了一瓶酒回来，准备父子俩好好吃一顿，一进门就闻见敌敌畏的味道，赶紧推开厨房门，再推开堂屋门，看见一个熟悉的人影展展地趴在堂屋地上，光着一只脚，右脸紧贴着地面，像在谛听地底下的声音——是脏狗，不是别人，是他的傻儿子脏狗。

他站住不动，像遭了电击。

他缓缓跪下去摸儿子的额头，已经冷了。

"想不到你也来这一套！"

他朝儿子的左脸重重拍了一巴掌，声音很响。

他再仔细看看自己的手掌。

他举着手掌回到门槛上坐下来。

他这才发现自己始终轻看了儿子。自己把儿子单单看成傻子了，只会吃饭只会放屁的傻子。此时，底下一热，消失了很久的老毛病——遗尿，突然来了。银锁没感到奇怪，不理它，只是定定坐着，软软地盯着儿子。

儿子啊，你就这样跑了？

你跑了，谁管我啊！

银锁想方设法让自己哭，却做不到，心里很疼，疼得难受，却挤不出一滴眼泪，后来换好裤子，摇摇晃晃出了院门。

"我儿子脏狗喝药了。"

"喝药"的意思，谁都明白。

人们拥进银锁家，看见了趴在地上的脏狗。

人们不相信那真是脏狗。

但的确是他：银锁的傻儿子脏狗。

脏狗趴在地上的样子把整个村子轻轻震了一下，远不是晴天霹雳，但真的令很多人心里微微一颤，像是重新发现了一个人。

人们很关心脏狗的死因。

"没骂，也没打。"银锁说。

银锁的话，人们半信半疑。但是，一个傻子因为任何原因自杀，都像一个突兀的教训，令许多人隐隐觉出了活着的轻薄。

包括灰汉银锁。

城市

从此家里只剩银锁自己了，不过四十五六的年纪，却早早蓄起了胡子，加上脸黑，加上驼背，看上去像一个六七十岁的老人了。不过他并不觉得自己孤单，他知道，爸爸、妈妈、小娥、脏狗，都会随时回家来看看的。

妈妈的五年纸，金斗回来了。

同一年的早些时候，金斗转业到省城一家正处级文化单位，任副职，正团级变成副团级。省城距离海棠只有三百公里，回家方便了。不过，金斗回家的次数并不比以前多。银锁知道，哥哥对家乡海棠并没有多少好感。有一次兄弟二人聊起村里的人和事，哥哥说过一句话："地方多大，人多大。"大有轻看的意思。

烧完五年纸，银锁随哥哥去省城住过几天。回来后，一直忘不了"城市的好"。很多打工回来的农民，总喜欢站在村路上争先恐后地数落城市的缺点。银锁虽然不会插嘴，心里却有一个相反的声音：还是城市好！

银锁真的忘不了城市的好。

哥哥家那个小区叫阳光花园，那儿的人有各种各样的口音，相互之间并不知道谁是谁，看不出谁富谁穷、谁强谁瓢、谁好谁坏，人人都是擦肩而过，各干各的。在阳光花园里走来走去，银锁第一次感到呼吸平顺，自由自在，因为，没任何人的眼神里写着"你是灰汉""你是傻子"这样的字眼。小区里也有个男的，也是四十几的年纪，明显不正常，每天戴着皱歪歪的军帽，提着半瓶可乐，神气活现地转来转去，似乎比正常人还傲气几分，喜欢站在门口的宣传栏前面，歪着脖子大声朗读：

少吃一两口
多动十五分
粮食七八两
油脂减两成

银锁仔细研究过宣传栏，没找到上面这些话，可见那个男的并不识字，智商不见得比儿子脏狗高多少，是一个真正的傻子。

但城里的傻子显然活得很滋润，脸上油光滑亮，出出进进，并不会招来白眼斜眼。在海棠就完全不同，一个傻子，或者一个被认为是傻子的人，一出门就有很多目光强行看扁你，你根本没办法不做出呆头呆脑的样子。

银锁持续观察过那个男的，发现他每天早晨会去排队买煎饼，有家煎饼店生意很好，此人也总是人模人样地站在长长的队列里，一步步靠近窗口，没人在乎他是傻子，他交了钱，同样会得到一张浑圆焦黄的煎饼。每天下午，太阳西斜的时候，他又会走向不远处的公交车站，登上30路公交车，不知去了哪里。

有一次，银锁决定跟他上车，看他到底去哪儿。银锁学他的样子，投币，快速找个座位坐下来，然后就是一副无所谓的样子。银锁发现，30路公交车，投一块钱的硬币可以坐到终点，也可以在任何一站下车。门口有个红色按钮，你一摁，司机就听见了，宽宽长长的公交车就有可能为你一个人缓缓停下。

哈哈，哈哈！

哈哈哈！够牛的！

真他妈的牛！

注视着远去的公交车，银锁开心地笑了。随后，银锁不再理睬那个男的，自己花一块钱上车，专门找很少有人下车的车站下车。一辆车只为一个人停下！这是何等美妙的感觉啊！银锁极为迷恋这种感觉，眼看上瘾了。

可惜银锁该回海棠了。

哥哥买好火车票，把他送上火车。

哥哥再也没有邀请过他。

他一直在暗暗等待。

有邻居常常问他："啥时候再去省城？"

他只好撒谎："打算最近去。"

撒谎撒多了，不能不去一次了。

某一天，天还没亮，他就锁上院门上路了，先到了火车站，再想办法爬上一辆煤车，顺利混到省城，披着一身煤屑走在省城的路上，忘了阳光花园在哪儿，其实压根没打算去哥哥家的，按照事先的设想，学乞丐的样子，晚上随便找个角落睡下，白天选乘客稀少的时候，坐一两次公交车，够三天再回到海棠。

> 天空在下雪
> 我们在赶路

坐在公交车上，他默默哼唱着这样的歌谣。他突然觉得，这首歌谣有个特殊的作用，把一代一代的海棠男人送到了路尽头。

他觉得自己也快了。

复活

五十岁那一年的农历十月初九，银锁在睡梦中死去了。说好早晨去杀一头驴的，时辰到了，却迟迟不见人影。院门推不开，喊叫没反应，大家觉得不寻常，翻墙进去，发现银锁光着身子睡在被窝里，已经没气了。

金斗开着单位的车赶回来，丢下几千元，委托一个堂叔主持所有丧葬事务，自己又回省城了，说好下葬的那天再回来。

刚好是农闲时节，又刚好没有合适的日子，银锁的尸体将在家里停放五个昼夜。这五天里，大伙轮流前来为灰汉守夜，所谓守夜，不过是东一摊西一摊赌博，用各种形式赌博，除了一日三餐，半夜还要加一顿饭的。

堂屋里有两摊子，炕上的一摊子玩扑克牌，地上的一摊子打麻将。第三天晚上，地上打麻将的四个人中，背对房门的那一个，摸了张没用的光板，正要打掉，看见对面的布幔在瑟瑟抖动，接着，布幔的一角竟然被掀起来，露出一张黑脸，不是鬼，而是银锁！这个人悄悄搁下手中的光板，转身跑出去了。

银锁故意咳嗽了一声。

场面立即大乱。用绳子拉起的布幔哐当掉下来了。有人从窗户里跳了出去。有人发出极为可怕的嘶叫。有人吓出了尿。

"别怕啊，我没死！"

银锁的声音干净而冰冷。

身着黑色老衣的银锁像旧时代一个广受爱戴的乡绅，伸出双手，用一种平时没有的气度示意大家不要惊慌，不要惊慌！

可是哪有不惊慌的道理。

人们正纷纷拥出院门。

银锁只好用力拍拍自己的胸脯，嘭嘭响了两声，说："真的，我没死，还没到死的时候呢，他们弄错了，整整提前了十年。"

"他们是谁？"有人问。

"今天是不是十月初九？"银锁反问。

"今天是十月十一。"有人答。

"我死了三天了？"

"是呀，今天是第三天。"

"我以为才三分钟。"

"到底咋回事嘛！"

"我正睡觉呢，来了两个人，蒙住我的眼睛，一左一右把我驾成土飞机，让我快走，走啊走，我感觉进了一个大衙门，有人问我名字，我说我叫侯银锁，又问我的工作，我说我是海棠村的灰汉，又问我的出生年月，我说我是1958年三月初三生的。我听见那个人在翻册子，翻着翻着就停住了，生气地说：'怎么搞的，抓错人了！这家伙的寿命还有整十年，十年后的十月初九才该死！还不送回去！'"

"银锁，你没编虚吧？"问这话的，是头人大爸。

"大爸，我没编一句虚！"银锁有些发急。

"半扇子猪肉都没了。"

"那就把剩下的半扇子也吃完！"

"你做主？"

"我哥哥在吗？"

"他放下几千块钱，回省城了。"

"他不在，我做主！"

"十年后你再死了，没人掏钱怎么办？"

"那就让狗吃了！"

"狗不吃呢？"

银锁回答不上来了。

哈哈哈，大胆留在屋里和院里的人都笑了，笑声意味着大家相信银锁死了又回来了。这是一场可爱的误会，一场有吃有喝的闹剧，寂寞的乡村时不时需要上演一场闹剧的，时间久了，整个乡村都盼着一场新闹剧发生……

安静下来后，人们最想知道：

"那边"到底是啥样子嘛！

一开始，银锁尽可能实话实说，翻来覆去就那么几句："有两个人蒙住我的眼，把我驾成土飞机，我啥都看不见，只听着声音……"

"你好好想想，是不是忘了？"

"我想想，我想想……"

银锁这一想，就不由自主顺着大家的念想说了，他说见了阎王爷、玉皇大帝、观音菩萨，他说那个世界只有白天，没有黑夜……

连续几天，银锁家里每天人出人进，像逛庙会一样热闹，不光有本村的，还有外村的，人们不仅提出了各种各样的怪问题，还请银锁做银锁做不到的一些事情。比如捉鬼，有个女的据说被鬼拿住了，请银锁帮忙捉鬼！

银锁成了海棠的骄傲，一个被阴司抓错了的人，一个从阴间光荣归来的人，一个见过大世面的人，无论如何，都令人敬仰。人们几乎想停下手头的任何事情，哪怕是天大的事情，围在银锁身边，听他讲"那边"的见闻。而银锁，真的变成一个值得敬仰的人了，比原来会说话了，一举一动像镀过一层金，眼神和笑容里有了一种让人服膺的东西。一句话，银锁成一个大人物了，一个神奇的大人物。

那么，银锁还是灰汉吗？

是否需要重新选一个灰汉？

大家一致认为，应该！应该另选一个灰汉！

银锁有权指定一个继任者。

全村共有1356人，谁可以继任灰汉？

"谁可以继任灰汉呢？"

这个问题令银锁头痛了好几天，他把全村有可能做灰汉的人扒拉了无数遍，够条件的人有若干个，却很难说哪个最合适。

失踪

某一天早晨，人们发现银锁家的院门锁上了，连续锁了三四天，村里有人和金斗有联系，打电话问金斗，金斗说不知道。

十天之后，银锁没有回来。

一个月之后，银锁还没有回来。

那么，银锁显然"失踪"了。

失踪并不稀奇，村里常有人失踪的，说不见就不见了，几年不回来，一辈子不回来，都不算奇怪，因此，村里自古以来就流传着一种"舀魂术"。所谓舀魂术，其实很简单，家里有人失踪了，就由失踪者的亲人蹲在房檐上，不断地喊叫失踪者的名字，同时用葫芦做成的瓢，连连做出自上而下往回舀东西的动作，每天舀每天舀，每天重复，有可能把失踪者给舀回来。于是，村里的几个头人决定，每天派一个人在银锁家房檐上舀魂，排了一个值班的名单，一人舀三天，每天舀三个小时。

把第二年的春天舀回来了，却没把银锁舀回来。银锁要么走出去很远，回来的路很长很长，要么就是下决心不回家了。

银锁家院门有时是敞开的，有胆大的娃娃常会跑进去捉迷藏，院拐角的洋芋窖又是捉迷藏的最佳去处，于是，窖底下那些奇怪的骨头，被娃娃们带向了四面八方。很多娃娃手上都有这样一根骨头，骨头上都有一幅画，有马有驴有牛有狗，一律是哀哀诺诺的表情。画着小娥的那根骨头，却不知在谁的手里。

第三年春节，某个打完工回到海棠的年轻人，用十分肯定的语气说，他在省城看见过银锁。胡子很长，脸很黑，像七十岁的老人，盘腿坐在天桥上当乞丐，面前放着一只碗，碗旁边斜着一根骨头，骨头上画着一个像小娥的女人。他蹲下来试着叫了声"银锁"，那人眼里明显一惊，没有吱声，他又叫了声"灰汉"，那人眼里又是一惊，还是不吱声，像是没听见。他以为弄错了，站起来走下天桥，过了片刻又回来，发现那家伙已经不见了。他急忙撵到天桥的另一边，看见那家伙正没命地跑向远处。百分之百是银锁了，一个在异乡乞讨的海棠人，偶遇老乡，通常都会一溜烟跑掉的。

这话传到省城的金斗耳朵里，金斗开着车满街道找过，始终没能找见。随后还四处张贴过寻人启事，至今没有音讯。

选自《十月》2012 年第 1 期

鲁北四记

邢庆杰

白貔记

> 貔子,是兼有黄鼬和狐狸共性的一种动物,只在夜间活动,因多为白色,故也称"白貔"。
>
> ——题记

20世纪70年代,鲁北平原一带多貔子。有关貔子的故事数不胜数。因故事中牵扯的人物,多是周围村庄的近邻友好,讲述者又言之凿凿,故不由人不信。

笔者村子东边,即是徒骇河,乃"大禹治水"时疏导的九条大河之一。历经数千年的大河,堤坝上丛林密布,灌木横生,暗藏着数不清的狐獾洞穴。一到夜间,这些生灵便倾巢而出,四处活动。而堤上的土路,是村子直通县城的唯一出路,白天倒也太平,一到夜间,就会出现一些匪夷所思的怪事。

后村屠夫赵疤癞，冬日晚，在十里铺帮人杀猪，完毕后又和雇者痛饮一场，回家时，已是深夜。行至徒骇河堤坝，忽闻啼哭之声。循声望去，月色朦胧之中，见一白衣女子正趴在路边的一座坟丘上低泣。赵疤癞见她哭得可怜，就上前问道，姑娘，深更半夜的，你怎么一个人在这里痛哭？姑娘止住哭声，回转过头，小声说，俺娘刚死，俺爹又续了弦，后娘心狠，把俺赶了出来，俺无处可去，只能在娘坟上哭诉。赵疤癞借着月光一看，见这姑娘肤如凝脂，双目妩媚，又想起妻已携子回娘家，顿时心动，说，姑娘要是真的无处可去，如不嫌弃，可跟俺回家。姑娘当即点头应允，并千恩万谢。赵疤癞将姑娘领回家中，一番云雨，好不快活。二日晨，邻人赵四来串门。见赵疤癞在炕上酣睡，而一只通体雪白、双目通红的貔子，正立在一边，作欲扑之势。赵四惊呼，畜生！那物受惊，逾窗而去！赵疤癞惊醒，忆起昨夜之事，恍恍惚惚，犹在梦中。

第二年，一个盛夏中午，赵疤癞骑自行车外出访友，独行于徒骇河大堤上。忽见一白衣女子拦在车前，言，大哥，能否捎我一程？赵疤癞见姑娘有些面熟，当即允诺，遂使其坐于后座。行不到二里，对面遇上同村刘某，刘某忽满面恐惧，喊，屠夫！你后面是什么东西？赵疤癞回头，见一道白光跃下后座，随即隐于灌木丛中。而那白衣姑娘，已经不见踪影。问及刘某，刘某称见一貔子蹲在车后座上。赵疤癞摇头不信。当日晚，赵疤癞访友归来，行至午间遇刘某之处，见前面站一白衣女子，依稀就是白天所见。那女子故伎重施，求赵捎他一程。赵疤癞假意顺从，待女子上车，他一手握把，另一手入怀，掏出剥刀，朝身后就刺！女子惨叫声中摔下。赵疤癞下车，见那刀已插入女子前胸。女子呻吟道，小女子只想和大哥嬉戏，并无加害之意……

言未毕，现出原形，原是一只白貔。赵疤瘌将白貔提回家中，剥了皮，卖与皮货商人，得人民币一宗。貔肉炖了一锅，家人俱享。二日深夜，赵疤瘌于梦中惊醒，见炕前立一白貔，龇牙咧嘴。遂从枕下取出剥刀，一刀刺去，那物惨叫而倒，声音有异。忙取出灯盏点亮，大痛，中刀者竟是六岁爱子。后全力救治，终因刀中心脏，不治而亡。后，赵疤瘌终日持刀在徒骇河堤坝上寻貔，日久，头发胡子皆白，长过尺，如同野人。后不知所终。

鲁北农村，家家都有养鸡之风，少则几只，多则几十只。笔者幼年丧父，家母为维持生计，每年均养鸡数十。然，无论鸡窝怎样加固，都难逃被野物祸害。鸡为求自保，将院中的两棵枣树作为栖息之地。每日傍晚，鸡纷纷振翅，先飞上院墙，再飞上树梢。再有野物来袭，鸡们狂飞乱叫，母亲惊醒，大声呵斥，野物便纷纷遁逃。笔者十六岁时，自制一土枪。每日晚饭后，在里屋伏案读写。临睡前，土枪便架于窗台，枪口对外。一夏夜，笔者刚刚熄灯，还未入睡，忽听外面有鸡叫之声，透窗张望，见枣树下立一物，高约尺半，通体雪白，二目莹绿，如灯笼般游动闪烁。遂持枪在手，拉开枪栓。此时，母亲已起身过来，小声示意不要开枪。然为时已晚，笔者扣动了扳机，枪未响，但撞针之声惊动那物，倏忽不见。二日，笔者请教一资深猎者，猎者将枪缚于一棵树上，扳机上系一长绳，二人于五米外埋伏，拉动长绳，枪响，枪膛竟爆炸。笔者心有余悸，百思不解：是貔作祟？枪有瑕疵？无解。

具丘山记

我的出生地是山东省禹城县（1993年撤县设市）后邢村，村人不足二百。村子东傍"大禹治水"时疏通的九河之一——徒骇河，河的东岸就是县城。村西，有一土冢，名"具丘山"。相传，当年大禹治水时曾在此具丘为山，登此丘察看地形水势，留下了这个"高十仞、广倍之"的土冢，人称具丘山。

明代时，为纪念大禹的功德，当地官府在具丘山上修建了禹王庙。清康熙五十三年，知县曾九皋募资重修，并置办庙产、招募僧人。雍正二年，地方官吏重新改建，比之以前宏伟壮观，香火更盛。

笔者幼时，常和伙伴们一起去具丘山上玩耍。山虽不高大，但有密密的槐林、茂盛的花草、深不见底的洞穴，倒也有趣，常常乐不思归。有时，还见到持土枪的村民堵着洞口，点燃了野蒿草，用蒲扇往洞里送烟，俗称"熏獾"。有一年秋天，马庄村人马四擒住了一只獾。那獾肥实，全身的黑毛油光水亮。它是经不住烟熏火燎，从洞口蹿出来的，刚一出洞，就陷进了网里，被马四摁在了地上。据说，用獾肉炼的油可治烧伤烫伤，很灵。马四正满心欢喜，旁边一位割草的老者摇头叹息道：作孽呀，祸害这冢上的灵物，要遭报应的呀！马四不信，笑着将獾塞入背篓离去。不几日，马四在庄稼地里干活时，牛受了惊吓，把他踩在蹄下，一只腿落下了终身残疾。

很早以前，具丘山上的灵物是与当地居民和睦相处的。一只受了枪伤的狐狸，被乡村医生邹先生治好后，患有不育之症的邹先生，忽然在自家的门洞里捡到了一个大胖小子。这个典故笔者已经写进了短篇小说《像风一样消失》里，在此不再赘述。但我们村二木匠给狐狸精修房子的传说，还鲜为人知。

我们村是远近闻名的木匠村，家家户户都有木匠。二木匠，是跟自家大哥学的艺，大哥是大木匠，他就是二木匠了。那还是刚解放不久，是个晚上，二木匠手里拿着锛，一个人走在回家的路上。木匠行有个规矩，出门干活，晚上回来时，其他工具都可以放在东家家里，只有锛,必须拿回来。这个说道,到底是个什么意思,没人解释得清。但有两种较靠谱的说法:一说是锛的刃如果钝了,比较难磨,放在东家家里,怕东家乱用,崩了刃;二说锛是木匠工具里刃最锋利、柄最长的,最适合防身。那时,出村干活是早出晚归,两头见不着日头,又都是靠步行,所以,手里拿个锛,可以防身壮胆。

二木匠喝了点儿酒,步行从具丘山的南边经过,他醉眼蒙眬中,忽见一老妇人,手提马灯,拦在路中。他握紧了手里的锛,惊问,你干什么?那妇人笑道,别害怕,俺家里有点儿活,想劳师傅去辛苦一下,必有酬谢。二木匠见天色太晚,稍有迟疑,后觉妇人言辞恳切,就应了下来。随老妇穿过一片高粱地,来到了一宅院门前。妇人道,此门太过窄小,家人出入常挂破衣服,求师傅辛苦,把门改大一点儿。二木匠见此门只有框,没有门扇,边框犬牙交错,凹凸不平,想也是穷苦人家的,就用锛把门框的四面都刨下了一点儿,又全部刨平。妇人千恩万谢,并塞给他一个精致的锦盒。二木匠归家心切,不及细看,就急奔回家。第二天一早,二木匠打开那个锦盒,里面竟是十块银圆。惊诧之余,感觉酬资太重,遂送回。待顺原路返回一看,他昨晚来的地方,竟然是具丘山,附近也没有宅院。正奇怪间,忽然发现具丘山半腰的一棵古槐树下,有一个深不见底的洞口,而洞口盘根交错的树根,被削得整齐有加,茬口崭新。二木匠愣了一阵,将那钱撒在洞口,转身走了。

晚上,二木匠做了个梦,那个老妇人冲他笑眯眯地说,师傅呀,咋就把钱退了哩?这是你应得的。二木匠说,这么多的钱,俺不敢要。老妇人说,那好吧,如果今后有了难处,就来这里找我,在树下点炷香,如果你看到树动了,就说出你的事儿来。

第二天醒来,二木匠以为这不过是个梦,而那晚上的遭遇,可能是自个喝多了出现的幻觉,遂抛脑后。

不久，二木匠新婚。以前，村里办席，所用桌凳，都由村人拼凑。恰巧，这天日子极好，本村有三门喜事。二木匠一家告借全村，只借到办两席用的，离十席之数相差甚远。无奈之间，忽然想起了那个梦。别无良策，决定一试。当晚，二木匠悄悄来到具丘山，按老妇人的嘱咐，在那棵古槐树下燃起了一炷香。香未燃下半寸，那棵槐树竟真的无风自动。二木匠又怕又喜，战战兢兢地说了自己所需。槐树却恢复平静，他等到半夜，周围仍无声息，只得怏怏而归。当晚，那老妇人又出现在他的梦里，对他说，明天日头出来之前，可套车来取，一定要自己来！二木匠点头应下，那老妇人才隐而不见。

第二天一早，二木匠醒来，虽对梦中之事半信半疑，但也不愿失信于老妇，就套上牛车，赶往具丘山。他赶到时，恰逢日出，朝阳之中，大批的桌椅整齐地码于古槐树下，细数，竟正是入席之数。

此后数年间，又有人仿效二木匠，前去具丘山借用桌凳，时灵验，时不灵验，凡不灵验之人，必是平日里奸猾刁蛮之辈。后经"文革"，山被挖，亭被毁，树被砍，再无灵验。

杀猪记

1993年早春，清晨，和敬民兄去田庄买猪。昨天敬民已经联系好，与卖主谈好了价钱。

见了那猪，我吃了一惊：那猪大似牛犊，鬃毛又粗又长；嘴长过尺，左右各有一颗獠牙兀出，白得有些阴森。离得近了，一股浓重的骚臭之气直逼过来，几欲作呕。这是一头六岁的种猪，已到了退役的年限。主人为便于它平日的交配，自幼年便在它脖子上系了一副铁链，那铁链一半被它磨得锃亮，离它远的那一半，却锈迹斑斑，还粘了些许粪便。交了钱,敬民顺手将铁链子一牵,我在后面拿根秫秸赶着,猪便顺从地跟着走了,铁链子叮叮当当响了五六里路,竟没有一丝挣脱的举动。

它当成了平日里去行那传宗接代的好事,安能不从?

屠宰便在敬民家里。将铁链缠在一棵榆树上,勒紧。而后,我们在猪的右侧蹲下,敬民在前,我在后,互相交换眼神之后,共同疾伸双手,我抓两只后蹄,敬民抓两只前蹄,共同发力,往横里一拽,那猪先是右边的两蹄子离地,而后庞大的身子訇然侧倒。猪这才警醒,然而,为时已晚,它虽力大,但四蹄朝天,蹬不到地,千斤之力也无从发起,只能拼命嚎叫,对天乱踹。不消片刻,二人将猪的前、后两蹄各用麻绳绑紧。我摁住猪的后半身,敬民用膝盖压住猪头,左手抓住猪下巴,用力一掰,猪脖子露了出来。随后,敬民就拿起了刀,那刀窄长,锋利。敬民右手持刀,刀刃朝外,运力,将气刀插入猪的咽喉,刀只进去半寸,已插不动。猪拼命挣扎,眼看已按不住。敬民满脸大汗,右手加力至发抖,刀仍不进。猪痛,一声大嚎,竟翻过身来,二人均被甩在一边。那猪的四蹄一着地,只三两下,便将麻绳挣断,遂冲我扑了过来!缚它的铁链也应声而断!猪来势甚猛,两眼已现血光。我大惧,见一鸡窝依墙而垒,遂纵身跃上,稍一缓力,又跃上土墙,刚刚坐定,那鸡窝已被猪撞塌。猪接着撞击土墙,因土墙多年受潮受碱,墙根多处已经碱透,十分薄弱,被撞之下,竟剧烈晃动起来,差点将我闪下墙头。敬民于惊惧中醒来,抄起一铁锨,朝猪脑袋上猛拍一锨!那猪一声哀嚎,转身又朝敬民扑去!我从墙头跳下,寻了一把镢头,对准猪头乱砸。那猪见二人都抄了家什,不再攻击,围着院子逃窜。但大门早已锁好,猪无路可逃,周旋空间又小,便发狠,不顾我们手中的家什,向我二人轮番攻击!二人竟不敌,敬民躲闪之下,脚下一绊，仰天跌倒。猪欲扑，我持镢横在敬民身前，瞄准猪太阳穴，用力一击！正中。猪终于晕了，摇摇晃晃倒下。敬民翻身爬起说，快快！乘它没醒。重新将猪绑好，合二人之力，将刀插入猪之咽喉，血疾喷而出！喷出五尺有余！腥臊之气随之漫开。敬民几次欲呕，其妻拿一毛巾，给他蒙了嘴，才敢接近那猪。随后，卸蹄、斩头、削尾，敬民是老手，持刀在猪蹄、猪脖、猪尾的骨缝间游走，庖丁解牛般，只用五六分钟的时间，便已拾掇利索。接下来是剥皮，我持剥刀，先从咽喉的刀口处行刀，沿胸肚正中一路挑下去，直至肛门，挑出一条白花花的中界线。我和敬民各站一侧，从猪肚皮的中界线开始分别往两边剥皮。猪皮足有半寸多厚，抓到手里，直硬，弯不过来，且不能握紧，与以往所剥猪皮的柔软完全不同。敬民叹：怪不得刀捅不入，这家伙简直是铜皮铁骨。只好让刀离皮远点，贴着肉走，方能剥开。耳闻"扑扑"之声，如割老草。待剥毕，摊开，好一张大皮，如一床毛毯。剥了皮的猪通体雪白，仰卧皮上，如同雪堆。稍事休息，遂用铁钩挂住猪后臀，欲用撬棍将其挂上横架，但是猪太重，二人气喘如牛，多次尝试而不成。遂唤敬民嫂，外出请两名青壮帮工，方才将其倒挂上架。开膛，依然是从肚皮开始，用尖刀轻划，恐伤及内脏肠肚。划至胸，一大坨肠竟溢出，欲坠。敬民将刀叼在嘴里，双手抓住大肠的尾处，用力一扯，一挂下水倾泻而出，落在地上的大盆里，腾腾地冒着热气，散发出淡淡的腥味儿。下水和心肝肺之间，尚存一层隔膜，敬民取刀，伸入膛内，左右各划一刀，耳闻嗤嗤之声，隔膜顿开。伸手入内，一掏一拽，一套心肝肺带着残血，连带着气嗓管子被卸了下来，随手丢在一个净盆里。

最后，需将猪肉分成均匀的两片。我站在猪的背面，左手把住猪腿，使其稳定，右手持砍刀，先轻轻浅砍一刀，在尾骨中间砍出一道豁口，然后，握紧了刀，对准那道豁口垂直砍下，一刀下去半尺，刀口正在脊椎中间。敬民赞，真准。随后一鼓作气，又砍数刀，终将猪肉分为两片。从刀口处看，猪通体只有薄薄一层白肉，如同棉絮，里面包的，全是红肉，肉丝粗赛牛肉。敬民说，这猪年头太久，普通人家，不易使其熟烂，只有送到火腿厂，高压高温焖熟灭菌，方可食用。我亦不想到市场去卖，招致食用者恨骂，遂同意。二人将两大片猪肉抬上三轮，送到了火腿厂。结算完毕，抛去成本，每人得人民币百元有余，相当于普通工人一月薪水，都大喜。且天已近午，就进入一饭馆，点豆芽、豆腐各一盘，伴地瓜烧一斤下肚，烂醉而归。

那头种猪五百余斤，在我杀猪生涯中，堪称杰作。后来我弃刀从文，从业二十年，也未能有杰作超越。

鸡香记

笔者幼年家贫，长到八岁，尚不知鸡肉为何味。

人问，什么最好吃？

总答，油条。

问的人便笑，听的人也笑。笔者不知所以，也笑。

一个周日，去同学家做作业，至中午，收拾书包回家，经灶屋时，一阵异香扑鼻而来，肠胃一阵翻滚，咕咕作响。问同学，什么？这么香。同学答，俺娘在炖鸡。说罢，瞅见他娘不在，领我进了灶屋。一口大锅上，压着木头盖子，香气正从盖子周边和木头缝隙里逸出来。同学掀开盖子，探手入内，抓了一块鸡肉出来。那肉正烫，他受热不起，赶紧放到我的手上。我也经受不起，遂填到口中，虽烫得"呲呲"吐气，仍觉奇香无比，几口吞下，连骨头也未吐出。回家后才觉口痛，拿镜子一照，舌头上竟烫了两个大泡。自此，才知鸡肉乃世间最好吃的东西。

母亲常年养鸡，用鸡所生之蛋，换来平日所需之油盐酱醋。那时，农村多狸子、貔子、黄鼬等物，常来偷鸡，防不胜防。每丢一鸡，母亲必伤心数日。因此，不敢心存吃鸡之奢望。

一日凌晨，鸡叫之声兀起。母亲打开屋门，边呵斥边拿手电筒往鸡窝处晃动。一只黄鼬拖着一只鸡，逾墙而走。天亮后，母亲沿着血迹，找到屋后的苇子湾里，寻回半只黄鼬吃剩的毛鸡。母亲将鸡褪了毛，剁成块，洗净，在大锅内炖出了满院子的香气。兄妹四人，每人分了半碗，吃得风卷残云，滴汤不剩。

这年秋后，玉米入库，小麦播种。一只鸡吃了拌了农药的麦种，摇摇晃晃地回到家中，一头栽倒。我大喜，依稀闻到了鸡肉的香味。母亲却不慌张，拿了一把裁衣用的剪刀，划根火柴，把剪刀烧了烧，算作消毒。然后，将鸡抱在怀里，用剪刀铰开鸡嗉子，把里面的麦粒子全部清出，又用清水反复冲了冲，然后，往鸡嗉子里塞了几粒玉米，用缝衣针一针一针地缝合。母亲给它做完"手术"，将它放在了鸡窝前的草窝里，就去忙了。那鸡始终如死了般，半睁半闭着眼，一动不动。我觉得它必死无疑，便拿一只马扎坐在旁边，静静地瞅着它。秋阳照在鸡的羽毛上，反射着柔和的光泽，我忍不住用手在它的羽毛上摸了摸，光滑、柔软，一如用新棉花刚刚做成的被子。我的手刚刚离开，它竟动了动。我以为看花了眼，仔细看时，它的小眼睛已经睁开了，眨了又眨，然后，它缓缓站了起来。我甚感遗憾，到了嘴边的肉，就这样活了。

不几日，家里又丢了一只老母鸡。母亲在房后的苇子湾里唤了半天，也没有回音，只得黯然作罢。午后，我悄悄潜进了苇子湾，拨开已经枯黄的芦苇，对整个苇子湾进行了地毯式搜索。我最希望看到的，是半只被狐或貔吃剩的毛鸡，只有鸡到了这种状况，我才可以吃到。我花去了半天的时间，把苇子湾搜了个底朝天，也没能找到一根鸡毛，却意外地捡到了一窝鸡蛋，有七八个之多，总算对母亲有了一丝慰藉。自那时起，我即养成一嗜好，常于闲暇之时在草丛柴垛之旁搜索，希望发现鸡蛋或鸡雏，但终未能如愿。时至今日，每到郊区农村闲走，见了草丛柴垛，仍下意识地搜索一番，竟难改陋习。

那只老母鸡就这样消失在我们的生活里，没有留下一丝的痕迹。时光缓慢地行走在我幼小的生命里，对于吃鸡的渴望与日俱增，尽管我知道这只能是一个可遇而不可求的美梦。那只老母鸡淡出我们的生活之后，忽然又奇迹般出现了。那是一个星期天的上午，十点多的光景，它慢慢地踱着步子，像一个凯旋的将军，来到院子中央，它忽然伸展开双翅，从两翅下竟降下一群叽叽欢叫的雏鸡，我数了数，竟然是十一只。母亲听见声音，从屋里出来，见状大喜，回屋抓了一大把金黄的玉米粒子，撒在了它的身边。其他的鸡想凑过去分享，统统被母亲拿笤帚赶开。母鸡已饿良久，贪婪啄食，但仍不忘护雏，每见有雏走远，即用翅圈回身边。我心下一暖：这多像我们一家呀。作为"功臣"的老母鸡，终被母亲所杀。它已经养成了在外产蛋自行孵雏的习惯，俗称"不着调"。但外面着实凶险，它产的蛋不是被蛇所吞，就是被别人所获。母亲在一个月没看到它产的蛋后，终于狠下心来，拿它为我们兄妹解馋。那是我们家第一次杀鸡，也是全家吃到的第一只完整的鸡，每人得一平碗，大快朵颐。

时年，笔者十岁，至今忆起，鸡香犹在胸腔。但今日之鸡，远非幼时之鸡，再食，味同嚼蜡。

选自《山花》2010年第22期，原题为《鲁北六记》

守望黑夜

刘醒龙

1

只有吃饱了胀死的人——

父亲用力说完这几个字，便开始进入弥留状态。

陈东风唤了几声，见没有反应，心里就紧张起来。

母亲生下他后，不等他过完三岁生日便突然死去。母亲死时，陈东风什么也不明白，看见父亲抱着湿淋淋的母亲号啕大哭时，人还没有从睡梦中完全醒过来。他望了望平躺在门板上的母亲，习惯地叫了声：我要吃奶！往后的很多年里，这一带的人都在传说这个故事。尽管多数人对这三岁男孩的名字说法不一，故事中真实的人始终是陈东风。五岁的陈东风叫过饿以后，光着脚走到母亲身边，撩开她的衣襟，抓起一只乳房就吮吸起来。他趴在母亲胸脯上时，父亲的哭声忽然停止了。陈东风叼着奶头扭过脸来看了一下父亲，他发现父亲泪汪汪的瞳孔里也有一只又肥又白的乳房。陈东风吸空了一只奶正要站起来，父亲哽咽着说，再吸一只，以后就没有吸的了。母亲的奶水是整个垸里的女人中最多的。三岁的陈东风食量已经很大了，也只能吸空一只乳房就叫吃饱了。

母亲奶水的充足主要得益于父亲。父亲是垸里最会干活的，无论什么季节，干完生产队里的农活，总能抽空到小河里抓几条小鱼或者上山捕一两只小动物，拿回家让母亲弄熟了吃。陈东风捧起另一只乳房后，慢慢感到那奶水的滋味与先前不大一样，先是嘴里冰凉冰凉，然后又出现一种浓烈的腥味，他有些生气地咬了一下嘴里的奶头。见母亲没动静，他便逐渐加大力气，直到由于用劲太大身子发生抽搐，母亲依然静静的一动也不动。父亲上来将他拉开，他心里还大惑不解。后来，外婆家的人到了。父亲又开始放声大哭。

在一片哭声中，陈东风不断地听到死，以及与死有关的话题——包括水塘。他断断续续地听出来，母亲是早起出门到水塘边洗衣服时失足掉进水里的。当时她正将洗净的衣服装进竹篮，连棒槌都放进竹篮里了，在她挺直身子时，忽然轻轻歪了一下，人便落入水中。母亲死后手中还死死地抓着一把钥匙。父亲说，当时他正在屋后的菜地边砌石岸，想增加一畦地，才没有听见动静，如果不是在屋后，无论在哪儿他都能听见母亲最后的呼叫。外婆将陈东风搂在怀里，唉声叹气地解释，认为这一定是蹲久了，猛地往起站时，血气跟不上去，脑子空了，惹得头发昏脚发麻，自己管不了自己的身子便倒了下去。父亲将母亲头天晚上做剩下的针线活拿给外婆看：有父亲那补了半截的裤子，有陈东风那只差几十针就要完工的小衣服。外婆看着那些没做完的活儿，心疑地问家里是不是发生了什么事，不然，她的女儿绝不会将这点活儿留到第二天。父亲脸色有些红，支吾地说是他不好，硬要拖她上床睡觉。他不该让她太受累了。

外婆听后不再说话,默默地听着父亲对她说丧事准备如何办。陈东风并不记得自己曾在母亲出殡时,不时地弯下腰去捡路上那没有炸响的鞭炮!他的堂兄陈西风,高中毕业在家种田时,曾写过一篇散文发表在省报上,后来还获了奖。文章写的就是他的事。当时,陈东风正在上小学一年级,老师在班上念了这篇散文,同学都明白写的是他,他因此一直不喜欢陈西风。

陈东风只记得棺材合盖时,父亲趴在棺材上哭,从此再也见不着母亲了自己该怎么办。母亲下葬时,坟丘堆得很小,父亲领着陈东风去上坟,他看见母亲的坟一下子长高长大了好几倍,新鲜的黄土堆得如同一座小山。父亲在坟前烧纸钱,陈东风无事可做,竟躺在坟堆旁边的草丛中睡着了。在梦中他又看见母亲两只又肥又白的乳房。母亲躺在一处荒野上,奶汁流成一条汩汩的小河。父亲后来告诉他,他当时在草丛中翻来滚去,嘴里不停地叫喊,我不吃饭我要吃奶!

陈东风第一次在母亲坟上大哭则是十几年以后的事。那一年他十七岁,那一天,垸里一个名叫方月的姑娘出嫁到城里。方月的丈夫就是陈西风,两人年龄相差正好也是十七岁。那一天早上,陈东风看见县阀门厂的一辆东风货车轰隆隆地驶到方月家门前,车上下来的一群人,口口声声地说,他们是来接厂长夫人的。方月的家人都是眉开眼笑的,一个个忙不迭地招呼人将嫁妆往车上抬。陈东风以为方月一定不高兴去给死了老婆的陈西风做填房,因为这一切都是她父母强行包办的。陈东风推说肚子疼没有去上学,非要看到方月的愁眉苦脸才放心。

正午时,陈西风坐着一辆桑塔纳轿车回来,后面还跟着一辆一模一样的桑塔纳轿车。陈东风好不容易等到方月被伴娘挽着走出来,谁知方月竟没有丝毫不高兴，脸上反倒洒满幸福的如愿以偿的笑意。方月一笑，陈东风便呆了。眼睁睁看着两辆红色的桑塔纳轿车在旋风中飘然远去，他一个人跑到母亲的坟上哭得死去活来。陈西风和方月家是同时办的酒宴，父亲去了陈西风家，将方月家留给陈东风。他本不想去，但不知怎么还是去了，并喝了不少酒，没等出方月家大门，人就醉成了一摊烂泥。醒来时才发现自己睡在方月的闺房里，他一伸手就摸到一根长长的头发。方家人进来看时，他又装着睡着了。天黑以后，父亲来接他。他闭着眼听见父亲请方月的母亲帮忙留个心，有合适的姑娘就给介绍介绍，东风也到谈婚论嫁的年龄了。方月的母亲则开玩笑说，自己若再有个女儿，一定会许给东风。陈东风睡在方月的床上不肯睁眼，父亲弄不醒他便想将他背回去。好不容易将他弄到背上，又不得不放了下来。父亲叹口气说自己背不动儿子了。父亲的衰老应该是从这一刻开始的，或者说，陈东风是在这一刻发现这个秘密的。陈东风独自在方月的床上睡到半夜后，浑身上下开始燥热起来，他想到陈西风的新房里这时候客人一定走光了，陈西风一定开始对方月动手动脚了，方月真的那么乐意像小猫小狗一样偎在这个小她许多的男人怀里吗？陈东风找不到答案，他再也睡不下去，翻身下床，开门就往回走。进屋后，却没有见到父亲，他懒得去找，倒了杯水喝下去定定心气。忽然听见屋后的山坡上有动静，陈东风出门绕到屋后，一见那身影就晓得是父亲。

　　父亲手中的锄头举得很高，落下时却不怎么有力，锄头与沙石相碰撞时产生的火花也很微弱。父亲这时刚刚五十岁出头，正是好干活的年龄。然而，陈东风又一次感到父亲已经衰老了。他走过去问父亲，这么晚了挖这山地干什么。父亲说他想多种一些茯苓。陈东风觉得家里的日子已经不错了，劝父亲不要太劳累。父亲扶着锄头歇了一会儿，朝着月亮憧憬地说，他要在陈东风满二十岁时，为他盖一所新房子，然后就再用一年的时间为他找个好媳妇。父亲特地补充一句，说一定要找一个同方月一样好的姑娘。陈东风晓得父亲已看破自己的心事，红着脸往回走。

　　睡在自己床上时，陈东风想起了方月床上那根长长的头发。父亲回来时他还没睡着。天一亮他就去敲方月家的门，他谎称自己的钥匙可能掉在方月的床上，进屋去装模作样地找了一番。方家的人一直在旁边站着。陈东风分明看见那几根长发仍在枕边，却没有勇气拈到手里。后来他不得不又一次说谎，说自己需要一个手电筒或者火柴，看看钥匙是不是掉到床底下了。方家人转身拿来一盒火柴，陈东风趁机将两根长发攥到掌心上。此后陈东风一直想买一本好书，将两根头发夹在里面。他在学校旁边的书店里挑了几天，最后选中了法国作家左拉的《萌芽》。现在，那本书就在自己的枕边上放着。方月是"三八"节那天出嫁的，三月十日三朝回门。

　　这天学校里搞单元测验，所有学生都不准请假，陈东风怎么也集中不了精力，试卷做得一团糟。天黑以后，陈东风回到家中想从父亲嘴里听到一点消息，可是父亲只顾吧吧地抽着旱烟，全神贯注地摆弄那根烟管，一会儿往里添烟丝，一会儿又叭叭地往外磕烟灰，就连学校考试的事也不开口问一声。然后开始吃饭。父亲吃饭速度之快是很少有人比得上的，如果没有酒，三大碗饭下去绝对不需要五分钟。这种习惯是母亲去后形成的，为了多挤出些时间来干活，他几乎完全放弃了咀嚼食物时的那份享受。父亲总是在省下来的那些时间里，分别干完喂猪、洗衣服、挑水和扫地等家务事，因此那些来家里的陌生人总不相信这所屋子里没有女人在操持。从前住的那三间老屋里，没有一处不是打扫得干干净净的，而且正厅的墙上贴满了各式各样的奖状。

奖状的样式虽然不一，文字几乎是一致的，每一张上都少不了"劳动模范"四个字。那些由奖状联系起来的连贯岁月，在搬进新屋之前两年中断了。父亲第一次空着手从村里的年终总结会回来时，脸色苍白，他望着墙上那一大片陈旧的奖状，喃喃自语，说怎么将劳动模范改成赚钱模范了呢！隔了好几天，陈东风一早起床，看见父亲捡了一篓还在冒热气的猪粪，一边往粪堆上倒一边说，你母亲最喜欢我的奖状，今年没拿回奖状，她一定认为我变懒了，我死了还不好同她讲清楚……

父亲嘴角动了一下。

陈东风以为父亲要说什么，赶紧将耳朵贴过去。

听了一阵，一丝声音也没听见。他忽然觉得，一定是父亲看见母亲站在那高高的坟丘上招手迎接他了。

2

黄昏时，天上下起了小雨。水电站还没开始送电，陈东风点起一盏油灯，屋里亮了一些，外面却更黑了。灯光下的父亲，脸色蜡黄，头发蓬乱，胡子也有一寸多长。母亲死时他太小，一点也记不得人死之际要为其做点什么。别人家死人，除非出殡，父亲总不让他去看热闹。父亲总说人死如灯灭，有什么好看的。陈东风觉得的确如此，十七八岁的姑娘来到办丧事的人家，不让笑，不让大声说话，不让唱歌，甚至连鲜艳一点的衣服也不让穿，实在是没有啥好看的。看着父亲的面容，陈东风总算想到必须马上找一个剃头匠来为父亲整理一下仪表。

陈东风拉开门，在雨中小跑一阵，然后在一座大门前站住，大声叫方豹子。叫到第四声，方豹子从门缝里钻出来问是谁叫他。等搞清楚是陈东风后，方豹子便叫他进来坐坐别在雨里站着，像个大干部一样不肯进小百姓的门。陈东风说，我父亲不行了，你摸黑帮忙，替我找个剃头匠来。方豹子连忙啊了一声说，我拿把伞就去找。

陈东风转身刚走几步，方豹子隔壁的门开了。方月的母亲出现在门口，大声问，东风，你说谁不行了？陈东风说，没有谁，是我父亲。方月的母亲便立即哽咽起来，不成句地说，这么好的人，才五十多岁，怎么说不行就不行，连一点指望也没有了吗？陈东风说，我怀疑他是癌症。方月的母亲这时已哭出声来。

陈东风正不知如何是好，方月的父亲在屋里骂起来，哭你娘的头，你是哭我没早死是不是？方月的母亲小声分辩说，我是，那狠心的女人吗？方月的父亲说，我死时你一定不会哭只会笑。方月的母亲说，求求你，别自己咒自己。

人一死万事方休。陈东风听见一处窗户里有人极深奥地叹息。

回到屋里，他顾不上擦去身上的雨水，先去父亲屋里伸手试了试父亲的呼吸。他明确感到手掌上有一丝热气在吹拂，这才放心地进到厨房里给自己弄点吃的。天下雨，松毛针有些发潮，划了三根火柴才将松毛针点着，刚塞进灶膛里，又熄了。反复两次都没成功，陈东风起身到自己房里，想找一张废纸助燃。无意之中，他又触到那本《萌芽》，便忍不住翻开，看着夹在516页和517页之间的两根长发出神。

外面刮起了风，屋脊被吹得呜呜直响。

陈东风莫名其妙地想着一个问题，县城里也刮大风下大雨吗？

方豹子忽然在外面叫门。陈东风放下手中的书，开了门让他进来。见方豹子身后无人，他忍不住探头看了看雨夜，然后问，怎么就你一个人，剃头匠呢？方豹子说，我这就去！又说，我是来拿手电筒的。

陈东风说，你不是有把新的吗？方豹子说，我拿着正要出门，被老婆夺了去，说是帮人跑夜路就得用人家的手电筒。她心疼电池，一年之内涨了三次价。陈东风从枕边拿手电筒时，顺便让手指从《萌芽》光滑的封面上滑过。

手电筒在方豹子手中晃动一下，射出一道雪白的光柱。方豹子说，是上次同我一道买的，还是又买了新的？陈东风说，上次买的。方豹子说，你可真会省，我那婆娘夜里放个屁，也要用手电筒照。

方豹子走后，屋里又变得寂静无声。

陈东风将灶火燃起来，往锅里放了一瓢水，却不知弄点什么吃。想了一阵，才决定煮一碗面条。他打开后门，摸黑到菜园里掐了几根葱，他抬头看了看，垸里一片漆黑，只有几处窗户透着昏黄的灯光。面条煮好以后，陈东风来到父亲床前，虽然明知不会有回答，还是机械地问，爸，你想吃点什么？父亲一个星期以前就水米不进了，可他仍然要每天问上三次，不如此就觉得心里难受。父亲没有回答。他便说，你不想吃，那我就先吃了。父亲依然不会回答。

回到厨房，陈东风将面条盛进碗里扒了两下，觉得一点胃口也没有，便想要点辣椒酱。打开碗柜，这才想起辣椒酱又吃光了。父亲发病一个月，他已经吃了四瓶辣椒酱。没有这辣东西，他就吃不下去饭。

陈东风开了门，又去方豹子家。听说是借点辣椒酱，方豹子的媳妇忙说没有，她说方豹子是个辣椒虫，有事没事总爱弄一口尝尝，就是开一座酱厂也供应不上。她小声告诉陈东风，隔壁方家有上好的辣椒酱。

陈东风犹豫了一阵，才拿定主意去敲方月娘家的门。

敲了两下，又叫了两声，方月的母亲终于出来了。陈东风不好意思地小声说，我吃不下饭，想借点辣椒酱开开胃。方月的母亲叹口气，什么也没说，转身往里屋走。这时，方月的父亲在房里问，谁来了？

方月的母亲说，隔壁的，借点盐。方月的父亲哼了一下没有再问。一会儿，方月的母亲抱着几个瓶子走出来，小声说，这是月儿上次带回来的，两瓶蜂乳你爸能喝就给他喝，不行你就喝了，别把身子耽误了。辣椒酱是湖南产的，特别辣，可能管的时间长一些。说完，她提高嗓门说，谢什么，一点盐就别还了，现在不比过去，一匙盐还什么。

陈东风回到家里，一试那辣椒酱，果然味重，三下两下就将一碗面送进肚子里。不吃快不行，那辣味叫人受不了，让陈东风简直无暇联想到方月或别的什么。

陈东风将蜂乳拿到父亲房里，对着父亲的耳朵说，这是方婶送给你的蜂乳，你想尝尝吗？他看见父亲的嘴唇哆嗦了一下。他又问了一句，你想喝点吗？父亲没有做声。陈东风用汤匙装了一点蜂乳，送到父亲嘴边。然而，父亲双唇紧闭，任凭蜂乳在嘴边缓缓流过。

蜂乳的流淌很慢。陈东风用舌头在汤匙上舔了舔，一股清甜立即融进全身。他忽然想到，方月结婚三年了，怎么还没有生孩子呢？

3

剃头匠来之前，陈东风在父亲的床前一坐就是好几个小时。油灯里的油快烧干了，在窗外的风声暂时停歇的瞬间，发出一种咝咝的声音，极像是父亲在轻轻地叹息。陈东风很愿意这是父亲的声音，他已有十个小时没有分辨出从父亲的生命中发出的声音或动静了。高空风继续猛烈地刮着，一阵一阵的，能清楚地听见它是从荒凉的山冈上向垸里扑过来的，像千军万马冲过来一样的脚步声。开始时很急促很尖锐，但很快就有一个停顿，这是因为它们从山冈上猛刮过来时，顺坡而下冲得太快，一下子栽到山下的河床中，不得不翻过身打个回旋，让风头重新昂起来。随后的声音就比较平缓，几百亩的田野上，庄稼长得正旺，绿油油柔软地铺在风的身子下面，颇像男女交合那样，激荡酣畅又充满柔情蜜意。几年前，一到刮风的季节，父亲便熄了灯，和衣偎在床头，整夜整夜地听着这生命流淌的声音，每当听到这一节时，父亲总是反反复复轻轻唤着两个字：玫——瑰。陈东风并没有把握确定父亲唤的就是这两个字，他觉得也许是另外两个字：梅——桂。如果是后两个字，他相信这一定是女人的名字。果真如此，陈东风又有拿不准的了，它究竟是一个叫梅桂的女人的名字，还是一个叫梅、一个叫桂，两个女人的名字？母亲的名字里面是有一个梅，那么桂字又是谁的呢？垸里那些与父亲年纪般配的女人，下辈人很少晓得她们的名字。吹过了那一大片田野，风声忽地一下就没有了，因为它们到达了垸前的一道黄土岗。黄土岗像跷跷板一样，一下子将风撩向高处，待再落下来时，刚好擦过垸里人家的瓦脊，呜呜地干巴巴叫上一阵，却怎么也落不到地上。

现在，风又开始从山冈上往下冲了。

电还没有来，外面很黑，像是一个揭不破的谜语。风是小孩，猜了半夜还没猜出来，便急得哇哇乱叫，既是撒娇，又是耍赖。

黑夜之中究竟藏着多少秘密，垸子一概不顾不管，只顾在风声中呼呼酣睡。

陈东风终于让身子动了一下，他将父亲的旱烟管添了一撮烟丝，然后放到父亲的鼻尖下面。他说，这是上好的烟丝，别舍不得抽。房子已经盖好了，娶媳妇的事我自己想办法。过了一会儿，陈东风将烟管拿回来，磕下烟丝，换上一锅新的。他一锅锅地换下去，一直换到第十锅。父亲倒床不起后，总是抽够十锅就歇下来。

这时，电灯唰地一下亮了。垸里忽然出现一阵小小的骚动，随之又安静下来。陈东风下意识地欲吹灭油灯，又猛地止住，回头看看父亲，心里忍不住阵阵酸楚。家里有人病重，屋里的灯是不能吹灭的。父亲刚病倒时，还满怀信心地说，最多三五天就能好，连药也不用吃，回头种完这一季茯苓，他就张罗给儿子娶媳妇，明年这个时候他就有孙子抱了。到了第五天父亲硬是撑着从床上爬起来，上到后山，将茯苓地四周的排水沟疏通一遍。这是他最后一次劳动。父亲挂着锄头一边大口喘气，一边对陈东风说，人活着就要劳动，能劳动才能说是活着。父亲一生中没有懒过一天，能说出的经验却只有一句话。这句话也的确像是父亲在作自我总结。一回到家里，父亲如同耗尽所有精力一样，再也没有离开枕头，站到地上。

方豹子终于回来，他一进门就大声咋呼，这路又远又难走，两节新电池都快用光了。方豹子将手电筒朝墙角上照了照，果然只有一点暗红光亮。

剃头匠在门外收了雨伞，往里走时，方豹子介绍说，师傅姓马，住在岗那边，离这儿有十几里路。

陈东风忙给他俩递烟倒茶。剃头匠到里屋看了一眼，回头吩咐陈东风烧一锅热水。陈东风连忙照办。他蹲在灶后面，方豹子凑过来说这剃头匠如何的难请，他先跑了两家，那两个剃头匠都不肯来，任凭方豹子怎么说没问题，人一时半刻死不了，只是病久了样子难看，才想将胡子头发剃一剃，理一理。剃头匠却认定这么晚来请，肯定是人已不行了，他们不会上当受蒙蔽。方豹子无奈只好跑第三家，马师傅开始也不肯来，他倒不是为了别的，主要是年纪大了，外面又在刮风下雨，恐怕路上摔跌。后来，方豹子说出了陈东风父亲的名字，剃头匠吃了一惊，说陈老小那么好的一个人，才五十多岁，怎么这样快就要走呢！他一边答应来，一边说，换了别人哪怕县长省长他也不剃这个头。方豹子说，可见你父亲口碑极好，你也大方一点，回头完事时，多给他一些工钱。

陈东风点头时，剃头匠踱了进来问，老小初起病时，请医生看了没有？陈东风说，一开始就请镇上的医生看了，说是风寒，就没当回事。后来病重了抬到县里，一下子就变成了癌症。剃头匠问，确诊了没有？陈东风说，没有，只照了一下B超，B超说是的，肺上有一大块阴影。医生让做进一步检查，父亲不让，说他自己晓得，肺是叫烟熏的。医生也没勉强，说是癌症，确不确诊都是死，不是癌症，确不确诊都死不了。于是就回来了。

方豹子不想听他们说话，在一旁打瞌睡。

见水已烧热，剃头匠用脚尖将方豹子弄醒，让他给陈东风帮忙。陈东风将热水倒到脸盆端进房里。剃头匠正在往外拿刀剪和推子，并要方豹子用被子将陈东风的父亲上身垫高一些。

父亲身子很沉，凉凉的。陈东风倒没事，方豹子乍一接触时，双手像摸着蛇一样缩回去。

剃头匠拿着刀子伸到病人面前比试了一下，说，没事，还能照见影子呢！陈东风和方豹子果然都从那镜面一样的刀片上看见了人影。

两个人费了好大劲才将陈东风的父亲摆好姿势。剃头匠走过去，从口袋掏出几张纸钱，塞进陈东风父亲的口袋里。方豹子要拦他，说人还没断气，怎么能给纸钱呢！剃头匠说，万一——边做时一边就断气了呢？方豹子还想说话，陈东风没让他再说下去。

放好纸钱，剃头匠冲着病人说，陈老小，好兄弟，待会儿我要是手重了，不小心让刀子割着你，可别怪我。你这活儿难做呀，你要的是一劳永逸，这次做了要管永生永世。而且，你福气高，躺在床上不动，我这个下贱人要爬上爬下地照应你。往常你只是坐着，因为你的福气到了，我也只好认了。可我是六十多岁的人，比你整整大十岁，从年纪上看，我也不会有意得罪你，扎一下，碰一下，你宰相肚里能撑船，多包容老伙计一点。说完话，剃头匠爬上床去，半趴半蹲地摆好姿势，陈东风和方豹子伸出双手，分别支住他的腋窝和腰肢。

推子一下一下地咔嚓作响，剃头匠不停地同陈东风的父亲说着话。他说，老小哇老小，你这一生就这么个坏脾气，不爱理发剃头。那一年在西河水库工地上，你当突击队队长，手下三十多人，全学着你，三个月不登我的门，一个个长得像是八十岁的老头子，胡须头发真能一把抓，你当时说的一句话全县的人都晓得，你说大坝不修好就不剃头。梅兰芳蓄须明志为抗日，你蓄须只是想多干点活。可现在的人，一个星期上一次发廊，搞得油头粉面的，就是没心思干活劳动。我的几个徒弟，在城里开发廊都发了财。可是，我查遍了古书，古人中从没有过剃头匠能发财的。说实话，过去剃光头的人能干活，可现在路上跑的那些青皮光头都不是正经人，还有那些头发弄得像女人的男人，那种模样，哪会在干活上下功夫呢？

剃头匠换上剪子继续说，那一次，北京来人要拍你们突击队的电影，指挥部命令你们将头发和胡须剪短。结果三十多人都要剃成光头，要不是领导发现得早，阻止得及时，我可真要发一笔小财。虽然你们都留了半寸长的头发，可我还是将从你们头上剪下来的头发拿去卖了五块多钱。现在五元钱不值什么，那时可是了不起的收入，我用这五元钱给小儿子找了一个好媳妇。

剃头匠又将剪子换成刀子，嘴里依然没有停。他说，哎呀，当官的不喜欢大家说今不如昔，可这个今就是不如那个昔。当年你那么拼命地干，心里图的什么？就图那个披红戴花，开会坐在台上。西河水库大坝那么高，那么长，几个月时间就修成了。餐餐半斤米饭一吃，上了工地人就像老虎豹子一样，板车上的土堆成山，仍然拉着跑得飞快。红旗招展，锣鼓喧天，那才叫火热的劳动。现在这叫什么景象？四处冷冷清清，庄稼越种越瘦，田地越耕越硬，年轻男人成年累月在外面浪荡，种田的不是女人就是老人，谁会骗人骗钱谁当劳动模范。老小呀，这样下去，我们的人种真要退化哟！前两年有个顺口溜：责任制，好虽好，就是钱眼太大了，都想躺着当财主，精神蔫了不得了。我晓得这是你编的，可没有出卖你，上头问过我，我跟他们胡扯，说这诗写得挺押韵，一定是大诗人创作的。

剃头匠突然停住不说，他用剃刀反复照了几下，深深地吸口气，再长长地吐出来。他飞快地在眼前的那张脸上刮了十几下，再用手指在下巴等处试了试，然后示意好了。陈东风和方豹子将陈东风的父亲摆正位置在枕头上放好。剃头匠收拾工具，走到床前轻轻鞠一躬，嘴里说，陈老小，好兄弟，你走好，见着弟媳妇代我问候一声。

方豹子一脸狐疑地问，马师傅，他不行了吗？剃头匠点点头。方豹子又问，你那刀子照不见他的人影了？剃头匠将剃刀递给方豹子说，你们自己看吧。方豹子看了半天，然后将剃刀递给陈东风。陈东风反复照了几遍，果然已照不见父亲的人影了。剃头匠说，你父亲的魂已经走了。

一切都在意料之中，陈东风沉默了一阵，转身到厨房给剃头匠和方豹子做了些吃的。

方豹子忍不住好奇，问剃头匠哪里弄来这么个宝物，可以照见生死。剃头匠说是一个和尚送给他的，那时他才十八岁，有一天路过一座庙，一个癞痢和尚要他帮忙剃个头。剃头匠答应了。和尚头上的癞痢又腥又臭，他恶心吐了几次，才将那些长在癞痢缝里的稀疏的头发刮干净。和尚没有给钱，却给了他这把剃刀。他用了几十年，一直以为是一把普通刀，只不过钢火好一些，这个秘密他也是前十年才偶然发现。说着话，剃头匠深深地看了方豹子一眼。

吃罢饭，剃头匠要回去，方豹子要送他，剃头匠不肯，还开玩笑说他是不是想抢自己包里的剃刀。方豹子一下子脸红了，说了不少难听的话。剃头匠也不恼，笑一笑后，径直走出门去。

外面仍是风雨交加。

剃头匠在黑暗中叫了一声陈东风。

陈东风知是有事，连忙跟了去。

剃头匠小声说，方豹子近期内必定有灾，搞不好会是杀身之祸，我注意到他映在刀面上的人影，四周都是毛毛的，很模糊。你找机会提醒一下他。这话吓得陈东风身上起了一层鸡皮疙瘩。

回屋时，方豹子问怎么回事。陈东风含糊地说，马师傅说他刚才那话不礼貌，请你多包涵。方豹子说，这还差不多，不然我说不定会真的动手抢了。

陈东风让方豹子回屋休息。方豹子朝门口走了几步，陈东风又叫住他，问他相不相信剃头匠刚才说的那番话。方豹子想了一阵仍表示不相信，他认为不管什么匠人，几十年一贯制地做到老，身上就有股妖气。

4

经过一番修剪，父亲的面容显得从容起来。陈东风将旱烟管添上烟丝让父亲闻过后，决定打个盹。过去他一直觉得独子好，没有人来同他争抢家里的东西，到这时他才发现哪怕有半个兄弟姐妹也是天大的幸福。从父亲病危起，他一直守在床前，不敢有半点闪失。非要暂时离开,也是三下两下将要做的做了就赶紧回来,他怕父亲断气时自己不在跟前,那样父亲会觉得孤单的,周围的人也会骂他,哪怕别的做得再好也没有用。如果他有亲人,相互替换一下,遇事也有个商量。不是亲人的人可以帮忙,病床前守夜非他不可,垸里所有的老人都叮嘱过他,夜里好生守护着灯盘,别让它熄了。

陈东风给油灯添满油,坐在床前的椅子上,眼皮一合就睡着了。

外面风小了,雨却大起来。

垸里的公鸡此起彼伏地叫了好几遍。

陈东风没有做梦,天快亮时,他猛地从椅子上跳起来,嘴里连连叫着,爸,爸爸!睁开眼睛时,分明看见一个壮实的男人在父亲床前飘然而过,无声无息地走向房门。房门是关着的,但那人却一点阻挡也没有,随随便便地走了出去。那人肩上扛着一把锄头,一件蓑衣松松垮垮地披在身上,手里举着一只箩筐。陈东风怔了怔,连忙扑到父亲床前,伸手去试那鼻息。那鼻息如游丝般似断非断,让人判断不准。陈东风将手塞进父亲的怀里,正要试试那心窝是否还是热的,窗外强光一闪,电灯猛地发出一片惨白的光芒后,叭地一下熄了,跟着一声巨雷从天而降,炸得屋子窸窣直响。屋一下子暗起来,油灯上的火苗昏昏地战栗不止。外面的风并没有吹进来,陈东风还是站起来,将半掩着的窗户牢牢关上。

灯光照耀下的父亲,发青的面孔有些恐怖。陈东风几乎要拉开房门逃出去,他趴在门上,太想将门闩抽开,最终还是忍住了。不知为什么,他掉了几滴眼泪。他一边掉眼泪一边转过身来,目光在无意中碰上柜顶的一卷纸。陈东风想起来,那是拆旧屋盖新屋时,从旧屋墙上揭下来的奖状。新屋盖起来后,他嫌这些东西又旧又脏就没有重新粘贴在墙上。父亲似乎也将它们忘了,一直没提这些奖状,甚至从搁到柜顶上的时候起,就没再动过它们。

陈东风将奖状取下来,解开捆着的那根线。烟熏火燎几十年,多数奖状都已经发黑,但上面的字迹没有一个认不出来。他一张张地摊开来看,最早的一张竟是合作化时期的。陈东风默默一算,父亲获得第一张劳模奖状时,只有十五岁。奖状上盖的是县人民政府的大印。父亲不止一次对他说,一九五几年和一九六几年的劳动模范是何等的光荣啊,那时候,大家是多么的热爱劳动,多么愿意为建设新中国出力呀!陈东风望着这旧奖状,朦朦胧胧地感觉到这些话的含义。对他来说,这样的感觉是平生第一次。

外面的雷电仍在响一阵,停一阵。陈东风忘记了恐惧,他用手抚摸着那张最早的奖状,心里逐渐平静下来,仿佛那奖状中有一双结实的长满老茧的大手在轻轻拍打自己的心灵,虽然有点硌人,可是一下一下都那么实在,没有浮华、虚伪和欺瞒。奖状上有一种温暖,它曾经养护过父亲。

摸了一阵后,陈东风感到手上粘着了什么,他翻转来一看,手掌上有一层黑污。

他心里说,奖状已被污染了。

陈东风又一次用手去摸父亲的胸口。父亲的胸口和他的奖状一样,仍有一种温暖。

陈东风放下心来,他找了一瓶糨糊,将父亲的奖状按年月顺序重新贴在墙上。在他贴完后,退到屋子的另一边观看时,心里忽然有了一种沧桑感。

天亮之后,陈东风听见窗外有一个女人在大声咳嗽。一开始,他并没有在意。后来,他发觉这咳嗽声不大对头像是在发信号,他打开窗户一看,是方月的母亲。

方月的母亲对他说，你拿上什么到水塘边来，我在那里等你。

陈东风转了一圈见没什么好拿，就将父亲的两件衣服装在脸盆里，拿到水塘边去洗。外面雨已变小了，细细飘荡，陈东风不在乎这点雨，什么雨具也没带。

方月的母亲拎着一只马桶在水塘边反反复复地清洗着，见了陈东风便问，怎么样，昨夜他熬过来了吧？陈东风点点头。方月的母亲叹口气说，昨夜大风大雨，又是雷又是电，连电灯都震熄了，我以为他熬不住了，可又没有听见你的哭声。陈东风将衣服浸在水里说，我不会哭。方月的母亲说，那可不行，你不哭谁哭？没有人哭，不晓得的人还以为他是个坏人，好人熬不住了时，是一定得有人哭的。陈东风说，我爸和我妈分别这么多年，早就该重逢了，我替他们高兴，只可惜不能带我去团圆。方月的母亲忙说，你这个孩子，千万别瞎说瞎想。停了停她又说，我晓得你伤心，都走了，一个人一时不知怎么办，有难处时你就来找我。

陈东风将衣服放在石板上狠狠地搓起来，心里像是有股气。他忍了一会儿，终于还是开口问，方婶，你能不能告诉我你的名字？方月的母亲说，你问这个干什么，女人的名字没有用，一出嫁就丢了。陈东风说，我非常想晓得。方月的母亲说，在娘家时我有个名字叫王狗女，难听死了，说是名字恶一些容易养。出嫁后，没人叫这名字了我才高兴。听见方月的母亲名字中没有桂或瑰字，陈东风搓衣服的劲头一下子变小了。

陈东风主动同她说起话来。他说，昨天夜里，我请了一个剃头匠来，将我爸的头发胡须修剪了一下。方月的母亲说，我还怕你不晓得做那些事呢！陈东风说，我的确不晓得再做些什么。方月的母亲问，钱准备了没有？陈东风说，现金有四百多块，其余请客时要吃的粮食都已准备好了。方月的母亲说,我不是说这个钱,是那个钱。她用手做了一个甩撒的动作。陈东风明白过来说,纸钱?纸钱我可忘了。方月的母亲忙说,这可是万万不能少的,而且要多,到时候一关关地要给转世钱、买路钱和那边大小官员的见面礼钱,直接管他的那些家伙的孝敬钱,还有沿途那些好吃懒做、无家可归的孤魂野鬼要打发,关键是阴阳分界的那座奈何桥,若是在那上面进不能进退不能退,那可太麻烦了,如果钱给得多,有点小问题也能通过,钱给少了,哪怕没问题也可能被莫名其妙地卡上几天几夜,甚至十天半月也说不准。陈东风说,我不信这个。方月的母亲急得将马桶在水塘里摔了两下。她打断陈东风的话,气冲冲地说,你不信不行,你非得这么做,不然就对不起你爸爸。若是真在半路上出了意外,到时可真是没有人能帮助他了。你和西风一样,这不信那不信,就是信钱,把钱当成了万能的。陈东风说,纸钱不是钱吗?方月的母亲怔住了,过了一会儿,竟掉出两串眼泪。她喃喃地说,我这样是何苦呢,人啊,连你的亲儿子都不想尽心尽孝!陈东风也觉得自己的行为有些过分,忙说,方婶,说归说,我回去就马上办。

方月的母亲喘口气,定定神说,寿衣你替他准备了没有?陈东风说,我什么也不懂,什么也不晓得。方月的母亲说,这么说,你一定是没有准备了,这也是万万不能少的,而且马上就得做好。陈东风说,我也马上办。方月的母亲想了想说,家里就你一人,恐怕做不了这许多事,再说你得长守着,出来一时半刻还可以抢抢时间,做寿衣要买布要找裁缝,没有半天是不行的。这样吧,寿衣的事就交给我,我到镇上寿衣店去买,他们不认识我,就不怕让我家那老东西晓得了。不过你得给我钱,我家的钱都被那老东西揣在荷包里,花多少钱都得朝他要。陈东风当即从口袋里掏出六十六元钱递给方月的母亲。方月的母亲弯下腰,将几张票子藏在鞋里。

她直起身子时,见陈东风正盯着自己,不由得尴尬起来,她不好意思地说,那老东西总怀疑我有私房钱,常常出其不意地搜我的身。陈东风说,这么小气的男人,你为什么要同他过?方月的母亲不说话,她用小扫帚在马桶里使劲搅了起来。陈东风总听见垸里的人在谈论方月的父亲好吃懒做,屋里屋外的活儿都归老婆一人承包了,自己搓麻将半夜三更不睡,太阳晒着屁股了还不起床,有事无事还朝老婆发脾气。方月的母亲忽然说,他待我好,垸里哪家哪户的男人不打女人,可他从没有用指头戳过我一下。再说,他这个样子,离开了我会活不下去的。

陈东风晓得这话再也不用往下说了。

垸里的人都没有起来,只有他们两个在野地里站着和蹲着。春雨春风虽然带着不少寒气,却只是在脸上打个旋,偶尔撩开衣襟在某个女人雪白的腰间或男人结实的胸脯作一回巡抚,并不将寒气往心里送。父亲曾面对这样的气候高兴地说,这是春天的值日官在查看男男女女是不是在作春耕的准备。他见过父亲在田野里用雨水洗着乌亮的脸庞不住地大声叫喊,这样的叫喊总是用一句很粗野的话作为开场白,随后才说,又可以开犁了,再不开犁我可要憋死了。父亲在盘整得像镜面一样的秧田里,扬手挥撒谷种时,总是深情地说,小家伙,憋了你们半年,我比你们还急,好日子总算来了,你们可得为我争口气,出齐芽,长壮苗。春播的时候,父亲总爱随着山顶上唱歌的高音喇叭如虎如豹地乱吼一通。父亲一唱歌,田野上耕作的人群便会爽朗地高声笑起来。这样的景象已经多年不见了。凌晨时分,他在屋里见到的那个人影,确实像父亲这几年春播春耕时的模样。父亲披着蓑衣踩着没膝的肥泥,抓起箩筐里的种子,悄无声息地让它们在泥床上落下来,偶尔抬头看看寂寞的田野上，只有稀落的老人，女人和小孩做伴，那一头头过冬的牛，瘦骨嶙峋惨不忍睹，往日春耕时昂扬的喷鼻声已变得像一头猪的哼哧。油菜开花了，紫云英也开花了，黄一片，紫一片，季节依旧，景色依旧。他记得小时候，自己一觉醒来，头天夜里还是灿烂的一片，再睁开眼睛时，已是黑油油的一波撵一波，一阵连一阵举起的浪涛。现在不同了，眼前的这些紫云英，有一部分肯定会像野草一样任其生长到夏天来临，才会有人和牛懒洋洋地来做一回耕种，然后草草地栽上几根中稻苗，任它长到秋后。他们嫌春播冷，双抢热，种上一季中稻舒舒服服似神仙。

方月的母亲在头里走了。陈东风将衣服拧干，也往回走。回到自家的屋基场上，他听见谁家的门响了一下，心想终于有人起床了。他看了看，见有三个人从旁边的一座新楼里走出来。门口送别的那人大声说，好好睡一觉，晚上再来。陈东风明白。这是麻将散场了。站在门口的那人叫段飞机，这几年村里总是让他当劳动模范，大家都搞不清楚段飞机在外面做什么生意，他自己常说，除了不贩毒，不卖军火，不拐女人，什么都做。这几年他捐给镇上修路，村里办学的钱，总数已有好多万。

陈东风草草弄点吃的以后，趁父亲心口还是热的，赶紧锁上门去买纸钱。快到清明节了，因为怕涨价，大家提前作准备，垸里卖小杂货的人家，将纸钱卖空了。陈东风只得去公路边，那里有几家大一点的店子。

那段路有差不多两里。由于河上的桥还没有修起来，一般人不愿泡冷水，还得绕上两里，从上游的一座石堰上过河。陈东风要赶急，想也没想就脱了鞋袜。

所幸公路边第一家店子里就有纸钱。谈好价钱后，卖货的女人将一大沓纸钱堆在柜台上。这时，从里面走出一个老头。陈东风见了就叫他段四伯。段四伯问他买纸钱做什么。陈东风告诉他，父亲已经不行了。段四伯不相信。陈东风就将剃头匠说的一番话，以及父亲现在的情况说了一遍。段四伯忍不住唉声叹气一番。陈东风将钱递给段四伯，段四伯执意不肯收，非要将纸钱送给陈老小。二人正在争执，段四伯的女儿出了个主意，这些纸钱仍算买的，另外再送一份同样多的。陈东风谢过后，拿上两份纸钱仍旧涉水过河。

陈东风走出老远，还听见段四伯在公路边大声喊，要他到时候给个信，自己要去送送陈老小。

往回走的路上，陈东风碰见方月的父亲，远远的一副气冲冲的样子。陈东风迟疑一下，他就过来了。听见陈东风的招呼声，方月的父亲也不看他，只是用鼻子哼了一下。陈东风觉察到情况有些不对头。回到垸里，他在方月家门前站了一会儿，听见虚掩着的门里，有女人嘤嘤的抽泣声。

陈东风叫道，方婶。叫了两声，大门开了。方月的母亲站在门后，问，有什么事吗？陈东风说，我已将纸钱买回来了。方月的母亲说，买回来了怎么不快回屋里去！陈东风说，我刚才看见方伯的模样有点不对头。方月的母亲说，你别管他，他这回若真的做得太过分，我也就懒得再照顾他了。陈东风说，是不是我给你的那些钱被他发现了？方月的母亲说，早上我一进屋，他就追问我洗只马桶为什么要这么长时间，我说马桶不小心漂到水塘里去了，弄了好久才弄起来。他不信，一口咬定肯定有个男人在帮我，不然我是无法将掉进水塘里的马桶弄起来。我真不该编这么一个谎话。老东西从床上爬起来就开始搜我的身，后来他就将你交给我的六十六元钱搜了出来，没办法，我只好将真实情况告诉他。他疯了，说了许多无理的话。陈东风说，那买寿衣的事怎么办？方月的母亲说，他不让我去，自己拿着钱去了。

陈东风本想问，若是他不肯买而是到镇上喝酒或是赌博去了那该怎么办？看着方月母亲那副痛苦不堪的样子，他有些不忍心开口。

陈东风掏钥匙开了锁，推开门时，一只硕大的老鼠迎面冲过来，踩着他的脚背逃向野外。陈东风吓得汗毛一竖。他瞅着大老鼠钻进一处草堆，消失得无影无踪以后，一个人愣了片刻，这才进屋去。

父亲还是那种老样子，他默默地看了一阵，忽然觉得父亲像是极不甘心地在等待什么。守着弥留之际的父亲，陈东风不知做什么好，甚至开始有些无聊。他又看起了墙上贴的那些奖状，看到一半时，心里忽然有一种朦朦胧胧的东西出现。看到最后一张后，他又从最后一张开始倒退着往回看。他忽然获得了一种生命流动的感觉。一个劳动着的父亲似乎活生生地出现在眼前，他意识到或许劳动是父亲生活的全部意义，而"劳动模范"或许是他的全部精神世界。

他由于想到这一点而变得心绪沉重起来，一个人一生的真正意义真是像父亲那样只是为了劳动吗？在劳动之中和劳动之外父亲是否真的享受过生活呢？劳动和模范对于父亲真的是那么至高无上吗？无论怎么猜想，父亲生命的终止是从他那最后一张奖状的获得以后开始的，以后的几年，父亲一直生活得无精打采，完全属于那种用生命去作最后的搏斗，同时内心已明白会是何种结局的清醒的糊涂者。

陈东风想到另一个问题，这许多的奖状是留下，还是仍由父亲带走？他犹豫不决，便想找一个人商量。刚好方豹子进来问情况，陈东风晓得方豹子说不出什么，但他还是开口征求意见，方豹子一点兴趣也没有，打着哈欠说了句话，陈东风一个字也没有听清。

陈东风想起寿衣的事，就对方豹子说了方月父母早上闹了一通的事。方豹子认真想了一通后，认为方月的父亲和母亲都没有道理，方月的父亲不该阻止家里的人帮助别人,但方月的母亲也没有理由偷偷帮陈东风的父亲买寿衣。如果没有特别亲近的关系,女人是不应该替男人买寿衣的。陈东风无心同他讨论这个,他要方豹子在方月的父亲万一没有买回寿衣的情况下,随叫随到地到镇上去一趟。方豹子毫不犹豫地答应了。

吃中午饭前,外面有人敲门。

陈东风伸头一看,正是方月的父亲。

方月的父亲阴着脸走进来,将一包东西重重地放在桌子上。打开一看,正是寿衣,上面还放着一张发票。陈东风说了几句感谢的话。方月的父亲往外走了几步,又回转身来要看看陈老小。陈东风领着他进了里屋。

方月的父亲只在床上扫了一眼,随后的时间都在看那墙上的奖状,陈东风注意到他的脸色出现了缓和。

走的时候,陈东风清楚地听到他小声嘟囔一句,陈老小,你他妈的!不过从语气上理解,不像是骂人。

5

方豹子被叫过来帮忙。两个人费了很大的劲,才将寿衣穿到陈东风的父亲身上。在穿的过程中,方豹子不停地问,你老人家愿意穿这新衣服吗?若是不愿意就脱下来,东风他不会强迫你穿的。陈东风的父亲毫不理会,却又像是在暗中用力,将脖子、手和腿梗得僵直,非得用把劲才能扳弯一些。好不容易将穿寿衣的事做完,陈东风和方豹子坐在客屋里歇息时竟然有些喘气。

方豹子说,你爸爸像是不大愿意走呢!陈东风叹气说,到了这一步,就由不得他了。方豹子说,也是,寿衣都穿上了,还能真的脱下来不成。陈东风说,不过,若是真能还阳,别说脱寿衣,就是叫我脱一层皮,我也愿意。方豹子说,真亏得你有这份孝心,你们父子多年相依为命,现在只剩下你一个人,往后的日子真不好过。陈东风说,不好过也得过。说着就沉默起来。他心里在想,为何母亲死后,外婆家的人就再也没过来?

方豹子突然说,你想进城里去找份工作吗?陈东风说,我不想进城。方豹子说,你看人家陈西风进城以后变化多大,连厂长都当上了,过几年一定还要当局长、县长。到那时,说不定还要找一个更年轻的老婆。陈东风不高兴起来,他说,豹子,你别提陈西风好不好。方豹子也有些不高兴地说,他又没伤着你什么,你干吗这么讨厌他?我是准备求求他,到阀门厂去当个工人。

说得没趣,两人就分手了。

陈东风的父亲已经穿上寿衣的消息,在垸里传开了。男人们一个接一个地赶来看望,对着墙上的奖状说些缅怀的话。按他们的标准来评价,陈老小是劳动模范中的劳动模范。他们也说到另一个人,就是陈西风的父亲陈万勤。不过,他们觉得陈万勤没有保持晚节,不该跟着儿子到城里去享清福。他们同时还对陈老小中年丧妻之后,一直没有心猿意马,忍受着对女人的渴望将儿子带大的精神表示敬佩。

听到后面这些,陈东风不禁在心里为母亲感到骄傲。

通常的情况下,经过这些夸奖,穿上寿衣的人就会知趣地尽快离开人世,唯恐稍有迟缓,就会被人看作是耍赖皮。陈东风的父亲有些顽固,穿上寿衣后,又平安地度过了一个夜晚。

第二天早上,那些预备帮忙办理丧事的人过来打探消息。陈东风不好意思地告诉他们,父亲的心口仍然是热的,手贴上去,挺温暖。

挨过中午，陈东风的父亲还是老样子，那一口气总也断不了。方豹子正陪着陈东风在门口议论，到底是什么原因，让老人家如此牵挂不舍。段飞机大摇大摆地走了过来。

段飞机是垸里第一个腆起福肚的男人。垸里的人见到他那大腹便便的模样，无不百感交集，理睬他也不好，不理睬也不好，于是，大家就拼命地同陈东风说话。

父亲肯定要死，又总也不肯断气。弄得陈东风见人都有点低三下四，见了段飞机，也不得不主动同他打招呼。他叫了一声飞机哥。七嘴八舌说话的人忽然都不说话了。

段飞机进屋去看陈东风的父亲。他没有像别人那样对墙上的奖状表示出某种兴趣，而是坐在床沿上，拿起那只毫无生机的手，将自己的几个指头压在其腕部上，随后又用手指掀起两块耷拉着的眼皮看了看瞳孔，最后再用大拇指在上唇的中间用力掐了一下。做完这些，段飞机再次拿起陈东风父亲的手腕试那脉搏。围在门口的人们见他极内行地做出这些只有高明医生才能做出的动作，全都安静下来，等着段飞机说出惊世骇俗的什么话来。

等了十几分钟，段飞机终于从床边站起来，用手拍打几下屁股，不紧不慢地说，他一定是有什么事放心不下。

段飞机这话让大家有些失望，因为这一点他们早就估计到了。

段飞机又说，往年这个时候，田里已经开犁了，今年却还没有动静，老小叔一定在挂惦这个。不信的话，东风你去向他表个态。陈东风正在犹豫，旁边的人都催促起来。陈东风只好上前去，对着父亲的耳朵大声说，爸爸，你放心好了，我明天一早就下田开犁。才几秒钟，屋子里就响起一声沉沉的叹息。

大家散去时全都默默无语。

下午，太阳从云缝里出来了，垸里垸外到处都泛着新光。被春雨洗去的冬天污浊还在顺着水沟和小溪漂浮，田野上绿也肥，黄也肥，就是不见红瘦。

陈东风从牛栏里扛出犁具来到自家稻场上整理时，吃惊地发现，家家户户的门前都有男人在整理犁具，女人们则在一旁兴奋地走动，准备随时听候男人的派遣。大家都在高声说话，议论今年应当种什么品种的水稻，还一点点地计算各种水稻播种面积。

陈东风正和方豹子说话，方月的父亲隔着一块晒场问起相同的问题。陈东风回答说，按照去年父亲种的面积，一分不减，种的品种也一样不改。方月的父亲提醒他，买稻种和化肥农药时一定要多个心眼，别吃亏上当，买了假货。

一旁的方豹子忽然大声说，飞机，你也打算下田了？远远地，段飞机的声音飘过来，好几年没扶过犁了，过过瘾，看技术生疏了没有。方豹子说，那你不再花钱买粮吃了？段飞机说，还是自己种的粮食好，吃起来香。

天黑之前，垸里多了一种热闹。先是孩子们抱住一只酒瓶到各处杂货店买酒。有嘴馋的买到酒后忍不住在路上偷偷喝了几口，没等回到家里便碰出了醉态，小腿小身子的踉跄格外逗人。大家都忍不住在自家门口冲着小醉鬼乱吆喝，说他走错了路，让他一会儿向东一会儿向西，再让他向南又向北，直搞得他再也认不出回家的路。小孩们则围上去，憋着嗓子学着大人腔，男的冒充爸，女的冒充妈，逼着小醉鬼开口叫，小醉鬼有的叫了，有的则说，你是我妈，那我要吃你的奶，边说边要抓那女孩，女孩则咯咯地笑着逃到男孩们的身后躲起来。男孩不躲，反而松开裤腰露出半边屁股，大叫奶在这儿，快来吃呀！闹到后面，总是由大人出来收场，没有谁对自己的儿子真的动怒，当面骂了几句后，拿过酒瓶自己先尝一口，然后笑眯眯地将酒瓶和小醉鬼一齐拎回屋里去。

黑夜来临，碗盏一响，浓郁的酒香就在垸里弥漫开来。这个夜晚格外的长，虽然窗户里的灯光早早熄了，但各种各样酣畅欢愉的喘息与呻吟许久也歇不下来。

陈东风拿上两个酒杯来到父亲房里，斟上酒以后却不知说什么好。他自己喝了一杯，又代父亲喝了另一杯。还有一小杯辣椒酱，他用筷子蘸着一点点地放进嘴里品尝。陈东风没有感到辣，却有一种浓浓的酸楚塞满心窝。

天上的云已散尽了，但星星并不多。这是春夜，陈东风曾经不明白春夜的星星为什么没有夏夜里繁盛。他问过老师，老师没有回答。是父亲告诉他，春天是播种的时候，星星也不例外，天上的人也要劳动，经过劳动星星才能茂盛、才能丰收。

黎明时分，陈东风听见外面有人轻轻地敲门。他问是谁却听不见答应。开门后才发现是方月的母亲。

方月的母亲苍老了不少，她怯生生地说，我来看看你爸爸。陈东风正要问她凭什么这么偷偷摸摸地来看一个垂死的男人，方月的母亲已经钻进屋里了。

油灯哩嗞作响，屋里安静极了。方月的母亲局促地问陈东风，他心口还是热的吗？陈东风点头，看着她眼眶里出现泪花花的一片，他心里有些软，忍不住说，你自己摸摸看。方月的母亲刚抬起手，又突然缩回来。

陈东风见此情景便说，你坐一会儿，我去准备下田的东西。

陈东风从前面出去后，又从后门钻进屋里。他悄悄地贴近门缝，看见方月的母亲已将一只手放在父亲的心窝上。

方月的母亲一连唤了几声，老小，老小，我来送你了，我晓得你是在等我来。那个人把我盯得太紧，让你多受这几天苦。你也别怨，这全是命，命让人有情无缘，有缘无情，不过总比无缘无情要好，总比两个人走在路上看一眼，又各自东西互不相识要好。我是认了，不然怎么会在那一年碰上你，不然又怎么会让我们都找上一个不错的爱人。你要是不认，现在就开口说一句话，然后我们再一起比赛着看谁熬得过谁。她抹了一把眼泪，继续说，现在我来送你，是想你走时没有怨恨，像我们这种没有名分的关系，说出去会让外人耻笑几生几世。我想了几天，才决定来。你一定要理解我，这种事若让那个人晓得了，他会受不了的。别的东西我不能送，让你带到那边，反而多一个累赘，你媳妇见了会以为你干了什么不道德的事。老天爷做证，这是我第一次挨你的身子。我只给你这些纸钱，你带上，该花的大把花，不够了就托个梦给我，我再给你送。

陈东风看见方月的母亲将一沓沓纸钱塞进父亲的腰里。他晓得她要出来了，连忙从原路回到稻场上。一会儿，方月的母亲从屋里出来，迎着风，她理了理自己的黑发，脚下一步也没停，一边走一边对陈东风说，你那天的话错了，我后来一直想告诉你，纸钱不是钱，它是情义，是道德，是痛到骨子里时的安慰。

方月的母亲匆匆走后，陈东风一个人站在稻场上细细品味她说的那番话。正想时，身后有动静，他回头一看，是方月的父亲。

陈东风想不通他是从哪儿钻出来的，自己没有看见他，那他一定是有意躲藏在哪儿。

方月的父亲主动上来搭话，这么早就准备下田？陈东风说，你比我起得还早呢！方月的父亲说，不起早不行，再不开犁，季节就迟了。他说话很平静，似乎对刚才的一切全然不知。

太阳出山之前，田野上出现了十几头牛、十几具犁和十几个人，一声声吆喝、一声声鞭响在山谷中一阵阵回荡。闲了一冬的田醒了一般开始翻身了，锈蚀的犁铧转眼间就被磨得雪白，轻风中有一阵阵绵绵不绝的咔嚓声，那是板结的泥土被犁铧撕开的声音，尽管它很轻，人们还是感觉到了。喜欢昂头的黄牛和习惯低头的水牛，闻着那被封闭一冬的泥土的芬芳，不时响亮地喷着鼻子。

　　陈东风喜欢回望自己家那被粉刷得雪白的小屋。

　　有一刻，透过窗口的那盏油灯忽地一下熄灭了。

　　一串泪水哗地涌出来，顺着脸庞溅落在刚刚被犁铧翻起来的黑油油的泥土上。他奋力挥起鞭子，同时嘴里发出一声长长的吆喝。

　　吆喝声飘落在山边的公路上，惹得一辆红色桑塔纳轿车嘀嘀叫了两声。隔壁田里的方豹子和段飞机异口同声地叫道，陈西风回来了。

6

　　红色桑塔纳轿车停在方月家的稻场。

　　方月的母亲望着围绕稻场转了一整圈的深深车辙，心里颇为不快。她晓得自己重新弄平它，又要花费半天时间。陈西风上前来叫了一声妈。她有点勉强地笑着将他让进屋。

　　这天早上，陈西风一直同方月的母亲谈论，陈万勤在县城里碰见陈老小的事。陈万勤是陈西风的父亲，跟着儿子在县城里生活。陈万勤年纪大，不时有看花眼的事情发生。让人大为蹊跷的是，方月也在县城里碰见陈老小了。

　　陈西风说，陈万勤是昨天傍晚在自己家院子里遇见陈老小的。当时家里的电视机正在播送本县新闻。陈万勤不知为何从不看本县新闻，尽管陈西风在吃晚饭时已经同他打过招呼，说是今晚的新闻里面有自己的几个镜头，陈万勤依然是看过本省新闻以后，就独自开门出去了。

陈万勤刚到屋檐下，就看见院子中间有个人影在晃动，而且模样极熟，只是一时想不起来是谁。那人也不做声，只顾埋头在整修花坛。陈万勤以为是陈西风从厂里叫的工人，便不高兴地骂了一句，这个懒种，什么事都指望别人做，都快成了资产阶级的孝子贤孙。陈万勤转身冲着屋里叫陈西风出来。陈西风出来后，陈万勤质问他为什么又要剥削工人，让人来家里修花坛。陈西风说他没有叫什么工人来修花坛，陈万勤回头一指，院子里却是空荡荡的，一个人影也没有。方月出来，将院子里的电灯打开，三个人走到花坛跟前细看，竟一点痕迹也没有。陈万勤后来想起有一回陈老小到城里来时，曾经动手修理过这花坛，这么一想，他就记起这人影的确像陈老小。于是，陈万勤便怀疑这是陈老小走魂了。

陈万勤心中不爽，回屋早早睡了。

十点钟时，电视图像忽然不清了。方月要陈西风将屋顶上的天线调一调方向。陈西风刚爬上屋顶，全城突然停电。方月在黑漆漆的屋里寻找蜡烛，忽然发现沙发上坐着一个人，甚至还听见那人哼哼的叹息声。方月吓得大叫，她认出那人影就是陈老小，所以她不停地说，老小叔，你别吓我，我从没做过对不起你的事。方月说完这话，那人影就不见了。

电重新来了以后，陈万勤将陈西风叫到自己屋里，他感觉到老小已经不行了，要陈西风马上回去，给陈老小送终。陈西风说这时候不好找司机，只能明天早上走。陈万勤生气了，表示自己要连夜走路回去。看见父亲真的要走，陈西风只好打电话给小张，让他马上开车来接自己。趁陈万勤不注意，他又小声吩咐天亮再走。

临上床睡觉时，陈万勤又吩咐陈西风，如果陈老小真的熬不过去了，办完事后就将陈东风带到城里来，现在城里太需要陈东风了。

陈西风对方月的母亲说，父亲说这句话时，就像是下命令。方月的母亲说，只怕陈东风不愿意去城里。陈西风说，我不信如今还有不愿进城的人。说着话时，他用手扯过放在饭桌横梁上的一块抹布，去擦皮鞋上的几块泥污。方月的母亲刚说了句，我就不愿进城，看见陈西风的动作，连忙叫，别用它擦皮鞋，那是抹桌子用的。陈西风将手中的抹布看了一眼，笑了笑后放回原处。然后侧了侧身子，从裤兜里掏出半包餐巾纸，取了一张，再次弯下身子去擦那皮鞋。

方月的母亲轻叹一口气，走到门口请司机小张进屋来喝茶。桑塔纳轿车出了小毛病，司机小张正趴在车头上，用一把螺丝刀，东戳戳，西探探。方月的母亲叫了两声，他都没动。陈西风就说，别理他，他自己晓得到屋里来，你先给我们弄点吃的吧。他说着将手中那团粉红色的餐巾纸扔在地上。方月的母亲看了一眼那纸，一声不响地进了厨房。

陈西风趁空出门到自己家门前看了看。他没带钥匙，进不了屋，隔着长有蜘蛛网的门缝朝里看时，许久没人住的屋子里有一股霉气直往鼻子里涌。门洞里有一层干湿不一的鸡粪，同鸡粪搅在一起的是些鸡毛与枯草。门前的稻场更是一派杂乱景象，方豹子家的猪羊拴在旁边的树上，稻场中间则堆满了稻草与柴火，还有种棉花用的营养体。此外还有一块刚刚雕刻好，还没送上山竖起来的墓碑。陈西风一见上面的落款是"孝男段飞机"，便有些生气，忍不住弯下腰来，将这墓碑掀到旁边的粪坑边。

他望了望田野，晨曦之下，人和牛在灿烂的鲜绿里微微荡漾。好久没有见到如此动人的劳动场面了，陈西风心里轻轻抖了一下，止不住要向田野上走。下了小路，往田埂上走了几步。泥泞的田埂哪里容得下他，勉强走了一程，烂泥便粘在鞋底和鞋帮上，每走一步都很艰难。他想退回去，却发现四周的人都在盯着自己，只好脱下鞋袜，光着脚继续往前走。

陈西风听见方豹子兴奋地叫了一声西风哥，接着段飞机又叫了一声陈厂长。但是，离他最近的陈东风，只是看了他一眼，稍待片刻，又看了他第二眼。

陈西风抓住陈东风那幽幽的眼神问，东风，你爸怎么样了？我是特地回来看看他的！陈东风挥了挥鞭子，正在拖犁的水牛一甩尾巴，几滴泥水溅到陈西风的身上。陈东风说，放心，他死不了。陈西风又掏出一片餐巾纸，揩了揩身上的泥水，说，昨天晚上我爸和方月看见老小叔在我们家转悠，担心是不是出了什么意外。你爸总共病了多长时间？陈东风说，几个月吧！陈西风说，真是癌症，那也差不多到时间了。昨天晚上和今天早晨他情况怎么样？陈东风说，很安静。陈西风说，你将门打开，我去看一看。陈东风说，门没锁，你自己去看吧！

这时，方豹子扶着犁来到陈西风面前。方豹子吆喝一声，让牛停下来。他自己也站在田中央，问陈西风怎么有空回来。陈西风故意说自己是专门回来看看自己家的房屋和稻场有没有被人破坏和侵占。方豹子听了不做声，连忙赶着牛走开了。

另一块田里，段飞机正往田埂上走。陈西风晓得他是来找自己的，他不喜欢这个人，段飞机几次到厂里去找他，想与阀门厂做钢材、生铁和焦炭生意，他都借故回绝了。陈西风快步往回走了一阵，一直走到小路上才回头看了看，见段飞机牵着牛还在田埂上不急不慢地走着。陈西风冷笑一声，心里说，等会儿段飞机就该到粪坑里去悠闲一回了。

段飞机将牛拴在自己家门口，钻进那栋小楼不见了。

陈西风回到方月的娘家,用热水洗净了脚,皮鞋上的泥却怎么也弄不干净,他只好找了一把毛刷,蘸了水一遍一遍地刷。

早饭过后,陈西风往陈东风家走去时,见田野上只剩下陈东风一个人。他正在想,陈东风的父亲若死了,剩下他一个人怎么过日子呢?这时候还在田里干活,连饭也不晓得吃。他在心里叹气时,段飞机不知从哪儿钻出来。

段飞机迎着他说,厂里的情况还好吧?陈西风说,还好,有事做,有工资发。段飞机说,听人说,阀门厂去年也开始亏损了。陈西风说,你听谁说的,我们现在只按合同做,都做不过来。段飞机笑一笑说,那不做得越多亏得越多?陈西风说,国有企业不比你们做小生意的,我们主要任务有一条是养活人。你怎么不到外面去跑了?段飞机说,插了秧我就出去。陈西风说,花钱雇个人种田不行吗?用这时间去做生意,赚的钱恐怕是十倍百倍地翻番。段飞机说,经常劳动劳动对自己做生意有好处,你当了厂长以后,还下车间劳动吗?陈西风说,厂长下车间劳动,那要工人做什么!段飞机说,我以前的想法也同你一样,后来是老小叔教了我。陈西风说,所以你这一生也当不了厂长。段飞机觉得受到了侮辱,他说,你小心点,说不定哪一天,你的厂就是我的。陈西风说,这可不像我家的稻场任你占用。

陈西风不同段飞机说了。他看见方豹子正同他媳妇一起,在他家稻场忙不迭地收拾,夫妻俩抬着那些营养体很吃力,走几步就得停下来歇一阵。歇的时候,两个人似乎在争论什么。他隐隐约约听见有"进城"两个字。

陈东风家大门虚掩着。陈西风推门进去时,闻到一股异味。他对这种味道特别敏感,他当副厂长分管工会工作那几年,每年总有几个退休工人死去。当他领人上门慰问时,总是闻到一种特别的气味。他把这种气味称之为死人味。现在，这种气味又出现了。

他有点不相信，还是冲着床上的人叫了声，老小叔，我来看你了，你听得见吗？

床上的人一点动静也没有。陈西风摸着那只干枯的手腕，没有脉搏的跳动让他感觉，只有一股凉气朝他心里涌来。他又试了那心口，心口也已经凉了。

陈西风跑到大门口，冲着田野上高声叫喊，东风，快回来，你爸爸已经过去了！

他看见所有的人都停下手中的活计，唯有陈东风，像是没有听见一样，依然赶着水牛，一步一步沉稳地在田野上走着。陈西风又叫了几遍，终于听见方月母亲压抑着的哭泣声。

陈西风回到屋里，替陈东风将纸钱烧了，又说了一些请陈老小莫要责怪陈东风的话，他认为陈东风还小，受不了这丧父的打击，因此行为上有些古怪。

时间不长，垸里的人几乎全来了。从陈老小的卧房到堂屋再到稻场，到处站满了人。只有两个人没有来。一个是方月的母亲，她一个人伏在床上，蒙着被子哭得死去活来。

方月的父亲给她泡了一杯红糖水，放在床头柜上，关上所有的门，拦住哭声不让外泄，自己则平静地来到陈老小的屋里，指挥别人将门板卸下来，在堂屋里搭成一张灵床。再将陈老小的尸体从里屋搬出来，停放在灵床上。另一个没有来的人是陈东风，他一直扶犁跟在水牛后面，一圈圈地犁着那块田。在许多人的劝告无效之后，方豹子亲自跑到田里去劝告。他说了许多的话，陈东风执意不听，非要将这块田犁完之后才回去。方豹子急了，伸手去拉他。力气不比陈东风差的方豹子，被陈东风一把推出老远。陈东风使着那头水牛，从早上到中午一口气也没歇，人和畜生都没有喝一口水吃一点东西，犁铧开出的犁沟却越来越深。

陈西风也没有闲着，他指挥一部分人将棺材准备好；另一部分人则上山在陈老小媳妇的坟墓旁，再挖一座墓坑。这地方是陈老小自己选定的，离此不远的地方是陈万勤未来的冥寝之宅。三年前，他们二人找了整整一个冬天，经过多方比较，最后才确定了这片山地。陈老小媳妇的坟墓，原先并不在此处，经过此次确认之后，于第二年的冬至迁移过来的。陈西风记得，当陈老小重新将媳妇的骨殖一件一件地放进一口新棺材里时，陈东风趴在那口有些简陋的棺材上，哭晕过去三次。他在山坡上遥望此时仍在田里耕作的陈东风，脑子里一片空白，他一点想法没有，甚至不明白该怎么去想这个问题。

出殡前的一切都做好了。

大家忙了半天，一下子闲起来，倒显得有点张皇。陈西风的司机小张，将桑塔纳轿车开到水塘边，然后用一只塑料桶在塘里打水，再用抹布细细地擦着车身四周。一群孩子围在四周看，趁司机小张不注意，悄悄用手在发亮的车身上摸几下。后来，一个胆大的男孩上去和司机小张谈成一笔交易，打水的事他们来做，每打一桶水上来，让按一下汽车上的喇叭。一时间，孩子们打水端水忙个不迭，汽车喇叭则响个不停。孩子们一高兴，干脆连抹布都抢过来，帮着司机小张擦起车来。司机小张落得在一边笑哈哈地逗他们。

陈西风只看了两眼，心里就突然难受起来，他忍了几下没忍住，对着司机小张喊，别让他们瞎弄。司机小张没有听见。他正要再喊，方月的父亲在一旁说，你怎么啦，孩子们高兴高兴也不让吗？陈西风找了一个托词说，老小叔刚死，这么闹气氛不对。方月的父亲说，你又瞎说，这时节孩子们闹得越欢越好，好人死时，才会热闹！陈西风不再做声了。

擦完车,孩子们不再闹了。

人们再次将目光转向田里的陈东风。

一时间,人家都沉默起来。

太阳下山之前,陈东风终于扛着犁,牵着水牛,开始往回走。

陈东风走近时,大家默默地给他让开一条路。

他将水牛拴好,又将铁犁放进小屋,这才来到陈老小的灵床前,说,爸,田我已经犁好了,不知中不中你的意?他跪下去磕了三个响头。起来时,他将四周扫了一眼。

陈西风一直站在陈东风身后。陈东风的眼光碰上他的眼光时,他莫名其妙地有一种不安的感觉,这种感觉之强烈,使他不得不躲进旁边的屋子让自己镇静下来。

屋子还算整洁,在最显眼的地方放着大约二十来本书。枕边上还有一本书。陈西风坐在床沿上,拿起那本书看了一眼,他记得自己曾有某种机会接触过这本名叫《萌芽》的法国小说。他依稀记得它的内容是描写法国煤矿工人如何用罢工来反抗资产阶级剥削。他想搞清自己是在哪年哪月看过或听人讲过这本书,想了一阵仍想不起来,却在突然间想到另一个问题:假如自己厂里的工人也起来罢工呢?

陈西风双眼牢牢盯着墙角。他用手在光滑的书籍上轻轻地抚摸着,暂时把一切丢到一旁,仿佛时间都不存在。直到有人问他去了哪儿,要找他主持出殡他才醒过神来,将手中的书放回枕边,然后看了看窗外的青山绿野,在内心的安宁中,他站起来,迈开步子向门口走去。

7

　　黄昏时分，陈老小被放进棺材，随着沉重的一声响，一个人影从棺材盖下面永远地消失了。

　　在去墓地的路上，陈东风披麻戴孝跟在棺材后面。紧挨着他的是陈西风。整个过程，他俩都没有说一句话。鞭炮炸得很响，长长的送葬队伍中谁也没有大声说话。只有几只狗远远地跟在后面，不时低声叫两声。一路上，从青嫩草叶中踩出来的绿汁，染透了白色的沙石小路。全垸的人都来了，这种规模的葬礼，是这一带从未有过的。那些比陈老小年长的老人脸上挂着许多忧虑：陈老小这一去，谁还会真正地劳动呢？

　　方月的母亲也在他们之中。她已经不哭了。早上陈西风的那声喊，将她心中堵塞多时的一腔苦水，猛地从眼眶里喷出来。尽管她早就明白陈老小难逃这一劫，但她一直不相信，因为陈老小在他面前发过誓，最少要活到八十八岁。因此，她一直不让自己的泪水流出来，她觉得只要泪水一流出来，陈老小就会真的去了。所以，她一直忍到今天上午，经过那番恸哭，她才重归平静。特别是她记起来，床头柜上的那碗糖水是丈夫亲手泡的，让她不能不对丈夫心存感激。她晓得丈夫一直在注意自己，可她暂时不去看他，她将眼睛盯在黑色棺材上，让自己的心此时此刻，全部归属于躺在里面的那个人。

　　棺材爬到半山时，天色变黑了，前面还要横穿一段两百米长的山坡。段飞机和方豹子点起了火把。

　　火光摇曳，天地反而显得更黑了。七八串火星从火把上冲天而起，在风中飘得高高的。几株光秃秃的老油桐树变幻着玄奥的怪影。调皮的小孩躲在黑暗处，向人群中撒着细沙。尽管大家都知道是怎么回事，不去理睬稀稀落落的沙尘。

几个胆小的女人，还是尽量缩短与周围人的差距，同别的女人们挤成一团，并开始说起悄悄话。她们没有议论方月的母亲为什么那般悲痛，并非她们不想或对这话题不感兴趣，是因为没有人敢提起它。葬礼上就谈论这一点，她们怕陈老小的魂魄来给自己找麻烦。她们在相互问着，陈西风娶方月几年了，为何方月还没有怀孕。陈西风虽然四十多岁了，却保养得很好，看上去只有三十出头，不可能雄风衰落。女人们于是说起，陈西风还有一个三十来岁的女秘书，甚至还晓得她姓田。

方豹子突然吆喝了一声，抬棺材的八个壮男子也齐声附和起来。墓地到了，大家都不再说话，慢慢地顺着山坡拥过去，围在墓坑四周。

火光照在黑漆漆的棺材上，发出一阵阵幽幽光泽。几乎没有什么仪式，只是陈西风点头示意一下，大家就将棺材缓缓放入墓坑。越接近坑底，幽幽的光泽越明亮，直到陈东风往棺材上撒下一把黄土。随着幽光的消失，大家开始用铁锹和锄头刨土填进墓坑。没有人说话，只有黄土落在棺材上发出的扑扑声。那声音极像陈老小在梦中轻轻叹息，偶尔有块石头夹在沙土中，砸在棺材上发出的响声，则如同陈老小在咳嗽。

春天的泥土有一股实实在在的香味，和棺材上的油漆气味一道，随风飘出很远。

坟丘垒好后，陈西风用手碰了碰陈东风。

陈东风愣了一阵才再次跪下去，他只说了一句话。

他说，爸爸，我想你！

听见这话的女人先抽泣起来。没听清楚的女人，开始干号几声，随后泪水便真切地流出来了。女人们哭得很伤心，什么事也做不了。段飞机和方豹子他们一群男人，将许多的纸钱在坟丘四周烧化了。

陈东风蹲在地上，想点燃那根长达十几丈的稻草把子，一连划了十几根火柴，全被风吹熄了。陈西风将口袋里的防风打火机掏出来递过去。陈东风没有接，依然固执地划着火柴，直到终于将稻草把子点着。稻草把子像龙一样盘在坟丘四周的松树和油桐树上。这是老人们的主意，用稻草把子做长明灯是二十多年前的事了，如今人们习惯用油灯、蜡烛，也有人干脆牵根电线，用电灯代替。老人们用了半下午时间，亲手捆扎稻草把子。老人们说，陈老小是个从不偷懒的人，不能用懒办法为他送终。

山风吹在稻草把子的火头上，一会儿明，一会儿暗，一会儿红，一会儿黑。

返回时，大家再次聚到陈东风家门前的稻场上。没有参加送葬的人，已在那里摆好十几桌酒席。大家没有怎么闹酒，客客气气地将酒喝完，将菜吃完，便各自回家去。

段飞机、陈西风和方月的父母没有走。方豹子在自家门口等了一阵，见陈西风没过来，也返回来了。他们一起陪着陈东风进到屋里。

方月的母亲给大家泡了一杯茶后，一个人坐在油灯刚刚能照见的角落里。

段飞机带头，大家轮番说着大同小异的安慰话。陈东风只顾喝茶，没有开腔。闲聊几句，话题又回到陈老小的身上。段飞机说，大前年，乡里给自己评了个劳动模范，发奖的那天，乡干部突发奇想，要老劳模给新劳模戴红花。那天，他在台上与陈老小合坐的长条凳，在不停地颤抖，他留心细看，发现陈老小脸色不好，手脚在微微发抖。乡干部正式宣布自己为劳动模范时，他听见陈老小猛烈地咳嗽起来。到戴花时，陈老小喃喃地对他说，难道现在只讲赚钱，不讲劳动了？后来，乡干部让陈老小讲话。陈老小站在台上一个字也说不出来，只要一张口便会没完没了地咳嗽。乡干部见情况不对，就让他下台去，不用再说什么了。要命的是，在他下台时，台下发出一阵哄笑。

段飞机到现在也不明白，陈老小当时用手拍打着胸膛的意思，是想表示自己力气很壮，还是胸闷难受。陈西风则说起陈老小前年盖这新屋的事，那时陈东风还在读高三，陈老小独自一人在家忙着盖新屋，一个人拖着板车到窑厂买砖，一个人到山上砍树做门窗房梁，屋基也是他一个人一锹一锹挖出来的。陈西风的父亲见陈老小这般受累，就逼着陈西风想办法，他费了好大劲才从一家关系户那里弄到二十吨平价钢材指标，他将这指标给了乡里的建筑公司。那时平价和市场价差距很大，建筑公司用这差价给陈老小盖座房子也还有得赚。他将一切安排好了，还将建筑公司的领导负责人请来同陈老小见了面。陈老小却发脾气撵他们走，说自己的房子自己盖，别人休想插手。还骂陈西风不该将自己想象成凡事都想偷工减料的混世魔王，人在世一天，就不能老想着如何省心省力，这也想省，那也想省，省来省去，最终还不是将自己毁掉了！

方月的父亲接着说，有一次陈老小喝醉了酒，跑到我家里来，死死扯着我的手，我怎么也挣不脱。陈老小力气不算大，可特别有韧劲。他对我说，要是全垸人都图省力，都指望别人多干，自己少干不干，大家都不会有好日子过，我要是图省力，就将你老婆拐跑了，天涯海角地过逍遥日子，可那样做人太没有意思了。说话时，他一连瞄了自己媳妇几眼。

方月的母亲端坐在暗处，一动也不动。

陈西风和段飞机又谈到多数人总要转变了观念，不再认为会赚钱是一桩不道德不光彩的事，在商品社会，就应该强化赚钱意识，强化利润概念等等。一旁的方豹子，一个劲儿地用"对"和"是的"来表示赞同。

说了许久，大家都有点累，段飞机问陈西风什么时候回去。听说陈西风要连夜回县城，段飞机连忙站起来。一直没有开口的方月的母亲这时突然说，别急着走，东风的事还没有商量呢！

大家都不清楚她这话的意思，只有陈西风明白。他问陈东风，家里只有一个人了，今后有没有别的打算？陈东风抬起头，但他没有看陈西风，他说，该怎么过就怎么过。陈西风说，跟我一起走吧，到我那厂里去当工人，我们正想招一些农民工。陈西风还特意补充一句，不是专门为你开后门！不等陈东风回答，方豹子着急地说，西风哥，把我也招去，我什么活都能干。陈西风不假思索便说，行，你同东风一齐去。方豹子高兴地连声道谢时，陈东风却说，不，我不去你那厂。说话时，他终于看了陈西风一眼。

这时，电来了。

黑黑的灯泡猛地一亮后，陈西风发现陈东风眼睛里有一种让人不安的东西在闪烁。

方月的母亲大声说，东风，垸里的年轻人都出去了，你未必想留下来！陈东风坚定地说，我说了，我不去！段飞机说，是不是舍不得你爸留下的这份家业，若是这样，不如跟我跑生意吧，挺自由的，田里的活儿也误不了。陈东风站起来说，你们别烦我，我什么也不答应！

几个人面面相觑地站了一会儿，便开始往外走。

方豹子郑重地说，西风哥，我帮东风做完三朝拦坟就来找你，行不行？陈西风说，什么时间都行。陈东风说，豹子，你不用等我，现在就可以随他走，桑塔纳轿车里不是还有空位吗？方豹子真的问陈西风，我能搭你的车现在就走吗？陈西风说，行，你去收拾，我等你半小时。陈西风说这些话时，眼睛一直盯着陈东风，像是说给他听。可惜陈东风的神情丝毫没有变化。

到了门口，陈西风又说，东风，我们虽不是亲兄弟，可姓的是同一个陈，你我的父亲又相交很深。所以，任何时候你的事就是我的事。想通了，你就来找我！

半个钟头以后，夜空里响起了三声汽车喇叭。

方豹子没来搭上陈西风的车。延误的理由让陈西风哭笑不得。方豹子的媳妇也很愿意丈夫出去闯一闯，只是她月经来了三天，方豹子心里也有些渴，便耐下心来等了三天，直到昏天黑地地交欢了几场，方豹子才挑上行李到县城里去找陈西风。

春光融融，从临行的前夜开始，方豹子搂着媳妇在床上一直翻滚到第二天正午，他三番五次地对媳妇说，他真想什么事情也不做，就这么永远地欢乐下去。

选自《十月》2013 年第 1 期

蛐蛐　蛐蛐

毕飞宇

谁不想拥有一只上好的蛐蛐呢。但是，要想得到一只好蛐蛐，光靠努力是不够的，你得有亡灵的护佑。道理很简单，天下所有的蛐蛐都是死人变的。人活在世上的时候，不是你革我的命，就是我偷你的老婆，但我们还能微笑，握手，干杯。人一死所有的怨毒就顺着灵魂飘出来了。这时候人就成了蛐蛐，谁都不能见谁，一见面就咬，要么留下翅膀，要么留下大腿。蛐蛐就是人们的来世，在牙齿与牙齿之间，一个都不宽恕。活着的人显然看到了这一点，他们点着灯笼，在坟墓与坟墓之间捕捉亡灵，再把它们放到一只小盆子里去。这样一来前世的恩怨就成了现世的娱乐活动。人们看见了亡灵的撕咬。人们彻底看清了人死之后又干了些什么。所以，你要想得到一只好蛐蛐，光提着灯笼是不够的，光在坟墓与坟墓之间转悠是不够的。它取决于你与亡灵的关系，你的耳朵必须听到亡魂的吟唱。

基于此，城里的人玩蛐蛐是玩不出什么头绪来的。他们把蛐蛐当成了一副麻将，拿蛐蛐赌输赢，拿蛐蛐来决定金钱、汽车、楼房的归属。他们听不出蛐蛐的吟唱意味着什么，城里人玩蛐蛐，充其量也就是自摸，或杠后开花。

乡下就不大一样了。在炎热的夏夜你到乡村的墓地看一看吧，黑的夜空下面，一团一团的磷光在乱葬岗间闪闪烁烁，它们被微风吹起来，像节日的气球那样左右摇晃，只有光，只有飘荡，没有热，没有重量。而每一团磷光都有每一团磷光的蛐蛐声。盛夏过后，秋天就来临了。这时候村子里的人们就会提着灯笼来到乱葬岗，他们找到金环蛇或蟾蜍的洞穴，匍匐在地上，倾听蛐蛐的嘹亮歌唱。他们从蛐蛐的叫声里头立即就能断定谁是死去的屠夫阿三，谁是赤脚医生花狗，谁是村支书迫击炮，谁是大队会计无声手枪。至于其他人，他们永远是小蛐蛐，它们的生前与死后永远不会有什么两样。

说起蛐蛐就不能不提起二呆。二呆没有爹，没有娘，没有兄弟，没有姐妹。村子里的人说，二呆的脑袋里头不是猪大肠就是猪大粪，提起来是一根，倒出来是一堆。如果说，猪是大呆，那么，他就只能是二呆，一句话，他比猪还说不出来路，比猪还不如。但是，二呆在蛐蛐面前有惊人的智慧，每年秋天，二呆的蛐蛐来之能战，战无不胜。二呆是村子里人见人欺的货，然而，只要二呆和蛐蛐在一起，蛐蛐是体面的，而二呆就更体面了。一个人的体面如果带上了季节性，那么毫无疑问，他就必然只为那个季节而活着。

一到秋季二呆就神气了。其实二呆并不呆，甚至还有些聪明，就是一根筋，就是脏、懒、嘎、愣，蹲在墙角底下比破损的砖头还要死皮赖脸。他在开春之后像一只狗，整天用鼻尖找吃的。夏季来临的日子他又成了一条蛇，懒懒地卧在螃蟹的洞穴里头，只在黄昏时分出来走走，伸头伸脑的，歪歪扭扭的，走也没有走相，一旦碰上青蛙，这条蛇的上半身就会连同嘴巴一同冲出去，然后闭着眼睛慢慢地咽。可是，秋风一过，二呆说变就变。秋季来临之后二呆再也不是一只狗或一条蛇，变得人模人样的。这时的二呆就会提着他的灯笼，在夜幕降临的时候出现在坟墓与坟墓之间。乱葬岗里有数不清的亡魂。有多少亡魂就有多少蛐蛐。二呆总能找到最杰出的蛐蛐，那些亡灵中的枭雄。二呆把它们捕捉回来，让那些枭雄上演他们活着时的故事。曾经有人这样问二呆："你怎么总能逮到最凶的蛐蛐呢？"二呆回答说："盯着每一个活着的人。"

　　现在秋天真的来临了。所有的人都关注着二呆，关注二呆今年秋天到底能捕获一只什么样的蛐蛐。依照常规，二呆一定会到"九次"的坟头上转悠的。"九次"活着的时候是第五生产队的队长，这家伙有一嘴的黑牙，个头大，力气足，心又狠，手又黑。你只要看他收拾自己的儿子你就知道这家伙下手有多毒。他的儿子要是惹他不高兴了，他会捏着儿子的耳朵提起来就往天井外面扔。"九次"活着的时候威风八面，是一个人见人怕的凶猛角色。谁也没有料到他在四十开外的时候说死就死。"九次"死去的那个早晨村子里盖着厚厚的雪，那真是一个不祥的日子，一大早村里就出现了凶兆。天刚亮，皑皑的雪地上就出现了一根鬼里鬼气的扁担，这根扁担在一人高的高空四处狂奔。扁担还长了一头纷乱的长发，随扁担的一上一下张牙舞爪。人们望着这根扁担，无不心惊肉跳。十几个乌黑的男人提着铁锹围向了神秘的飞行物。可他们逮住的不是扁担，却是代课的女知青。女知青光着屁股，嘴里塞着抹布，两条胳膊平举着，被麻绳捆在一条扁担上。女知青的皮肤实在是太白了，她雪白的皮肤在茫茫的雪地上造成了一种致命的错觉。人们把女知青摁住，从她的嘴里抽出抹布，他们还从女知青的嘴里抽出一句更加吓人的话:"死人了,死人了!"死去的人是第五生产队的队长,他躺在女知青的床上,已经冷了。女知青被一件军大衣裹着,坐在大队部的长凳上。女知青的嘴唇和目光更像一个死人,然而,她管不住自己的嘴巴。目光虽然散了,可她乌黑色的嘴唇却有一种疯狂的说话欲望,像沼气池里的气泡,咕噜咕噜地往外冒,你想堵都堵不住。女知青见人就说。你问一句她说一句;你问什么细节她说什么细节;你重复问几遍她重复答几遍。一个上午她把夜里发生的事说了一千遍,说队长如何把她的嘴巴用抹布塞上,说队长如何在扁担上把她绑成一个"大"字,说队长一共睡了她"九次",说队长后来捂了一下胸口,歪到一边嘴里吐起了白沫。村里人都知道了,都知道队长把女知青睡了九次,都知道他歪到一边嘴里吐起了白沫。人们都听腻了,不再问女知青任何问题,女知青就望着军大衣上的第三只纽扣,一个劲地对纽扣说。后来民兵排长实在不耐烦了,对她大吼一声,说:"好了!知道了!你了不起,九次九次的,人都让你睡死了,还九次九次的——再说,再说我给你来十次!"女知青的目光总算聚焦了,她用聚焦的目光望着民兵排长,脸上突然出现了一阵极其古怪的表情,嘴角好像是歪了一下,笑了一下。她脱色的脸上布满了寒冷、饥渴和绝望,绝对是一个死人。这次古怪的笑容仿佛使她一下子复活了。复活的脸上流露出最后的一丝羞愧难当。

第五生产队的队长就此背上了"九次"这个费力费神的绰号。如果队长不是死了,谁也没有这个胆子给他起上这样的绰号的。"九次"人虽下土,但是,他凶猛的阴魂不会立即散去,每到黑夜时分,人们依然能听见他蛮横的脚步声。这样的人变成了蛐蛐,一定是只绝世精品,体态雄健,威风凛凛,金顶,蓝项,浑身起绒,遍体紫亮,俗称"金顶紫三色",这样的蛐蛐一进盆子肯定就是戏台上的铜锤金刚,随便一站便气吞万里。毫无疑问,二呆这些日子绝对到"九次"的墓地旁边转悠了。除了二呆,谁也没那个贼胆靠近"九次"那只蛐蛐。

不过,没有人知道二呆这些日子到底在忙些什么。到了秋天他身上就会像蛐蛐那样,平白无故地长满爪子,神出鬼没,出入于阴森的洞穴。可没有人知道二呆到底喜欢什么样的洞。有人注意过二呆的影子,说二呆的影子上有毛,说二呆的影子从你的身上拖过的时候,你的皮肤就会像狐狸的尾巴扫过一样痒戳戳的。那是亡魂的不甘,要借你的阳寿回光返照。所以,你和二呆说话的时候,首先要看好阳光的角度,否则,你会被招惹的。这样的传说孤立了二呆,但是,反过来也说明了这样一个问题,二呆的双脚的确踩着阴阳两界。一个人一旦被孤立,他不是鬼就是神,或者说,他既是鬼又是神。你听二呆笑过没有?没有。他笑起来就是一只蛐蛐在叫。他一笑天就黑了。

有一点可以肯定,今年秋天二呆还没有逮到他中意的蛐蛐。人们都还记得去年秋天二呆的那只"一锤子买卖","一锤子买卖"有极好的品相,体型浑圆,方脸阔面,六爪高昂,入盆之后如雄鸡报晓,一对凶恶的牙齿又紫又黑。俗话说,嫩不斗老,长不斗圆,圆不斗方,低不斗高。老、圆、方、高,"一锤子买卖"四美俱全。去年秋天的那一场恶斗人们至今记忆犹新,在瑟瑟秋风中,"一锤子买卖"与"豹子头""青头将军""座山雕""鸠山小队长"和"红牙青"展开了一场喋血大战,战况惨烈空前,决战是你死我活的,不是请客吃饭。"一锤子买卖"上腾下挪,左闪右撇,不"喷夹",不"滚夹",不"摇夹",只捉"猪猡",甩"背包",统统只有"夹单",也就是一口下阵,"一锤子买卖"就是凭着它的一张嘴,一路霸道纵横。口到之处,"咔嚓"之声不绝。"一锤子买卖"玩的就是一锤子买卖。没有第二次,没有第二回。"豹子头"与"青头将军"们翅、腿、牙、口非断即斜,它们沿着盆角四处鼠窜，无不胆战心寒。"一锤子买卖"越战越勇，追着那些残兵游勇往死里咬，有一种打不尽豺狼决不下战场的肃杀铁血。烽烟消尽，茫茫大地剩下"青头将军"们的残肢断腿。入夜之后，村子里风轻月黑，万籁俱寂，天下所有的蛐蛐们一起沉默了，只有"一锤子买卖"振动它的金玉翅膀，宣布唯一胜利者的唯一胜利，宣布所有失败者的最后灭亡。

"一锤子买卖"后来进城了。城里的人带走了"一锤子买卖"。而二呆得到了一身崭新的军服和一把雪亮的手电。那可是方圆十里之内唯一的一把手电。二呆穿着崭新的军服，在无月的夜间，二呆把他的手电照向了天空。夜空被二呆的手电戳了一万个窟窿。

今年秋天二呆至今没有收获。二呆一定在打"九次"的主意。可是，"九次"哪里能是一只容易得手的蛐蛐？

二呆没有料到六斤老太会在这个秋季主动找他搭讪。二呆这样的二流子，六斤老太过去看也不会看他一眼的。然而，六斤老太今年死了女儿，这一来情形就大不一样了。六斤老太的女儿幺妹四月二十三日那天葬身长江了，直到现在尸体都没有找到。正因为尸体没有找到，六斤老太始终确信她的女儿依然活着。死不见尸，应该看成另外一种意义上的活着。幺妹所用过的东西至今还在家里，她的鞋、梳子、碗、筷，每一样都在运动着，就像被幺妹的手脚牵扯着一样。当然，移动那些的不是幺妹的手脚，而是六斤老太超乎寻常的固执与仿生描摹。六斤老太每天都要坐在门前说话，她的眼睛永远盯着一个并不存在的东西，那个并不存在的东西当然就是幺妹。六斤老太就那么一问一答，一说就是一个上午，要不就是一个下午。六斤老太的执拗举动让所有路过的人心里都不踏实，就好像他们生存的不是人世，而是和幺妹一起，来到了冥间；就好像幺妹真的就在你的面前，你看不见她，只是幺妹在跟你捉迷藏。要不然六斤老太和幺妹的聊天怎么就那么像真的呢,要不然六斤老太怎么会那么气闲神定的呢,要不然六斤老太怎么会那么心旷神怡的呢。村子里的人们劝过六斤老太,说:"六斤,你就别伤心了。"六斤老太反过来安慰劝解她的人,六斤老太说:"我伤心什么?我不伤心,幺妹过几天就回来了,她亲口告诉我的。"六斤老太说这句话的时候脸上洋溢着知足的笑容,幸福得要命。她一笑劝她的人就心如刀绞,还毛骨悚然。后来村子里的人就再也不劝六斤老太了。人们见了她就躲,人们见了六斤老太比见了二呆躲得还要快。

这一天,六斤老太堵住了二呆。一把抓住了二呆的手,递给他两只现烤的山芋。六斤老太等她的幺妹实在是等得太久了,幺妹就是不回来,六斤老太显然失去耐心了。六斤老太极不放心地问二呆说:"二呆,你见过双眼皮的蛐蛐没有?"二呆的心口凛了一下,立即就懂了六斤老太的意思。二呆挣开六斤老太的手,说:"所有的蛐蛐都长了一双三角眼。"

六斤老太说:"二呆,见到双眼皮的蛐蛐给我看一眼。你卖给我,我给你钱。"

二呆把手上的烫山芋摁回六斤老太的手上,说:"双眼皮的是鱼,我从不抓鱼。我只逮蛐蛐。"

六斤老太说:"二呆……"

二呆已经像风那样消失在墙的拐角。

幺妹是四月二十三日那天葬身长江的,那一天幺妹参加了地区举办的"渡江战役"。这是为纪念渡江胜利二十五周年而举办的模拟战争。尽管只是模拟,可是,这场战役在气势和场面上充分体现了人民战争的恢宏与壮阔。二十三日凌晨,数万只农船载着数十万战士浩浩荡荡地向想象中的蒋家王朝发动了最后攻击。就像历史曾经显示过的那样，战争取得了预料之中的胜利。胜利如期来临。唯一的意外是幺妹掉进了长江。因为事故发生在凌晨，江面上能见度极低，幺妹的溺水完全被铺天盖地的杀声掩盖了。要奋斗就要有牺牲，所以，幺妹走的时候是幺妹，回来的时候已经是革命烈士了。幺妹没有尸体，只在烈士证书上留下了姓名。

村里的人还记得去年夏天幺妹从镇上中学返村时的情景。幺妹留着很短的运动头，后背上背着一只金灿灿的新草帽，那是用当年的麦秸秆编织的劳保用品，宽宽的边沿上写着鲜红的八个大字：广阔天地大有作为。幺妹有一双很大的眼睛，双眼皮，在她眨巴眼睛的时候，透出一股英姿飒爽的巾帼豪气。但是，幺妹的飒爽英姿没有能够持久。没有人知道它们现在在哪里。二呆也不知道。只有鱼知道。然而水里的鱼其实是天上的星星所说的谎话，二呆怎么会明白呢？二呆就知道人间的生死，不知道天上的谎言。

这些夜晚二呆一直生活在乱葬岗。现在的蛐蛐和以前真是不一样了，个个都狠，个个都凶，叫出来的声音全都透出一股杀气。二呆就是弄不明白，现在的蛐蛐怎么就有那么毒的怨仇，那么急于撕咬，那么急于刺刀见红。可是，个个都狠，其实也就失去了意义。想要良中取优，优中拔尖，反而更不容易了。二呆蹲在坟墓与坟墓之间，极其仔细地用心谛听。二呆不敢轻举妄动，更不敢轻易打开手电。你一有动静，那些蛐蛐立即就会闭嘴。人即使死了，变成了蛐蛐，亡灵惧怕的其实还是活人。活人与亡灵之间依旧存在一种捕捉与防范的关系。否则蛐蛐不会那么躲避活人，蛐蛐对活人的风吹草动不会那样地分外警觉。想想看，蛐蛐的脑袋上长了两根触须，而屁股上同样长了两根触须，四根触须其实就是四个雷达，对前、后、左、右保持着高度的警惕。这种状况只能说明一个问题，人们对自己的死后有一种深切的忧虑，人在变成蛐蛐的刹那始终不忘告诫自己：提高警惕，保卫自己。

在众多的蛐蛐声中，有一个声音引起了二呆的高度注意。和大部分凶猛的蛐蛐一样，这个蛐蛐难得叫一声。但是，它的声音嘶哑、苍凉、压抑，有一种金属感。二呆的两只耳朵当即就竖起来了。二呆慢慢地靠近过去，而刚一出脚，蛐蛐立即停止了振翅。二呆站在原处，足足等了两顿饭的工夫。后来那只蛐蛐又叫了一声，二呆还没有来得及挪窝，蛐蛐的叫声突然戛然而止了。二呆决定等。为了这只蛐蛐，二呆可以等到天亮。然而，二呆的等待没有能够继续，他在浓黑的夜色之中看到一块更黑的影子移向了自己。二呆不知道那是谁，可以肯定的是，那是另一个逮蛐蛐的人。二呆不想让人知道自己又发现了一只上好的蛐蛐。二呆决定撤。二呆记住了这个墓。二呆吃惊地发现，这个坟墓居然是学校里敲钟的小老头的。

敲钟的小老头1958年冬天就来到村里了，来的时候就一个人。说起来也十来年了。小老头精瘦精瘦的，一年四季有三个季节穿着中山装，中山装笔挺，没有一处马虎，没有一处褶皱。而小老头的走路就更加特别了。他的步子迈得严肃而又认真，每一步都像他的头发那样一丝不苟。听人说，小老头是城里的，见过大世面。至于小老头为什么要到乡下来，那就复杂得要了命。没人知道。但是，有人听学校的校长说，小老头的嘴里长了五根舌头，一根说上海话，一根说高音喇叭里的普通话，一根说英格里希，也就是英语，剩下来的两根舌头一根说法格里希，一根说日格里希。村子里的人一直想弄清五根舌头是怎么长的，就是弄不清楚。因为小老头从来不开口，从来不说话。其实村子里的人并不在乎小老头的舌头到底会说什么，人们感兴趣的是，小老头年轻的时候是怎么和女人亲嘴的。女人们可是讨了大便宜了。你想想，五根舌头搅来搅去，还不把女人快活疯了？不过神话很快就破灭了。那一年的春节前后,小老头从城里收到了一摞子信,还有一瓶酒。小老头先是看完了信,后是喝了酒。酒后的小老头连着冷笑了好几声,居然把所有的斯文都丢在了一边,张大了嘴巴号哭了起来。村子里的人奔走相告,人们说,小老头开口了,小老头开口了!一个村子的人都围在了小老头的四周。人们看见小老头的皱脸红得像一个辣椒,一脸的酒,一脸的泪。小老头伤心至极,旁若无人,闭着眼睛,把嘴里的舌、牙,以及心中的痛全部露在了全村的百姓面前。人们失望地发现,小老头只有一根舌头。这就没有意思了。人们离开了小老头,把小老头一个人留在冬天的风里。

小老头在学校里敲钟。平心而论,小老头的钟敲得不错。学校里的老师们说,他的钟声分秒不差。要知道,村子里的人们过去都是依靠高音喇叭里的"最后一响"来判定时间的,但是,那是"北京时间",你说说看,村里人要知道北京的时间做什么?这不是没事找事么?现在,小老头的钟声终于使村里人有了自己的时间了。小老头就是村子里的一只钟。他幽灵一样的双腿就是闹钟上的时针与分针。寂寞是小老头自己的,只要他别停下来。基于此,人们原谅了小老头嘴里唯一的舌头。

小老头死在今年的夏天,这一点可以肯定。然而,小老头死于哪一天,怎么死的,至今还是个谜。小老头活着的时候就是一个谜,死得神秘一点也就顺理成章了。有些人的一生天生就神神叨叨,他们就那个命,来无影,去无踪,像树梢上的风。

暑假来临之后学校里头就空荡了,整个校园只剩下铺天盖地的阳光和铺天盖地的知了声,与之相伴的是小老头幽灵一样的身影。然而,老槐树上的钟声每天照样响起,校长的老婆关照过的,他们家的闹钟坏了——不管学校里有没有学生,钟还是天天敲。"是公鸡你就得打鸣。"

就在八月中旬,离开学不远的日子,学校院墙外面的几户人家闻到了肉类的腐臭气味。气味越来越浓,越来越凶,姜家的瞎老太太赌气地说,怎么这么臭?小老头烂在床上了吧!这一说把所有人的眼睛都说亮了,人们想起来了,老槐树上的钟声的确有四五天不响了。他们翻过围墙,一脚踹开小老头的房门,"嗡"地一下。黑压压的苍蝇腾空而起,像旋转着身躯的龙卷风。密密麻麻的红头苍蝇夺门而出的时候,成千上万颗红色的脑袋撞上了八月的阳光,眨眼间,小老头的房门口血光如注。苍蝇在飞舞,而小老头躺在床上。蛆在他的鼻孔、眼眶、耳朵上面进进出出。它们肥硕的身躯油亮油亮的,因为笨拙和慵懒,它们的蠕动越发显得争先恐后与激情澎湃。蛆的大军在小老头的腹部汹涌,它们以群体作战这种战无不胜的方式回报了死神的召唤。它们在侦察、深挖,你拱着我,我挤着你。它们在死神的召唤之下怀着一种强烈的信念上下折腾,欢欣鼓舞。

而小老头的尸体是那样地孤寂。孤寂的死亡是可耻的,因为这种死亡时常会构成别人的噩梦。然而,孤寂的亡灵有可能成为最凶恶的蛐蛐。申冤在我,有冤必报。一生的怨恨最终变成的只能是锋利的牙。

一大早村子里传出了好消息,说知青马国庆捉了一只绝品蛐蛐。根据这只蛐蛐的狠毒的出手,人们猜测,"九次"有可能被马国庆捉住了。马国庆是一个南京知青,一个疯狂的领袖像章迷。他收藏的像章多得数不过来,最大的有大海碗那么大,而最小的只有指甲盖那么小。不仅如此,马国庆的收藏里头还有两样稀世珍品,号称"夜光像章"。夜光像章白天看上去没有任何异常,而一到了深夜,像章就会像猫头鹰的眼睛那样,兀自发出毛茸茸的绿光。这就决定了像章在二十四小时当中都能够光芒四射。据说,在黑夜降临之后,马国庆有时候会把夜光像章一左一右地别在自己胸前,我们的领袖会无中生有地绿亮起来,对着黑洞洞的夜色亲切地微笑。谁能想到马国庆会迷上蛐蛐呢?他在百无聊赖的日子里头说迷上就迷上了。不光是迷上了,由于马国庆不相信蛐蛐是死人变的,他在玩蛐蛐的过程当中还不停地宣讲唯物主义蛐蛐论。二呆一听到马国庆说话就烦。二呆拒绝与他交手。二呆说:"他知道个屁!"

马国庆把他新捉的蛐蛐取名为"暴风骤雨"。不过私下里头,人们还是把"暴风骤雨"习惯性地称作"九次"。"九次"身手不凡,一个上午已经击退了四只蛐蛐。有人把这个消息告诉了二呆,二呆躺在床上,侧过身子又睡了。二呆根本不信。二呆不相信一夜和女人干了九次的男人死后能变成有出息的蛐蛐。"九次"那样的人,活着的时候凶,死了之后肯定是一条软腿。二呆现在就盼着天黑,天黑之后到小老头的坟头上转悠。二呆坚信,那一只孤寂的蛐蛐才是其他蛐蛐的夺命鬼、丧门星。

这个夜晚黑得有点过分。天上没有月亮,连一颗星星都看不见,真是伸手不见五指。二呆的嘴里衔着一根黄狼草,胳肢窝里夹着手电,一个人往乱葬岗走去。走到村口的时候,二呆听见漆黑的巷尾传出了四五个人的脚步声。他们肯定是搭起伴来到乱葬岗逮蛐蛐去的。这一点瞒不过二呆。二呆决定拦住他们。今夜除了自己,二呆不允许乱葬岗上有任何一个人。二呆站立在暗处,不动。就在脚步声走到面前的刹那,二呆把手电对准自己的下巴,用力摁下了开关。黑咕隆咚的空中突然出现了一张雪亮的脸,无声无息,像一张纸那样上下不挂,四边不靠,带着一种极为古怪的明暗关系。四五个人钉在那里,还没有来得及尖叫,二呆眨巴了一下眼睛,这就是说,画在一张纸上的眼睛突然眨巴了。而手电说闭就闭。浓黑之中二呆听见他们转过了身去,一路呼啸狂奔。他们跑一路叫一路："有鬼，有鬼！九次回来啦！九次回来啦！"整个村子乒乒乓乓响起了慌乱的关门声。二呆站在那儿，知道今晚不会有第二个人到乱葬岗去了。二呆无声地笑了笑，慢悠悠地往乱葬岗晃去。

　　走进乱葬岗之后二呆找到了小老头的坟墓。天实在是太黑了，所有的树木只是一些更黑的影子。二呆小心地匍匐在小老头的墓前，用尽全力去谛听、分辨。可是，那个嘶哑和苍老的声音始终没有出现。二呆知道好蛐蛐是不会轻易挪窝的，干脆躺了下来，闭上眼睛，睁开了耳朵。二呆不知道自己躺了多久，似乎是睡着了。二呆一点都没注意到知青马国庆已经站在他的面前了。这些夜晚马国庆一直尾随在二呆的身后，这个热爱像章的知青痴迷蛐蛐已经达到了不思茶饭的程度。二呆走到哪儿，马国庆就跟到哪儿。

　　一觉醒来之后二呆睁开了眼睛。夜还是那么黑，还是那样伸手不见五指。但是睁开眼睛的二呆觉察到浓黑当中有了点异样。二呆发现一块比黑夜更黑的影子站立在自己的身前，有些像人，直挺挺的。二呆的头皮有些发毛，终于不放心了，对着人影打开了手电。二呆的手电刚一打开对面的影子却伸出了一只手来。二呆的胳膊一软，手电掉在地上，灭了，乱葬岗重新坠入了阴森森的黑。让二呆灵魂出窍的事情就在这个时候发生了。在强光的刺激下，夜光像章放亮了。比黑夜更黑的影子胸脯上突然睁开了一双圆圆的眼睛，发出骇人的绿光。两眼离得很远，每一只都有张开的嘴巴那么大，咄咄逼人，炯炯有神。整个漆黑的天地之间就这一双绿眼睛。二呆身上所有的汗毛立即竖了起来。而那一对巨大的瞳孔死死地盯着二呆，目不转睛，虎视眈眈。马国庆往前跨了一步，二呆甚至都没有来得及喊救命，他的灵魂就出窍了，当场变成了一只蛐蛐。二呆在乱葬岗里走了一夜。第二天凌晨二呆回到村子里的时候，人们意外地发现，二呆不一样了。现在的二呆既是一只蛐蛐又是一个人，或者说，他既不是一只蛐蛐也不是一个人。一句话，他的双脚一只脚踩着阳界，另一只脚彻底踏进了冥府。

选自《作家》2000年第2期

醉醒花

陈应松

巴打匠,一个七十多岁的老头。打匠就是猎人。他有个唯一的儿子,叫巴安常。巴安常十分内向,不近女色,一个很可怜的山里小伙子。伐木队伐到五荒岭时,巴打匠就把儿子巴安常交给了伐木队,当临时工,也吃四十八斤粮,也拿二十九块钱,只是没有转正——转为正式国家工人。

伐木队有一些女工,当时叫"苞谷墩子",因为长期吃苞谷,都长得一个个跟苞谷似的,丰满健壮,乳房直挺挺的像将军。可这些女工也不属于巴安常。伐木队看中的是巴安常会伐树,当有什么危险,比如上悬崖爬树或是有搭挂——那些粗大的缠在被伐树上的藤子,会时常把人弄死,让树改变倒伏的方向——时,就会让巴安常去,他在本地长大嘛,熟悉山中的一切。

可他是个小气鬼。在伐木队不声不响,像个鬼影子一样跟着伐木队的人上山、下山、吃饭、睡觉。他住在最黑的地方,把床铺——用树棍搭的——安在老角落里,还不准人在他睡的那壁子上开窗。壁子就是油毛毡。他天黑也不点灯,怕费了油,又不识字,也不看书写字,就跟头牲口似的,白天干活,天黑了睡觉。不睡时就一个人抽烟。他有两根烟杆,一根一尺长,是上工时带着抽的,方便;一根有三尺长,是下班守火塘抽的。抽的是自产的劣质蓝花烟叶。他爹巴打匠常给他送烟叶来,还给他送些泡菜的原料来,有白菜梗、冬瓜、辣椒。

这就要说到他的泡菜坛子了。他自己从家里拿来的泡菜坛子,可以上一碗围水,看那坛子都有些年头了,可能吃过三代人。他做的泡菜自然大家只闻其香,无缘尝其味。他是不给大家尝的。他什么原料都能泡,除他爹拿给他的那些,还上山挖野蒜(就是薤白),连山野里人家砍过葵花盘子的葵花梗,也可剥了拿那梗芯来泡了吃。到吃饭时,他到厨房打一碗饭,再一个人悄悄回到宿舍工棚,从床底下拖出那个怕见天日的坛子,撅出几块来,一个人躲到一边去吃。他给坛子换围水也是悄悄躲着他人的,就像做地下工作。不久有人就偷吃了他的泡菜,他发现后也没说什么,嘀咕了几句,就不知从哪儿找来了一把废铁丝,用钳子做了两个铁圈,一个圈住坛身,一个罩住坛盖,再用一把弹子锁一锁,就像上了防盗门,别人再也偷不到他的宝贝泡菜了。

可有一次转场,泡菜吃完了,只好吃厨房的土豆汤。那汤没什么油水。吃就吃呗,吃了屙,闭上眼吃,反正就为个饱,谁还管味道。伐木工在深山里伐木,过的是石头一样的生活,说是背051油锯的新时代工人,其实大家就是副厉鬼的牙齿,每天对着参天大树,啃倒了完事。有一天巴安常打了碗土豆汤,就回头去质问打汤的冉二贱,为什么别人碗里三颗油星子,他碗里只两颗?

这是个尖锐的问题。

——那汤上飘着的油星子,大家就认真地给他数,他碗里怎么荡漾、分化、组合,沉静后还是两颗,而别人,数了数,嘿嘿,真还有三颗四颗。

冉二贱说你这人心也太细了,闭着眼睛打的。他说这些时敲着勺子,平时很规矩的巴安常这时却气得浑身乱颤,竟然将那装汤的洋瓷碗摔过去,摔到冉二贱脸上。两个人就打起来了。冉二贱灵活,踢中了巴安常的睾丸,巴安常吸着冷气脸变乌半天蹲下去,像犯了盲肠炎一样。后来大家才知道事出在他的卵蛋上。

这是在绝他的"后"哩。事后大家明白了巴安常反常的举动——神农架人是不许人碰裆里的,这比辱没祖先还恶毒。可以想见巴安常当时几近疯了,忍着痛硬是闯进保管室,竟抢出了一枚雷管,竟把冉二贱摁在地上,硬是把雷管塞进了冉二贱的屁眼里,要准备把他炸得个五马分尸,下水四溅。不是人拉开,那天一定会出人命。

结果是,冉二贱拖到山外医院拔出雷管也切了三厘米直肠——肠子全让巴安常戳坏啦,可巴安常的睾丸也肿成了一个篮球。这可能是世界上最大的睾丸了。两个人躺在医院里对骂,医院以为是高山上下来的两个野人。

因为冉二贱成分不好,切了直肠自认倒霉。但巴安常也就被人叫成了"油星子"。

不过巴安常的爹巴打匠闻知后,还是提着一支豹胯去医院看了冉二贱并向他跪地赔礼道歉。儿子回队以后,裆里消了肿,却更沉默了,更不爱理人。巴打匠刚好从山上捉了只小狗样的熊崽,就说让熊崽给儿子做个伴散散心,喂几天后送给伐木队大伙打牙祭。

巴安常终于有了些笑容,有了交流的东西,那就是小熊。

小熊又蹦又跳又咬,亲热人,身上还一股子奶腥味。晚上,油星子就抱着那熊在床上睡。到了某天的一个晚上，伐木队工棚后山上，就传来了老熊的叫声，是来讨小熊的。油星子高兴得直嚷，说，不是给你们把荤菜引来了么。当下几个打猎爱好者就提了铳出去，两杆铳，打出了两管铳子儿。然后，馋荤馋昏狂了的伐木工们就一起扑上去，将四百多斤的母熊踏得稀烂背回来了。

小熊见到母熊的尸体，哀哀地哭叫了两个晚上，弄得大家难以入睡，愤怒异常的失眠者就向伐木队领导要求将这小熊宰了，与那怎么也煮不烂的老熊肉一起炖。但遭到了巴安常的严厉拒绝。

小熊吃它母亲的下水，主要是心肺，边吃边呜呜地哭。巴安常哄它，哄好了，小熊又活蹦乱跳了，忘了失母的伤心。

可巴安常只有四十八斤粮食，自己都不够吃，如何能给小熊吃，就要求厨房给它吃。厨房没什么溇水剩食的，剩食都让饥肠辘辘的厨房师傅当正餐吃了。小熊饿得晚上像火烧一样叫。恰好到了冬天，巴安常就盘算着怎么让小熊冬眠一段时间，那时他实在吃饭紧张。冬天劳动强度忒大，伐木主要是在秋冬两季，春夏不伐或者伐得很少。

小熊不冬眠，活蹦乱跳，巴安常就把它抱到山洞里冻了一夜，冻硬了，放到一个树洞里，用石头堵上。到了春天也就是两个月后，巴安常扒开树洞一看，小熊还在，不是骨渣子，是骨架子，活的，能走动。

原来，熊冬眠是不吃东西的，可要舔脚掌，靠舔脚掌活，特别是前右掌。熊舔掌子，舔一口可以管三天。所以熊掌特别是前右掌值钱，特别好吃。小熊也舔了小掌子，可惜是饥饿状态强行冬眠的，这就快到了死亡边缘。可春天来了，食物来了，竹笋啊漫山遍野都是，还有菌子，什么松菌、鸡油菌、牛肝菌、刷子菌，小熊吃了，又成小熊了，骨架子变滋润了。

小熊给他焐脚，小熊就是只小狗。大家都爱小熊，小熊成了巴安常同伐木队其他人交流的纽带、中间人。逗熊就要跟巴安常说话,比如它吃了吗?吃的什么?你把它头上顶着等等。巴安常也得回答,说不咬人的,它很乖,它在外头你们别关着门了让它进不来。

小熊上了链子。

因为它的指甲越长越尖,牙齿越长越利,口涎腥臭,拉屎不讲地方,会突然吓人,亲热时会让你疼痛。

巴安常他爹就提醒说快交给厨房师傅打牙祭,熊是要伤人的。

熊大概在三十斤的时候。因连日暴雨,山上的木头运不出去,山下的粮食拉不进来。没吃的,伐木队就与巴安常商量好了,把熊杀了吃。跟巴安常商量,这是把他当人,巴安常就同意了,好像给大伙带来高兴的事,他还是很愿意的。

队里要巴安常去杀,巴安常先是坚决不肯——大家可以理解,自己养大的,自己杀,不好下手。可后来还是接受了领导的指令,接过了他们的镐头。

他给熊吃了一顿好的,还吃了野蜂蜜,准备照熊头去敲。他以为熊会跑的,可那熊没跑,只是眼里泪汪汪地用两只前掌蒙着自己的眼睛,一动不动。

这时,大家看到巴安常就住了手,镐头停在空中,许久,突然像一只野物"嗷——"地嗥叫一声,丢下那把镐,就往外跑去。

巴安常跑到林子里,蹲在地上,双手抱着头号啕大哭,扯着自己的头发,捶树,跺脚。

这熊怪哩,知道自己是要被主人打死的,就蒙上眼睛让他打,也不跑。就这一下,让巴安常良心发现,又给熊留了条活路,死里逃生。

米小顺是队里最小的,有一天给了半碗饭让熊吃。到了下一顿时,平常不与小顺搭讪的巴安常偷偷把小顺叫来。小顺不知何事,跟着巴安常走。巴安常把他带到工棚里，从黑咕隆咚的床底下拖出泡菜坛子，打开锁，打开盖，揀出一碗黄澄澄、香喷喷的泡菜，让他吃。

米小顺以太阳从西边出来的惊诧去吃巴安常的泡菜。他看见巴安常向他笑着，没了敌意。米小顺就明白了，因为他给了小熊东西吃，小熊是巴安常的。其实米小顺那天是肚子不舒服，吃不下，就这么给小熊吃了。

慢慢地大家都你一口我一口给小熊吃，总不能叫它饿死吧。慢慢地巴安常便接别人给他的纸烟了。过去巴安常是不接别人敬的烟的，生怕欠了别人的情，这样别人也就堂而皇之地占不到他一点便宜。而现在，他有时抽烟时就把那个铜烟嘴用衣角慎重地一揩，递给人家说："抽一口我这个。"大家当然不会抽他那呛得人要死的蓝花烟，不过也有人冒险一试，说："好，好烟，好烟。"他就会很得意地说："我爹烤的，咱们村里就我爹烤得最好。"

可有一天熊将人抓伤了。是一个姓黄的，姓黄的吃着苞谷走着，冷不丁被人抓去了手上的苞谷，手还生疼，再一细看，手上揭了一层皮，那皮已经到熊的嘴里了。黄工人气愤难忍，操起一根大棒就朝熊劈头打去。熊在铁链里左跳右跳，嚎叫不已。棒子上的枝疖把熊拉开了几道口子，血淌淌的，头上也打开了花，一只眼睛都快打瞎了，眼皮子龇翻着。

熊呜呜地哭，巴安常还得赔医疗费。他爹打猎途中来到队里，看到熊还没打死且闯了祸，就要用枪崩了。巴安常说不，他会处理的。他爹就说赶快处理。巴安常拖不过去了，就搞了一些羊角七，准备泡了酒给它喝。这羊角七是治大风湿的特效药，与螃蟹七、田三七等用碓舂了泡酒忒灵。所谓大风湿就是瘫痪病人。但羊角七又是大毒之药，用重了，就会出事；没病的人若喝了这种药酒，身上的肉就会看着看着一块块裂开，最后全身肌肉炸裂而死。

这熊已经能喝酒了。伐木队在高寒山上伐木，百无聊赖，每个人都学会了喝酒，就逗弄小熊给它灌酒，一来二去，熊也跟人一样，会喝酒了。

那天巴安常给小熊灌了一碗浓酽酽的羊角七酒，就是一碗毒药。大家就站得远远的，准备看它的皮肉噼噼啪啪地炸裂开来，像放鞭炮一样的。可是等了半天，没有。那小熊已经解了铁链，巴安常想让它死得舒坦一些。小熊喝完酒，摇摇晃晃地走了一圈，没倒，没异常。又走了一圈，还打着响亮的酒嗝，就像个从餐馆里走出来的领导同志一样，平安无事，一身黑缎子皮毛在阳光下漾动，翕翕闪闪的不晓得有多么漂亮。

后来想吃熊肉的人是怎么就此罢手的，巴安常又是怎么没再杀那熊的，这事有点说不清了，事情太久远。但后来的事情却是大家都没有料到的。

大约是冉二贱从医院里回来。

回来的那天他看到伐木场周围的山坡上全开满了深蓝色的醉醒花。他带着少了三厘米直肠的身子，怎么看这花怎么恐怖，深蓝色直打他的眼睛。这喧闹的、拥挤的、蓬勃向上的醉醒花带着恶毒的咒语闪亮在山冈上，连蜜蜂的嗡嗡声都浸透了哀求和狂乱。冉二贱在那野浪浪的花丛中就真的看见了每一株醉醒花上都漂浮着一个蓝色的野浪浪的女人，标致得就跟山妖一样。

这与传说完全一致。醉醒花是一种能让人发狂的花，产生幻觉的花。冉二贱在花丛中痛生生地拉了一泡屎（直肠问题），仇恨充盈心间，与那狂轰乱炸的醉醒花绞到了一起，自然就想到用此花报仇。

冉二贱其实干过，在修路队时被一个女工甩了，他就给那女工喝了醉醒花酒,是在下雪天喝的,自此后,一到下雪这女工就会突然脱光衣服在雪地上奔跑、跳舞,止也止不住,数年来到医院怎么都查不出病来。

而且远不止这些。喝了这种酒后,你在摘花时做过什么动作,饮者醉后就会做什么动作。

一个山洪暴发的雨天。去伐场出门时山洪并未暴发,也未下雨,天气看不出有什么恶兆。那天巴安常牵着熊去伐场,他把熊拴在山崖前的一棵大树上,离人远远的。那一天巴安常拉肚子,就回到队宿舍驻地找卫生员弄药吃,准备吃了药再去伐场。这一切让冉二贱看在眼里,趁中午给工人送饭时就给小熊喝了醉醒花酒。接着大雨如注,山洪就要来了。工人们赶快过河回驻地,那熊因为拴得隐蔽,大家没有发现,就留在了伐场。

山洪暴发,巴安常见同伴们都回来了,才发觉熊没牵回来,就跑去想把熊弄回来。可是溪河里早已是漫漫洪水,湍流如瀑,涛声如雷,人如何能过去?

巴安常从河边回来时像掉了魂似的,一夜未睡好,第二天一早就出去了,晚上怏怏地回来了。第三天,雨仍在下,山洪依然在奔流,大伙依然无法上工,就躲在工棚里烤火聊天(山上六月也得烤火),或蒙头大睡。巴安常还是出去救他的熊去了。

到了晚上,巴安常也没回来,熊当然也没回来。

大家以为他回家了,因为他家也不很远,也就几里地。

但是又过了一天,天晴了,虽然天晴了,山洪在溪河里鼓荡的声音还是能清晰传来,不过明显小多了。大家等着洪水退去时,巴安常的爹巴打匠出现在大家面前,他说他做了个噩梦是关于儿子的,就来看他。大伙一听说巴安常没回家,就知道问题严重了,就和巴安常的爹一起去找巴安常。

黄色的太阳趴在山冈上，照着汩汩流淌的河水，在傍晚的静穆中，河水如一个喝醉的人吐出的秽物，泛着难闻的腥气。人们在河这边朝伐场喊：

"巴安常！"

又喊：

"油星子！"

没有回音。但一只熊的呼哧呼哧的吼叫声从河那边的山崖里传来了。这让人们拼了死命也得过河去看看。巴安常的爹第一个跳进河水里，大家用绳索拉牵着过了河，循着那熊的声音走去，果然看到了巴安常。巴安常只剩下一副骨架子了。那只熊正舔着鲜血淋漓的嘴巴，在链子的活动空间里又扯又蹦着。

可是大家看到，那熊正拴在一片盛开的醉醒化中间。蓝莹莹的醉醒花已经被那熊啃吃得一片狼藉。那棵拴铁链的树，也被扒去了大半的皮。熊因为被主人忘记，因为饥饿，因为狂躁，只好啃树皮和醉醒花草，并把地下刨出了一个大洞。

大家知道，熊一定是疯了。可是生为神农架老山的人，巴安常为什么会疏忽呢？那么多醉醒花他没有看到吗？吃了醉醒花是要发疯的。也许，拴它的那天那些醉醒花还未开放吧。但人们都闻到了酒味——在巴打匠哭号着打死了那只咬死他儿子的熊之后，人们闻到了熊的血腥味也闻到了它身上的酒味，这就是以后大家盛传的：是冉二贱下了该死的药酒，且冉二贱在摘醉醒花时，肯定一遍一遍地做了吃人的动作。

也许，这都不是原因。原因只是因为熊太饿了，把主人吃了。

选自《长城》2006年第4期

神秘角落

陈伟

1

母亲走后，按照她临死前的嘱托，我把她带回了神秘的山川口，葬在父亲的身边。安葬完母亲后，九十岁的祖父给我讲了父亲的故事，我突然间对这片土地感觉到异常的亲切，像是找到了归路。我于是像痴迷于神话传说一样痴迷于父亲的过去和山川口的历史。

走进山川口，迎面走来的是悬崖峭壁。勤劳勇敢的人们在悬崖上打洞，打造出很漂亮的石洞，石洞一共有三层，一层有十二洞，每个石洞就是一户人家。山川口山势倾斜，下方粗，越往上走越细，一层与一层之间，家与家之间，都是石梯连起来，远远地看像城市里楼房的窗户。山川口的窗户是开放的，只是外界把他们隔绝和关闭了。这里的人在外表上没有一个是健康的，他们头上和脸上都有些浓疤，或者是癣，肿瘤……生在这里的人，有的天生没有耳朵，有的没有头发，有的鼻孔有三个,有的十个指头合在一起,像水里的鸭掌……更为奇特的是,这种奇形怪状的变异的人,居然还会代代相传。生出的每一个人,或多或少和正常的人都有些区别。因此外界的人都不敢来这个地方,离山川口最近的集市有三十多公里,山川口里的人几乎从不能去集市。集市的人要是偶然见到一个山川口出来的人,就会远远地躲开,或者采用极端的方式,把山川口的人给打跑,有的甚至被活活打死。山川口发展很是缓慢,几乎找不到一点现代的气息。他们除了用家里的牛羊、粮食和一帮马匪交换些丝绸、棉布、火柴之外,其他的几乎都是自给自足,女人在家加工衣服,年轻男人下田种地,岁数稍微大的在后山上放牧。山川口人数这么多年都是恒定在一百人左右,最少的一年才有三十人。山川口历代村长都鼓励多生孩子,壮大他们的集体。多生养一个孩子,孩子长到十岁以上,那个家庭将多得到一头牛。为了响应村长的号召,村里健壮的男人、年轻的女人,一到晚上,就放开手脚地做男女之间的那些事,激情四射的叫声,从三十六个石洞里传出来,仿佛一首惊心动魄的激战曲。由于身体各方面的因素,女人怀上了孩子,生下来能活到十岁的并不多。由于这个原因山川口的人数才那么恒定,虽然死去孩子是痛苦的事,但从某种意思上限制了人口,才没给山川口带来太多的生存上的压力。我观看了所有山川口年轻的男男女女,大部分女人长着丰满的乳房,男人看上去精力旺盛,比起都市里那些颓靡的男男女女,着实让我这个上海来的年轻人大为惊叹。白天祖父出去牧牛羊,家里一个人也没,闲着无聊,我攀上了山川口最高的夜郎峰。我忽然发现这里的每一个人都很神奇,我像是来到了一个神奇的梦魇里。就在我想着山川口那些长相奇特的人时,一个小女孩像鬼一样地出现在我的旁边。这个小女孩很有特点,眉毛很长,眼珠子一只大,一只小,皮肤红润,头发却已经花白,才有我三分之一高。小女孩好奇地看着我，觉得我很特别，像是见到了心爱的玩具。

她对我说："你长得和我爸爸一个样子。"

我说："你爸爸叫什么名字？"

她说："陈三川。"

然后接着说："要不是我爸爸还活着，我还就认你为爸爸了。"

女孩的回答让我有些诧异，因为我父亲的名字也叫陈三川。我在山川口已经待了半个多月了，每家有几口人，姓啥名啥我都记得一清二楚，没有谁的名字和我父亲的一样，于是我很想去瞅瞅这个和父亲同名字的人。

为了确定小女孩父亲的名字和我父亲的名字是不是一模一样，我不假思考地就问道："你能把你父亲的名字写给我看看嘛？"

小女孩拉着我下了山峰，拿了根棍子，在草地中间一小块黄土地上写下了他父亲的名字。我看着地上三个字"陈三川"，用的居然是小篆，写得非常漂亮的小篆。我十分好奇，山川口这样一个显得有些诡异的地方，一个看上去五六岁的小女孩，居然会写小篆。现在已经是21世纪了，用的都是简体字，为什么还有人使用小篆？他父亲的名字和我父亲的名字居然是一模一样的，这让我对见到他父亲的愿望变得十分强烈。

她把棍子给我。"能告诉我你的名字吗？"

"我说可以，只是我不会写小篆。"

"没事，你会写什么，就写什么吧。"

我在家里受母亲的影响，写过隶书，为了能让她看懂，我在她写的右下方，用隶书写下了我父亲的名字。

"你写的字像隶书。"

"你怎么知道的?"

"我妈妈教过我,我也会写。"

"这里孩子我看都不识字,你小小年纪就那么聪慧,你太神奇了。"

她咧嘴一笑。"你爸爸的名字和我爸爸的名字是相同的。"

"你能带我去看看你爸爸吗?还有我对你妈妈也充满了期待。"

"你跟着我走,不要回头,我就带你去。"

"好的。"

我跟着小女孩走了半个小时,天气阴了下来,快要下雨。

"妈妈告诉我,不准带别人去我们家,不过我觉得你这人很好,我想我妈妈会喜欢你的,就破例一次。"

"你放心,我不会打扰你家人生活的。"

"你得用我的手巾蒙住你的眼睛,我才带你去。"

"为什么?"

"你不蒙算了。"

我接过她的手巾,蒙住眼睛。当手巾蒙住我眼睛的时候,我什么也看不到,像进入了一个无光的世界,只听见飕飕的风声,等小女孩允许我拿掉手巾的时候,已经到了她家。

这个家很特别,硕大的山洞,金碧辉煌。山洞的边上有着各种各样的佛像,样貌像观世音、释迦牟尼,还有各种根本不认识的高僧。中间的岩壁上,每隔一米左右,有一个油灯,数百盏油灯发着光亮。

我和小女孩走到了最里面,看见一个女人,披着一身白色的素净的长衣,头发白如冰雪,肌肤水润,脸如成熟的樱桃。

"翠儿,你跑哪去了?"

这个女人抱起小女孩,用严肃的眼光看着我。

"翠儿,这个人是谁?你怎么带他到我们家。我不是不允许带人回来的?"

"这个人的父亲和我父亲的名字一模一样,我以为他是我哥,才带他回来。"

"对不起,是我要求翠儿带我来的。请您不要责怪她。"

"翠儿,给你爸送饭去。"

翠儿离开后,那个女人招呼我坐下,她的目光从严肃变得有些轻柔。

"我不管你是谁?你离开这个地方后,永远不要回来,也不要告诉外边的人,你来过这里,不然我不会放过你。"

"我的名字叫陈淑清,我答应你永远保留这个秘密。我从小到大和母亲生活在一起,从来没见过父亲,听你女儿说,她的父亲叫陈三川,和我父亲的名字一模一样,所以我才来此,看看这个男人,也算是了个心愿。"

"我不能保证孩子他爹会见你。"

"我怎么称呼您?"

"你叫我葵怡就行了。"

"葵怡,有些问题我一直很好奇,您能回答我吗?"

"你问吧。"

"您那么年轻,为何头发就白了?您女儿小小年纪怎么会写出这么漂亮的小篆?您对山川口有多少了解?"

"我觉得你真像个神仙,一点不像凡人,你有过离开这个地方,到外面去看看更广大的世界的理想吗?"

"多大的世界,我都见过了,这里其实比外面任何一个世界都大。"

"困了,你的问题让我大女儿给你回答。"

"骊望,出来给这个客人讲讲母亲的过去。"

葵怡，打开一道石门，离开了大厅，没过几分钟，她的大女儿骊望从另一道石门口出来，带着一套茶具，来到了我的身边。她一边沏茶，一边问我的家庭情况，还有看过些什么书之类的问题。她头上戴着一朵兰花，身体里散发着淡淡的清香，我被她的美给折服了。我喝着茶，她给我讲述着她母亲葵怡的故事，不到一会儿我就进入了她的叙事圈套里。那些荒诞、离奇、感动、震撼的情节，把我推向了一个广阔无垠的时空里。我没了时间，没了自己。我痴迷地看着骊望灵动的眼睛，幻想着葵怡和高僧的浪漫故事，像是一个看魔幻大片入了魔的孩子。葵怡和高僧的故事进入了悲剧的叙述部分，当我泪流满面的时候，小女孩走到我身边敲了我一下，把我从骊望的故事圈套里幻醒了。我有些生气地看着小女孩，因为我不想那么快就从精彩的故事里醒来。

小女孩对我说："我母亲叫你进去，说是我父亲想见见你。"

我的思绪还停留在葵怡的故事里，复杂得说不出话，此刻骊望的眼睛变得忧郁起来。我被她一汪柔情给迷住了，我看着她，起身跟着小女孩，脚步踌躇地向陈三川慢慢地靠近。

小女孩把我带到她父亲那里，一声不响地出去了。当陈三川出现在我的眼前时，我的思绪从葵怡那里，迅速地转移到了他的身上。我凝望着他，觉得在哪里见过，很亲切。我一下子意识到父亲相片里的样子，和他一模一样，只是他比相片里的父亲看上去多了些白发。我不知所措，难道他就是我的父亲？我陷入了一片空白中。假如他是我的父亲，那么死去的那个人是谁？我无法说服自己，死去的男人不是我的父亲。然而我从没有见过死去的那个男人究竟长成什么样子。母亲临走前，吩咐把她的尸体带回山川口，和父亲葬在一起。她的话里已经透露出我父亲死了。

陈三川坐在一个像莲花一样的石壁上，打坐修炼，呼吸顺畅，然而当我长久地注视了他一段时间后，明显感觉到他在乱。

他终于开口。"葵怡，你先出去，有些事该做个了结了。"

葵怡看了陈三川，也看了我，走出他修行的山洞。

我忍不住地说："我充满了太多的疑惑，你能给我解开这些疑惑吗？"

他说："我可以帮你，但是我得告诉你一个道理：一个人知道得太多，就越发地痛苦。"

我理直气壮地说："我不怕痛苦。"

我问道："你认识李慕云这个人吗？"

他良久没有回答我的问题，周围的油灯来回地晃动。我继续说："李慕云是我的母亲。她给我讲了很多关于父亲在上海打拼的故事，虽然我从出生到现在就没有见过我的父亲，但是我对他很崇拜。他的名字和你一模一样；你们的相貌也相似得惊人。母亲死后，要我把她带回山川口，葬在父亲的旁边。母亲对父亲的爱让我感动，对我的父亲我也充满了幻想。"

他不在安静了，起了身走到了我的面前，睁开眼睛，看了我许久，然后紧紧地抱着我，像是抱着自己的亲儿子。然而脸色却有些忧郁，他心想：慕云真是个开阔的女人，他对不起她，再次结婚后，有了孩子，居然还放不下……

他说："我给你讲个故事吧。你愿意听吗？"

我说："我愿意，但是你得先回答我一个问题。"

"你说吧。"

"山川口这个地方没有一个健康的人，活在这个地方，你不觉得很悲哀吗？"

"我不觉得悲哀。孩子,你没有看懂山川口,等你看懂的一天,你会发觉世界上,只有这个地方是最美丽,最值得和适合生存的,它虽然表面看上去人人都是病态的,每一寸土地好像也是生病的,但是它却有着最美丽、最原始的人性。"

"我觉得你的话很有意思,不妨告诉你,我正在探索这个地方,决定从它的身上找到点不寻常的东西。"

"你很聪慧。"

"赶紧给我讲故事吧。"

时间我差不多忘记了,在山川口,大祭的前一个月,陈恩泰夫妻生下了一个特殊的孩子,取名为陈三川。这个孩子出生那一天,暴雨倾盆,雨声中夹杂着女人哭泣的声响。第二天全村的人都来到陈恩泰家,要求把这个孩子交出来,用于今年祭奠葵怡仙子。陈恩泰拒绝了,这是他唯一的儿子,死也不肯交出来。在父亲艰难的庇护下,这个孩子的命得到了保存。他长到五岁时,身体俊朗,外表和集市里孩子一模一样,身体上没有出现任何的变异。到了十岁身体上没有长出浓疤、癣、肿瘤,也没有变成古怪的动物。于是村里的人都把他当作病得最严重的,几乎不敢亲近他。从那一刻起,陈家在山川口的威望一点也没了,陈恩泰在山川口也只能低着头走。父亲没有放弃这个孩子,晚上偷偷地教他读书识字,白天带他下田干活。他聪明能干,庄稼种得很好,字也写得很好。到了十九岁那一年,和他同龄的男的都娶了,女的都嫁了,只有他还是单身。父亲张罗了几家,即使人家的女儿喜欢他,但是大人都因他的怪异而拒绝了。他在村民们的唾弃和嘲笑中自卑而怯弱地活着。他对村民们充满了仇恨,但是又不忍心报复。陈恩泰目睹孩子成长这些年的境况,在陈三川二十二岁那一年,做了一个伟大的决定:把他送离山川口,到外边的世界去谋求新的出路。

八月十五前一天，一批马匪在暗夜里来访山川口，村民们和马匪完成了交易，当村民们都回到各自的洞里时，陈恩泰悄悄地找到了马匪的老大。他和马匪的老大交谈了十几分钟，最后两人达成了共识，他给马匪暗地里赠送两头牛作为赠礼，马匪暗地里运走他的孩子，并保证他的孩子在外面安全，而且帮他安排一份工作。就这样陈三川被带离那个从小给他带来厄魇的地方，他走的那一晚，母亲很伤心，泪水不停地打击着脆弱的心，陈恩泰则含着烟嘴，不停地吸烟和吐烟，内心的痛苦和矛盾一点不减他的妻子。

我看着他，心有些梗塞，我母亲曾经告诉我，父亲陈三川曾经有一段逃难史。我轻声地问："那后来发生了什么？"

后来，马匪把陈三川带离了山川口，等他醒来，睁开眼睛发现他置身在一艘船里。

为了方便他的叙述，我给他说："你和故事里的主人公名字一样，你就把你当作他，用第一人称给我讲吧。"

那是一艘很破的船，在茫茫的海洋里，我看不到一个人，以为我这辈子就这样完了。应该是命不该绝，我在破船上找到了些干面包充饥，把命活了下来，最幸运的是没遇到海风，最差的时候只不过下点小雨。在破船上，我对着茫茫大海说："只要这次能够活下去，一定不负此生。"我还告诉自己："生存，生存，生存下去，就有希望，希望……"

经过三天多的海上生活，我终于靠岸。当我靠岸时，一个戴着花帽的老头说："年轻人，你从哪里来，那么破旧的船，你也敢出海打鱼？"

我说："我从海上来。"

老头咧了下嘴，指着远方的船队说："那是我的渔船，他们都在为我捕鱼，你想不想加入我的队伍？"

我摸了摸头，对眼前的一切新事物充满了疑惑和期待。大声地回答道："我想参加你的队伍。"

我又大声地问："这是什么地方？"

他说："这是上海，有钱人的天堂。"

我迷迷糊糊地来到了上海，并加入了红帆捕鱼集团，成了五十多个捕鱼者之一，为李老板挣钱。经过培训和三四年的出海捕鱼经验，我成了一名优秀的捕手，成了红帆捕鱼集团的指挥官，在大海深处，开始指挥着一场场惊心动魄的战斗，和浪斗，和天斗，和鱼斗，和人心斗，和命斗，和自己斗……到上海的第五年，我依旧还是单身，没有寻找对象，原因是我来自山川口，那里的人没有一个在身体上是健康的，虽然我表面上是健康的，但是骨子里究竟有什么病，谁都说不清楚。我觉得害了自己到没事，最主要的是怕耽搁了别人。

2

李老板娶了三个妻子，三个妻子给他生了五个女儿，没有生一个儿子。五个女儿有两个嫁到了国外，两个嫁了上海的富商，最小的女儿也到了谈婚论嫁的时候了。李老板想给自己的事业挑一个继承人，从我到了他的集团，他就一直默默地关注着我，发现我身上有很多人都没有的优点。他觉得我有能力带好这个集团，于是决定把他的小女儿李慕云介绍给我。李老板的女儿慕云留学于美国，获得经济学硕士学位，回国后帮助父亲打理公司，几乎已经是公司的第二把手了。公司所有的员工都认为李慕云是一个女强人，一般的男人都很难亲近她。

记得那是八月十五号，中秋佳节，李老板约我到他家去吃饭。饭后，李老板说有人约他谈事情，就离开了，家中就只剩下了我和李慕云，事后我才发现这次吃饭的真正目的。李老板走后，我有些慌张，慕云也有些拘束，我们沉默地吃了饭。饭后，她亲自下厨，煮起了绿豆、玉米、核桃、板栗……我则按照她的吩咐，看她最近的一些手稿。我从她的文字中，看到了李慕云最真实的一幕。其实她是一个感情丰富，有些诗人气质的女人。差不多两个小时，在客厅的桌子上摆满了各式各样的水果，月饼……我看她满头大汗，断断续续地说话，手舞足蹈慌慌张张的样子，觉得十分可爱。

我们相互坐下来后，她说："你能给我讲讲你的故事吗？"

我一下子陷入了词穷的状态，好像是个天生没有故事的人，因为过去对于我似乎不值得怀念。为了不打断这个美丽的夜色、美丽的谈话。"我给你讲讲山川口。那是生我养我的地方。"

"可以，你说吧，这是个多么诗意的名字，光听名字，就充满无穷尽的想象。"

"我出生在山川口，那个地方钟灵毓秀，大地氤氲……"我的眼睛由抒情的激动，瞬间变成忧郁的感伤，就仿如一个快乐的歌者瞬间变成忧郁的诗人。

"然后呢？你的赞美为何由美瞬间变得破碎？"

"因为残缺，或许是不知道如何评价？"

"那你不要评价，就和我好好地说说这个美丽的山川口。"

"山川口是一个有些愚昧，甚至可以毫不夸张地说是落后的停滞不前的小角落。生活在这里的农民身体上都是残缺、病态的，可是却活得很自然、很满足、很快乐，很符合自然的天性。"

"生存为什么是满足的？"

"我要离开山川口的时候，我也问过父亲同样的问题。"

"他怎么回答?"

"他说,譬如身上永远不会好的浓疱,天很热时会很痒,如果有一天它不痒了,就不习惯了,反而因为不痒,而觉得生活是痛苦的。"

……

不到一年,我和慕云在他父亲的支持下结婚了。

"那后来,你怎么舍得放弃上海,一个人回到山川口?"我问道。

"后来的事。"

"后来怎么了?"

"后来我和慕云很恩爱。生意经营得也很好。"

"那你为何那么忍心地离开慕云呢?"

"我和慕云结婚后第二年,生下了一个男孩,不到半岁死了,连医生也不知道原因;孩子死后两年,慕云又产下了一个儿子,快满一岁,也无缘无故地死了。之后我们一直没要孩子,都很懊恼,慕云的父亲更是悲痛,觉得老天真不公平。慕云已经三十六了,而我快四十岁了。我忽然意识到孩子的死是不是和我的遗传基因有关系。我想了很久,终于觉得孩子的死一定是我的关系。山川口里没有一个人在身体外形上是健康的,而生下的我,却和任何一个孩子不一样,全身上下都是完好,像极了集市里的人。我其实也是病的,只是病不在外表,相反在内质,和山川口里的人相比,其实是病得最严重的一个。我把这个事实和慕云的父亲说了明白,希望得到他的宽容。没想到慕云的父亲竟然把我大骂一顿,并希望我赶紧离开慕云。我怀着无比沉重的心情回到了慕云的身边,那一晚慕云打扮得很漂亮,她和我说还想要一个孩子。我没有拒绝她的诱惑,那一晚我们挥汗如雨,爱的声音在身体的交融里显得如此壮观。事后,她睡得很香,而我却很惆怅,大脑里全是她父亲说的话。我知道这辈子最爱的女人就是慕云,我们是如此相爱,如此不能分离。可是正如他父亲所说的那样,她的岁数不小了,是该当母亲的时候了。第二天她的父亲又找到了我,谈论的是同样的事。他的父亲说,会在我的银行账户上存一大笔钱,然后叫我指挥船出海捕鱼,然后不要再回上海,剩下的事他来解决。我拒绝了他给的钱,借故出海打鱼,然后离开了上海,回到了山川口。"

"你母亲后来幸福吗?我能认你做干儿子吗?"

"我不是你和慕云……"

还没等我说完,陈三川口里喷出了血。我大喊快来人,等葵怡赶到,陈三川紧紧地抱着葵怡,说了句,对不起,我不能和你一起成仙了,然后安静地离开了。

3

陈三川突然地死去,让我很难过。从他讲述的故事里,我有些觉得他的故事和我父亲陈三川的很相似。甚至在某一时刻,觉得他就是我的父亲,然而从他神情上来讲,可以判断他一定认为我不是他的儿子。我很想知道这个死去的陈三川的故事,看看和我母亲讲述的父亲的逃离岁月是不是一致,如果是一致的话,那他很大的可能就是我的父亲了。不过我还是带有很多疑问,母亲告诉我父亲的坟墓在山川口,那透露出我的父亲已经死了,那么现在死在我眼前,和父亲外貌、经历极其相似的这个男人又是谁呢?我以为葵怡会怒骂我一番,心里有些胆怯。然而葵怡没有骂我,而是吩咐骊望把我带出陈三川修行的地方,坐在石门外宽敞油灯火明亮的石凳上。

我忽然发现骊望的头发白了三分之一,我有些好奇地问:"你的头发怎么突然白了?"

她说:"这个石门进去,就是你刚才去的地方,有三株不死草,不死草有几千年的寿命了,九十年三株草会同时开一次花。没光的时候,它的叶片会散发出淡雅的香味,只要你安心静养,不想七情六欲,断掉儿女情长,这种淡雅的香味就会激发人体生出长生不老的细胞。尘世的凡人,只要吃了三朵花,伴随着这种味道安心进修五年以上,整个身体像是更新过一样,而且灵魂也感到十分的轻盈,似乎成了神仙。我已经过百岁了。头发之所以顷刻间变白了那么多,是因为看到陈三川死去,为我母亲感到难过,而影响了身体里的气息。这十年,她把时间都花在这个男人身上,可是他们却阴阳相隔,两个人不能永远不死地活在这个世界上。我的母亲一定很悲伤,她爱的人都陆续死去,一定觉得活得太长,长生不老未必是一件幸福的事。"

我说:"对不起,都是因为我到这里,影响了你们的生活。你还能告诉我为何陈三川这么突然就死去了吗?"

"十年前他来到这里,一直和我母亲生活在一起,他们很恩爱。那时我的母亲正好两百岁,却还有着常人四十岁的外貌和青年女性的身体。母亲希望这个爱他的男人能够和她一样永生不死。在五年前,不死草开了花,奇怪的是只开了两朵,我的母亲把这花让这个男人服下,并希望他断掉七情六欲安心修炼。这个男人为了能和母亲长久地在一起,答应了她一定好好修炼。在他修炼一年后,母亲产下她和这个男人的骨肉,就是我的小妹,瞬间头发变白,老了许多。你的到来,打破了这个男人的修炼的规律,而且使他陷入过度的情绪波动状态,那两朵不死草的花瞬间就会转化成剧毒。"

我说:"你的母亲不是也动了情,你也动了情,为什么只是老了些;而陈三川,一动情,就死了呢。"

骊望说:"这个男人只要再坚持三个月,就到了五年,五年后动情，不死草的花就不会转换成剧毒，只是功效慢慢地减弱。"

我难过地说："是我不该来，来的不是时候，害死了他。"

"这可能是命数，谁知道你会在这个时候来，而且还追问了他那么多事情，特别是上海的故事，那个叫慕云的女人呢。"

"我觉得他就是我的父亲，我的父亲一直没死。"

"那么说来，你害死了你的父亲。"

我看着骊望的忧郁的眼睛，加上自己此刻复杂的心情，居然大声地哭了起来。

骊望盯着我看，有些悲伤地说："这是我第一次见到男人的眼泪。"

"不可能吧？"

"是的，因为你是我见过的第二个男人。"

葵怡走了出来，手里拿着一封信，交给了我。我感觉到她的脸上就在这么短暂的片刻，居然长出了皱纹。"这是他在修炼前，写下的家书，我交给你了。"

"你和他是怎么认识的？他究竟是不是陈万友的儿子陈三川，要是……是，他就是我的父亲。"

"我不知道，他说他的父亲是陈恩泰。你赶紧离开，天黑了你再不走，你就永远离不开这里了。"

"山川口没有陈恩泰这个人呀，我来这里已经好多天了，天没黑吗？"

"那是外面的时间，我这里的天黑，是油灯灭的时间。"

"记着不要说你来过这里，不然我不会放过你。"

骊望走到我的身边，轻拉了一下我的衣服。"你快走吧，不要惹我母亲生气了，这对她的健康是极大的危险。"

我对骊望说:"我们还会见面吗?"

她说:"不会了。"

我深情地吻了她的额头,小妹蒙上我的眼睛,我好像觉得世界黑得很彻底,在无尽黑的时空里,像是被推了一下,然后飞速地运转起来,等睁开眼睛,却站在了夜郎峰上,手里拿着一封发黄的没拆开的信。

我没急着打开信,因为我怕打开信后,这封信也化为风一样不在了。我把信装进衣服最里层的衣袋里,向祖父的家走去。我来到了祖父家,石洞门却是关着。我等了一个多小时,他才回来。他看见我时,长长地吐了一口气说,你这个小兔崽子,还以为你被蛇吃了,找了那么多天,问了那么多人,都没有你的消息。我跟着年老的祖父,进了石洞,祖父给我做了好吃的,接着我和祖父开始一段很长时间的聊天。

在和祖父的长期交流中,我明白祖父并不认可我是他的孙子,原因是山川口生长的人都有一种遗传的病。陈三川当年虽然外表健朗,但是病在体内,导致生出的孩子都活不过一岁。他的解释也让我怀疑起自己:我究竟是谁的儿子?是不是母亲领养的?我很巧妙的提问,骗取了祖父,得知祖父有一个乳名叫陈恩泰,于是我有些坚信,山洞里死去的那个叫陈三川的男人就是那个母亲一生中最爱的男人。我觉得我这辈子也不能完成母亲的心愿了,因为真正陈三川的尸体,我永远也找不到了,想到这,我为母亲而感觉到痛苦,她在山头上是那么的孤独。然而当我提到葵怡的时候,祖父的反应很激烈,他大惊,用手捂住我的嘴,像做贼一样巡视了四周,然后迅速地关紧石洞的大门,赶紧忙慌忙乱地给我收拾衣服,然后拖出了父亲床下的一个小箱子,交给我,叫我立刻离开山川口,去上海。我态度坚决地不肯离开,我说,母亲一生的心愿是和自己的喜爱的男人葬在一起,如今她的心愿未了,我不能回去。事情的真相应该让我知道,我是陈家现在唯一的香火、唯一的继承人。我还说,这个世界上没有谁能够害我的。要是不能知道事情的真相,我这辈子即使活着,也对不起母亲,对不起良心。

　　在后来祖父的讲述中,我知道了父亲从上海回到了山川口。他刚来的时候一切都很正常,和祖父相处得很好。然而山川口的人依然把他视为怪物,有的甚至视为敌人。他很努力地和每一个生活在山川口的人相处,结果却变得很糟糕,不仅没有任何一个人对他有好感,反而大部分人对他产生了敌意。他讲的发展生产力,扩大生产,打开大门,和外面人交流等等的话语,被山川口的人所不理解。更重要的是他的外表白里透红,康健得让山川口的人嫉妒,很多年轻的女性都被他的外貌给迷住了,然而却没有一个女性愿意接受他,老一辈的人总是教导他们的孩子离他远一些。时间一长,他变得暴怒无常,整个心灵世界发生了极大的扭曲,整天整夜在后山上喝酒唱歌,被村子里的人视为轻度神经病。我父亲的命太苦了,他离开上海回来的时候,曾经告诉祖父说上海虽然发达兴盛,但是他还是喜欢山川口,因为他还保持着比较完善的野性和人性。即使到现在对于这些深奥的话,我依旧理解不了。但在我的心里,我的父亲是优秀的,他是村子里思想最最开化,最能接受新事物的人。十年前,父亲疯疯癫癫地从后山回来,说见过一个仙子,叫葵怡,仙子的处境和他一样,他们同病相怜。从祖父出生的那一天起,山川口就有这样的谣言说:只要见到妖女葵怡,命就不长了。村子里每年都会给葵怡送去一个童男。大概过了半个月左右,父亲突然风一样地消失了,找不到了,没过多久,在陈家的墓地上,我祖母的坟左边无缘无故地多了一个坟,碑上刻着陈三川之墓。在坟面前祖父哭得很是伤心,村子的人相反却是高兴了,因为在他们生活的世界里，那个怪物终于离开了。

4

祖父，情绪波动过大，只顾着抽烟，不再说话了，心里想着，十年前他的儿子遇到了葵怡，十年后，他的孙子又遇到葵怡，陈家和葵怡究竟有什么仇！心里越想越发不能平静。他离开我要去睡的时候，对我说，明天，你赶紧离开三川口。我抱着小盒子回到房间，由于太累而且思绪很乱，我没有打开小盒子的欲望，而是继续想葵怡的故事，想父亲在山川口的艰难处境。第二天，太阳刚刚出了一小个边，天空灰灰亮我就起床，跑出了祖父的石洞，来到夜郎峰，坐在那里静静地等，等小女孩出现，带我回到石洞。我有很多问题想问葵怡，只有她能给我答案。再者把父亲的尸体给偷出来，葬在母亲的身边，完成她的遗愿。我等了一天一夜都没有等到小女孩，次日决定不等了。我下了山峰，去挨家挨户地问他们葵怡的故事。他们的讲述中，都一致认为葵怡是个恶毒的人，用血蚊子改变了他们的健康，导致一代一代人出现不同的变异，造成了各式各样离奇的家庭。如果葵怡真如他们所说的那样，那么她在我心中的形象一下子减弱了很多。她害了山川口所有的人，让他们处于一种非常人的状态，造就了那么多悲剧。我很难原谅她，因为母亲和父亲的悲剧，也是她造成的。这次挨家挨户的寻访，我对山川口的了解更加深入了。我一直敬仰的葵怡，从这次寻访中居然让我有了些哀怨。如果真如村民们所讲的那般，那么就是葵怡亲手造就了山川口世世代代的屈辱史。我的思绪好乱。在不经意间，想起了葵怡的女儿骊望，并陷入了她那晚给我讲的关于葵怡的故事。现在我有必要把那个故事给大家讲讲。

很多年前,漂亮的葵怡是京城富贵人家的女儿,父亲因为贪污犯法本应该充军,但是葵怡的父亲曾有恩于皇上,皇上开恩,让他带着妻儿流放到云南,在一个县城里任县令。他的女儿喜爱大好河山,常出去玩。有一天她迷路了,在云雾里,跟着一个身穿黑色衣服的看不见脸的老奶奶,一夜没有回家。第二天被人发现带回家,昏迷不醒,脖子上有两个很深的牙齿印,脸发红,嘴发紫。医生来看时,脉搏不跳,不见呼吸,就初判断说葵怡已经断气丧命,准备后事。家人给葵怡准备了棺材,给她换了衣服,放在棺材里。然而到了凌晨一点,她居然醒了过来,脸色变得乌黑难看,嘴里吐出很臭的气,嘴喜欢咬东西,还咬死了一个丫鬟,丫鬟很快就被火化,因为葵怡被很多人认为中了尸毒。葵怡醒来后,乱了大概半个小时,又晕倒了,此刻她的脸色变得蜡黄,嘴唇黑黑的,明显是中了毒。次日,很多人都来到县衙,一是来看看热闹,二是希望县令大人火烧自己的女儿。

葵怡的父亲贺知县顶不住压力,和妻子商量。妻子死也不愿意交出自己唯一的女儿。最后他们达成了协议,让妻子带着女儿从后门逃走,去当地的普法寺求方丈山川法师收纳。方丈是贺知县的好友,精通医术。这件事情因此牵涉当地最有名的寺庙、最有名的法师,而得到一段时间的缓解。经过常和的诊断,葵怡中的不是尸毒,究竟是什么毒他却不知道,因此无法治疗。葵怡发作起来,样子十分害怕,甚至发生异变,动作像一只爬行的蜘蛛,远远看去,头发散披,真像是一只蜘蛛。因此寺庙里传言说葵怡是蜘蛛精。有一次病情发作,没有及时控制,结果咬死了她的母亲,还有一个小和尚,惹得普法寺不得安宁。但是十分奇怪的是葵怡只要一见到山川法师就变得安宁。普法寺众僧的意见是为了维护活着的人的健康,应该将葵怡处死,或者逐出寺庙。唯一反对的却是山川法师,他认为要慈爱,佛不允许我们杀生，应该想尽一切办法拯救女施主，而不是在困难的时候、危险的时候，抛弃生命。

山川法师原名陈山川，京城里的富商，深爱李将军的女儿艳芸，艳芸和葵怡有些相像，结果艳芸被父亲逼着去参加王爷的选妃，结果王爷选中的就是艳芸。然而艳芸喜欢陈山川，暗地里两人经常偷情寻欢，被丫鬟举报，关进冷宫，次日咬舌自尽；陈山川被流放云南，途遇山贼，山贼杀死了两个士兵，陈山川被带回了路崖洞，三年间帮十几个兄弟发了财。他到路崖洞第五年，十几个兄弟在一场瘟疫中死去了。陈山川埋了兄弟后，跪在地上三天三夜，起来后去了普法寺，做了一名和尚。葵怡的出现点燃了山川心里那些千回百转、抽刀断水的情感，似乎多看葵怡一眼，就有了寄托。寺里的和尚和外面的人贩子达成协议，要趁山川法师不在的时候，捆走葵怡，送去火化。

就在那一晚，陈山川连夜带着葵怡逃离了普法寺，等天亮，他们就到了山川口。那时的山川口，只是一个荒山，一个峭壁，听说还闹鬼，几乎没有人敢去，除了几个胆子大的猎人偶尔去打打猎物，普通的人从不跨进山川口半步。山川法师带着葵怡躲进了一个山洞。山洞位于石壁的最高点，宽敞明亮，寒冷如冰。当陈山川放下葵怡，把她安排在石洞里，给她盖上自己的衣服，接下来出现的一幕震撼了他。一条长近十米的猛蛇和一群蚊子在山洞里打斗起来，那蚊子大概三十来只，全身是红色的，连咬人的嘴也是红色的，而且长得有雄鹰般大。差不多十来分钟，一条猛蛇就丧失了生命。血蚊子然后安静地围在三株开着花的植物旁边，此刻他闻到一股淡雅的清香，整个人变得十分轻快，头脑十分好使，像是见到了佛一般，这是他修行多年以来从来没有达到的境界。此刻他有些害怕，想要抱着葵怡赶紧离开，怕血蚊子要了他和葵怡的命。当他去抱葵怡时，发现葵怡重如千斤，根本无法抱起，像长了根紧紧地抓着大地一样。没了办法，他只好随时做好和血蚊子战斗的准备。

次日葵怡的病情居然没有发作，只是依旧那么沉重，无法动弹。昨晚血蚊子都没有向他们发起进攻，加之到了白天，陈山川觉得蚊子白天一般不会选择攻击，于是出去找些食物，不然他们会被活活地饿死。等他回来，发现葵怡居然在血蚊子堆里，四五只血蚊子吸着她的血，她却不觉得痛安静地躺在那里，陈山川马上把她拖了过来，血蚊子咬了陈山川一口，他摘下了三朵正在开的花，两朵给葵怡吃了下去，一朵他吃了。葵怡吃了花后，居然清醒过来，整个人年轻了好几岁，身上还发着一股淡雅的清香，被血蚊子咬了以后，她的病情发作起来也轻了很多。陈山川吃了花后，身体的瘙痒立马消失，人变得格外精神，心情很是舒畅。他们吃了三朵花，血蚊子对他们开始温柔很多，甚至把他们当作自己的主人一样爱戴。葵怡经过血蚊子多次吸血后，身体终于恢复了。血蚊子吃了葵怡的血后，翅膀变得更大，嘴变得更长，更具战斗力，更为毒辣，寿命更长。

陈山川不再是和尚，头发渐渐地长了出来，在葵怡身上他重新找到了爱情，他们一起练习书法，在石壁上刻字，过着幸福的生活，三年后他们产下了一个女儿。葵怡和陈山川偶然在山林间出没，寻找食物，被打柴的人，或者狩猎的人看到，他们远远地看到葵怡变得越来越年轻，山川也是越来越年轻。于是有了两种传说，一是葵怡成妖了，永远不会老，靠吸血维持年轻，而且变得越发漂亮，可以说是倾国倾城；另外一种说是葵怡找到了长生不老的秘方，变得不会老，永远不会死。山川口引来了很多人，一部分是想来看看葵怡的容貌；然而大部分是来寻找长生不老的秘方。于是他们十年的平静生活被这些外来人给打破了。来到山川口这片土地上的人都很有本事，有的善于考古，有的善于侦探，有的武功很好，有的学识很高……他们聚在一起秘密协商后，先派出两个人秘密侦探了葵怡和陈山川的山洞。经过大概半个月的侦查，摸清了葵怡和陈山川生活的石洞里的点点滴滴，发现石洞里有很多只红色鹰一样大的血蚊子，守护着三株冒着香气的草。葵怡和陈山川经常静坐在三株草不远的地方，静坐养神，像是神仙在修炼。他们不约而同地达成共识，葵怡和陈山川不会老的秘密就在这三株发香的草身上。当时来山川口的人都想拥有这三株草，于是一场战斗开始了。

因为人的私心，一开始大伙都默不作声，互相看着，心里打着各自的算盘。夜里趁大伙睡着的时候，三两个一伙往山洞里跑去，这三个人先和葵怡和陈山川打了起来，陈山川被打倒在地，头部冒着血，又爬起来，嘴里喊道，不能触碰不死草，又被打倒在地。葵怡被打晕，躺在了地上。山洞里传出了激烈的打斗声，二十几号人迅速跑向了山洞，一场厮杀开始了。陈山川为了保护三株草，被来犯的人给活活打死。接下来是血蚊子开启了反击战，和来犯的人开始了长达一个多小时的战斗。他们十几只织成一个网，保护着三株草，其他的就向人群发起猛烈的攻击，它们用红色的长嘴吸咬来犯的人的头、手、脚……三十几号人在血蚊子的猛烈反击下，被打退回到了山脚，血蚊子也死得差不多了。次日等葵怡醒来，摆在她面前的这一幕：无数血蚊子的尸体、死去的陈山川……让她不知所措，泪水流呀流。她收拾血蚊子的尸体，如同看着自己的孩子，那些被扭掉头的蚊子，加深了她对人的痛恨。只有孤零零的一只血蚊子还待在不死草上，还有自己的小女儿骊望躲在不死草的后面。看着眼前还稍微存在的一点希望，她想带着不死草离开这里，去一个无人知晓，没有利益，没有斗争的地方。次日三十几号人奇痒难止，哀声一片。一夜间，有的人头突然间变得有两个大,有的人眼睛瞎了,有的人耳朵变得像猪耳……到了中午,太阳很大,奇热难耐,三十号人,纷纷爬向山洞,跪在洞门口,求葵怡仙子救救他们。

葵怡看着这些痛苦的变异的人,似乎觉得很高兴。她笑着说:"你们犯下的罪,应该自己承担。"

"救救我们。以后我们一定忠心做你的奴隶。"

葵怡回到山洞,静坐在女儿的旁边,想着外面那些受着磨难的人,心里突然变得格外痛。她想到了过去的自己,曾经遭受的种种非人的痛苦、冷眼。将心比心,当年陈山川救了她,现在她应该救这群人,尽管他们是她最恨的人。她把历年不死草落下的枯死掉的叶子,揉碎放在锅里,熬了一锅药。三十几号人吃了这水,身上的痒痛停止了,只是身体的变异,再也恢复不了了。

葵怡说:"只要天气不异样的热,你们身体基本不会出现奇痒难止的感受,但是如果天气极为热,还是会出现痒痛的感觉。"

"那以后怎么办?"

"山川口的石洞常年气候阴冷,适合你们居住。"

"那还会好吗?"

葵怡犹豫了半天,要好唯一的方法就是吃不死草的花,可是不死草多少年开一次谁能知道,她来山川口看到不死草开过一次,如今快十年了,也没有见它再开过。她不想给这群人一个遥远的空想,等待着幻想。当时葵怡说:"永远不能治愈了。"

其实现在想来,有多少人能等得了九十年才开一次的花,有多少人的寿命能熬到九十岁。

他们开始在山川口打凿石洞,不到一个月,很多漂亮的石洞就凿好了。就在一群人打好石洞,准备入住的那一天,葵怡带着孩子,还有不死草，一只孤独的血蚊子，风一样地消失了。她之所以离开，害怕的是人类的杀戮，继续上演。不过她究竟去哪儿了？山川口的人寻觅了很久也一直没有结果。此后多年，由于每一代人身体上或多或少都出现了不同程度上的变异，山川口老一辈的人渐渐地走完了，活着的有的人开始讨厌自己的身体，开始觉醒，讨厌他们的身体，于是就把矛头再次指向了葵怡，于是关于葵怡凶残恶毒的故事慢慢地就被编造出来，甚至还有了各种各样的谣言。

5

回到祖父的石洞，发现石洞的大门开着，而祖父却不在里面，我习惯地以为他出去做活了。我拿出祖父给的小盒子，小心翼翼地打开，开始翻看父亲当年留下的书信。打开书信，感觉就是十分惊奇，所有的文字居然是用小篆写成的，于是想起在夜郎峰遇到的小女孩，她写下的文字和父亲写下的文字在形式上是一模一样的。我认真地读着这些深情古朴的文字，这些文字前半部分大体是记录他回到山川口后，对母亲慕云的思念，对昔日时光的怀念，还有在山川口受到的不公平的冷眼后的种种绝望。后半部分的文字比前面的文字稍微有些活泼，不至于把人往窒息里推，大体是写偶然遇到葵怡后，两人在山川口的处境相似，都是不被理解，于是两人惺惺相惜，时间一长，陷入一种美好爱情的幻想。这些文字尽善尽美地表达了葵怡的美丽、温柔、善解人意，这个形象和我见过的葵怡很吻合。

看了这些文字，我就坚定地认为在石洞里遇到的那个和父亲同名的男人，一定就是我的父亲了。我匆忙地从衣袋里取出了葵怡给我的父亲的遗信，摊开发黄的信纸，古旧的文字像万千条小蛇飞入我的眼睛，这些梦一样的文字全是关于我母亲的，也几乎是在给我解答故事的谜语。

……

慕云，上海的岁月是我一生中最快乐的一段时光，在那里我几乎忘了自己是个存在着永不可治愈的病人，最主要的是遇见了你，你对我的爱让我忘了世人冷眼，忘了世界荒诞背后一切残忍的现实。慕云，你的爱给了我一切，让我得到了重生的可能。离开的时候，说句实话，我是不忍心的，是怀着无比剧烈的疼痛的，割舍爱情就像割舍了我的生命。

慕云，我为什么要离开你？这一切……

现在我不妨告诉你吧，我来自山川口，身体里带有异变的基因。我们的孩子之所以一个个命都不长，原因全部在我的身上，无关你的事。为了让你有一个幸福的家庭，为了让李氏家族不断后，唯一的选择就是选择离开。

……

你要好好地生存，好好地活着，不用担心我。现在我找到了生存下去的希望，在山川口遇到了和你一样温柔的葵怡，和你一样爱我的女子。我想你会祝福我的。这辈子我不能再看到你了，你现在不管和谁生活在一起，你们的孩子也是我的孩子，我将爱他，如同爱我亲生的孩子一般。

……

这封信，很奇怪，每读一行，字就不见了，等我读完，黄旧的纸突然变成一缕烟消失了。我想追赶它，结果它跑得比我快。我想它已经变成天边干净的云朵了，上面写着我父亲纯美素朴的爱。

现在我陷入自身最大的痛苦之中，我究竟是谁？是谁和谁生下的？

我的父亲和母亲究竟是谁?

没有答案,此刻我想到了远在上海的外公。

正在我冥思苦想的时候,三两个人抬着祖父来到我的跟前。祖父安静地睡着,一句话也不肯说。

我说:"祖父,你不要开玩笑,赶快起来给我讲故事。"

三两个人有说有笑。"你祖父和我们的祖先在一起了。"接着说,"在你父亲的坟前我们看到了他,还以为是你。他把自己打扮得很年轻,而且还带着一个和你脸孔一样的面具。"

我哭了起来,一跟斗扑在了祖父的心窝里。

三两个人呆呆地看着我。"你不用哭,有什么好难过的,他和祖先相聚,一样活得快乐。"

"他是我祖父,是我最亲的人。"

"他的岁数已经活得够大了,我的儿子死时,我一滴泪没流。"

几个人走后,想起了祖父的话。"在村子里,凡见到葵怡的人,没有一个活下去。"祖父知道我见到了葵怡,于是打扮成我的样子,替我死去,保存了我的性命。三日后,我葬了祖父,离开了山川口,回到了上海。

我到上海时,外公已经病入膏肓,躺在医院里,度过他人生最后的一段时光。外公和我讲述了父亲和母亲的过去,每次说到我的父亲,他都黯然流泪。我知道他一定觉得对不起我的父亲。在最后我问了他有关我从哪里来的,我的父亲是谁,等等的问题。我知道了结果,原来我的父亲确实就是陈三川,母亲就是慕云。父亲要离开母亲的那一晚,他们轰轰烈烈的肌肤之亲,留下了我,给李家续上了香火。

时间过得很快,转眼我已经七十岁了。我有两个儿子和一个女儿,他们都很健康。我是山川口陈三川的儿子,没有发生变异;我的孩子,直到现在也没有发生变异。我想这原因只有两个，一个就是我遗传了母亲的基因，没有遗传父亲的基因；另外一个原因我的存在是对父亲和母亲爱的一个完美的交代，佛是慈悲的，他有着一颗悲悯的心。尽管后一个原因很虚幻，但是我更愿意相信我的存在，孩子的存在是由于后者，是爱让我们健康，让我们得以久存。我一直惦记着山川口，七十六岁那一年，我重返了山川口。时隔多年踏上这片土地，眼前的一切让我很是失望。山川口变成了一个小工业区，这里存在着巨大的锡矿，引来了很多矿业公司。我只听见嗡嗡的机械声，看见还有拉矿的大货车，那些美丽的石洞已经不存在了。我到县城问了一些岁数很大的前辈，他们告诉我为了开发矿产，山川口的人都被赶到了路崖洞，由于身体的不适应，大部分人陆续死了，现在只有很少的一部分人还活着。我去路崖洞看望了曾经在山川口生活的人，只有十来个人了，个个变得漆黑、瘦弱，像是吸毒的人，让我很是痛心。

　　我知道再过几十年，这些人都会统统死掉，那个有关山川口的故事也将会消失掉，再过几十年，将不会有人记得这个地方，这些人。我来到县文化局，问了一个年过百岁的老人，他是从事文化研究和考古的。

　　我问了他："老先生，在开挖山川口时，有没有挖出三株发着香味的草？有没有挖到一些书画和佛雕？"

　　他说："只挖到两具保存完好的干尸。通过研究断定，已有四百年的历史了。"

　　我问他："存在哪？"

　　他说："在省博物馆。"

　　他带着我来到省历史博物馆，在秘密不对外开放的一个房间里，我见到了这两具干尸。这两具干尸样貌和我多年前讲过的葵怡和骊望长得很相像。看到她们,我一点也不害怕,甚至感到欢喜。我看着葵怡的脸,想起了当年她的美丽,看着骊望,陷入一种爱恋的感觉。我想起了山川口,想起了祖父,想起了父亲,想起了不死草和血蚊子的传说。看着骊望,我觉得自己很可怜,很渺小。我陷入了过去的故事里,泪流不止,不可自拔。

"你怎么了?看着干尸哭得那么伤心。"

"你愿意听我讲故事吗?"

"愿意。"

"那我就给你讲这两具干尸。"

选自《滇池》2015年第9期

丁香溪

杜开春

　　戏班这次住在村南的王氏祠堂。
　　村子不大，只二三十户，不足百口人。村北是一条长长的山脉，东西走向，房屋依山势而建，自东而西，错落有致。村南有一条清澈的溪流，水经年不断。溪两岸长着许多丁香花，这溪就叫丁香溪。后来，丁香花蔓延到村里，房前屋后都有，整个村子就都叫丁香溪。
　　王氏祠堂建在溪边，丁香花开时，满屋清香。进门就是大厅，厅后搁一排长柜，上供王氏列祖列宗。厅正中放一张大八仙桌，有四条长凳围着。厅的两边各有两间房，平时只一间住人，住的是看祠堂的王老头。王老头无妻无儿。听说祖父的戏班要来，他早一天就把祠堂打扫得干干净净，照例给祖父留一个单间。
　　丁香溪去年就来过了，也是这个时候，也是做"佛生日"。天色尚早，无事，师傅们围坐在八仙桌旁，海聊。祖父蹲在一条长凳上，说，干脆,一人讲一个故事。故事讲完了,天就黑了。众人附和,让祖父先讲。

祖父接过陈乌师傅的大茶缸,啜了一口。

傻花旦挥舞着一把紫丁香,哼着戏腔,蹦蹦跳跳,入门而来。只把那把丁香花放在八仙桌上,笑道:"嘻嘻,香香!"又蹦着跳着去了。沾在头发上的紫色花瓣,随风飘飞。

"这疯丫头!"

"是哩,香呀!"

"好香!好香!"

祖父边往那杆长烟袋装烟,边说:"就讲丁香花吧!"

有个开客店的,兼卖酒。那酒,就叫冰冷酒,招牌上写着呢。老板膝下无子,只一个女儿,天生丽质,熟读诗书,老板视若明珠。女大当嫁,媒人踏破门槛,小姐就是不应。老两口暗暗着急。母亲暗里问丫鬟,丫鬟说,小姐要找个有才情的,不问贫富。那她要怎么找呢?小姐出了幅上联,谁对上下联,就嫁谁。老两口一商量,也罢,就依了小姐。第二天,店门前就贴了张启事,对联征婚。那上联是:冰冷酒,一点两点三点……

"不对呀,冰字是两点加个水字呀!怎么是一点?"陈乌师傅扯了扯祖父的袖子。

"冰字也可写成水字的左边加一点。"

"对对,有这写法。"

却说有位住店的秀才看了这启事,深爱了小姐的才学,想,若对不出此联,还上京考什么试?于是,日思夜想,不得其果。渐渐地,茶饭不思,不久就病死在客店。店主也是个善人,出资葬了他,就埋在店后一片空地上。下联一时无人对出。三年后,又有一秀才住店,散步时看到一座孤坟上长着一株丁香花，回来问了店主。店主摇了摇头，说了来历。秀才灵光一闪，以拳击掌：小姐的对联对出来了……

王老头领着一个八九岁的孩子到祖父跟前。孩子对祖父说："我娘请您去一趟。"

祖父如丈二金刚摸不着头脑。师傅们你看看我，我看看你。是谁"扑哧"一声笑了出来。陈乌师傅涨红了脸。

祖父问孩子："你娘是谁？"

孩子小声说："丁香。"

"你爹呢？"

孩子低下了头。王老头轻轻抚了抚孩子的头："早没了。"

陈乌师傅坐不住了，脖子上的青筋像蚯蚓，指着祖父说："我问你，我们行走江湖，讲的是什么？"

"信义。"

"还有？"

"不贪财。"

"还有？"

"不淫乱。"

"是了，这三句话是你平时挂在嘴上的。那你说，一个寡妇把你叫去是什么意思？"

"我又不认识她，怎么知道是什么意思。"祖父怒了，抓起桌上的长烟袋，"算了，你跟我一起去！"

王老头把陈乌师傅按坐在凳子上："师傅多心了，师傅多心了。丁香不是那种人，你可不能乱说！"

祖父发火了，陈乌师傅嘴上就软了下来："我不去，我没这闲工夫。我家老婆孩子一大堆，要吃饭！你要是回不来，让人家吊在房梁上,看晚上的戏怎么演?"

祖父气得嗓子冒烟,伸手想拿桌上那个大茶缸润润喉,陈乌师傅却把那茶缸往怀里挪,祖父"哼"了一声,转身跟那孩子走了。

"哎呀,刚才那下联是什么?"

"丁香花,百头千头万头。"祖父头也不回。

"秀才娶了小姐没有?"

这一句,祖父似乎没有听见,他已出了大门,走远了。

田野一片金黄。稻子熟了,一穗穗,弯弯的,像一轮轮金色的新月,挂满了田间。田里,有几个孩子穿着短裤衩,浑身晒得乌黑,在捉鱼。捉到的小鱼,用一根藤草串起来,打成圆圈,戴在头上。他们兴奋地喊着叫着,一身泥巴,小脸红红的,额头都是汗。

孩子脚在田埂上走,眼睛却在田里捉鱼小伙伴的身上,脚步渐渐慢了下来。

"小狗,有田鳗,快下来帮我一把。"

孩子怯怯地说:"这次有事,不能。"

田里大一点的孩子说:"敢不来,明天脱你的裤子!"

孩子双手按着裤头,紧跑了几步:"我真的有事!真的有事!"

到了,四间低矮的平房像一把尺子摆在祖父的面前。咦,这不是去年住过一宿的那房子吗?那时不是说这里不住人吗?怎么又住上了?

进门,一位三十多岁的女子笑盈盈地迎上来,让坐。女子黑黑的,瘦瘦的,两边的头发向后缩起,在脑后打成结,结上插着三朵紫丁香。这里的风俗,头上戴一朵的,是待嫁的;两朵或四朵的,是已婚的。

女子揭开锅盖,端出一大海碗面线,放在祖父面前的桌上。面线上搁着两个圆白圆白的鸡蛋。面线鸡蛋是大礼。

"这?"

"您吃！您吃！"

"是甚事呢？"

"您先吃，等会就凉了。吃了我再说。"

"你先说。你不说，我吃不下去。"

祖父站起，转身欲往门外走。

女子眼圈一红，"扑通"跪在祖父脚下，哭道："恩人哪……"

"你……你，快起来，告诉我，这从何说起？"

"您去年也来我们这里演戏？"

"是呀。"

"您就住在这间房子里？"

"是呀。"

"那晚，您在墙角找到一对金镯子，给了王金发？"

金镯子？对，祖父想起来了。

去年，丁香溪做"佛生日"，村里辈分最高的"乡俚老大"王成文请了祖父的戏。戏班睡在哪里？王成文想了想，说，村东金发的祖厝不是空着吗？都说戏子会祛邪，让他们睡那里吧，说不定真能祛邪呢！当晚，祖父和他的戏班就住进了这所四个房间一字形摆开的房子里。

莫非王金发的祖厝有邪？

王金发兄弟二人，上有一老母。金发的弟弟叫银发，娶妻丁香。银发夭寿，遗一子小名叫小狗。金发的妻为人刁钻，与婆婆不和，三天两头口角。丁香则极为孝顺。妯娌俩一孝一逆，村里人看得明白，议论纷纷，最后两妯娌也心存芥蒂。好在金发农闲时常到镇上做点小买卖，有些积蓄，就在村边另盖了三间瓦房，搬出去了。母亲和丁香仍住在旧厝。忽一日，老人暴亡，没有留下只言片语。早上还是好好的，还下田，与邻人说说笑笑，中午回家，吃过饭，碗还在手里，头却栽在桌上,任孙子小狗大呼小叫就是不应,去了。村里人都说,凶宅。儿子几年前也是在吃午饭时突然走的。屋里有邪!

金发妻说,祖传的那对金镯子要拿出来分了,一人一只。

丁香早年也听说婆婆有一对金镯子,但从没见过。婆婆突然去了,她也不知道那金镯子放在什么地方。金发妻不依,说婆婆一定是将金镯子给了丁香,是丁香藏起来,想私吞。

两人说的听起来都有道理,两人都到"乡俚老大"王成文家说理。老人有金镯子的事,王成文是知道的,那手镯早年他也见过。老人与丁香同住,手镯交给丁香顺理成章。但丁香的为人他也是清楚的。丁香是邻村老朋友丁三的大女儿,勤劳、孝顺,男人没了,能守得住,村里人都夸她。这样的案,王成文也断不清。只得说,再慢慢找找。后来,王成文将自家柴火间腾出来,让丁香住进去,说,你家祖厝不吉利,为了保住银发的这点血脉,不要了。于是,祖厝就空了。

祖父是不知道这些事的。那晚,天热,蚊多,点了艾条,抽足了烟,躺下。有一只蚊子似乎有意与祖父过不去,老在他耳边嗡嗡地飞,扇也扇不走。祖父恼了,坐起,点灯。"看我不收拾你!"

蚊子不见了。

蚊子哪里去了?呀,伏在墙角的砖头上。

祖父摊开巴掌,慢慢地靠过去。近些,再近些,好了,猛一发力,一巴掌扇过去,"啪"的一声,祖父的手掌麻麻的。翻掌一看,娘的,哪有什么蚊子?正在懊恼间,却突然觉得刚才被拍了一掌的那块砖与别的砖不大一样,移灯细看,砖是松动的。顺手将那砖拔出来,里面空无一物。祖父想,此砖甚为蹊跷,必有不为人所知的奥妙。于是伸手入洞,触到一个小布包,掏出来,打开:两只金灿灿的手镯。

天亮了,戏班要走了。祖父找来一人,问清了房屋的主人,就将那布包给那人，说是主人的。此事当时戏班的人并不知道。

"他们都说那对金镯子是我偷回了娘家。婆婆走了五年，我也背了五年的黑锅。若不是您，我这黑锅不知要背到什么时候！您不是我的恩人是什么？吃，吃，快吃，凉了吧？"

丁香抹一把眼泪，坐在祖父对面。

祖父问："当时就没找找？"

"找呀，怎么会没找？成文伯也来了，就坐在您这里。银发的堂兄弟也来了几个，帮着找，整个屋子都翻了个遍，唉！"

吃了那碗面线鸡蛋，祖父的肚子鼓了起来。天将暗，告辞了。丁香从屋里追了出来，塞给祖父一个袋子，说："我没有什么好东西送您，这是五斤薯粉……"

祖父说："好的，好的，我收下，但我不拿走，我将它送给小狗吃。这孩子很乖！"

祖父回到王氏祖祠，远远地就看到陈乌师傅手捏着那个大茶缸，蹲在祠堂大门口。

陈乌师傅一看到祖父的人影，就溜了。祖父只当没看见。一进门，就喊："陈乌哪里去了？他娘的，我的烟袋今天要打人了！"

"不要打，不要打，人给您带来了，买我个面子好不？"王成文带着陈乌师傅从后门进来。原来，到王氏祖祠有东西两条路，祖父走的是东路，王成文走的是西路。其实，王成文比祖父早一步到祠堂，恰巧遇到陈乌师傅从后门溜出去，陈乌师傅给他讲了原委，王成文听了哈哈大笑：没事，自家兄弟！就把他带进来了。

"哎呀，不知是成文兄来了，有失远迎！小弟正想找您点戏呢，您来了正好！"

"老朋友了，不用点了。我来是有事与您商量。"

王成文脸上的笑容消退净了。

陈乌师傅朝身边的人挥挥手,都走开了。

"此事难办呀,却又不得不办。您走南闯北,见多识广,就给我拿个主意吧!"王成文长长的白胡子颤抖着。

丁香的男人没了六七年了。金发的妻很坏,金发又常在外面跑,丁香的田只她一人种,日子过得很艰苦。王发根家穷,兄弟三人都没女人,他娘死时眼睛都没闭上。发根最小的弟弟今年也快四十了,人老实,常在天黑没人时偷偷帮丁香干活。丁香原先也不知道,稻割了,正愁着没力气犁田,第二天到田里一看,田不知谁给犁好了。后来才知道是他。

祖父听明白了,王成文要撮合两人,但又恐不合时宜,传出去,村里的名声不好。是件难办的事!

祖父点燃了烟袋。

一阵微风吹来,带着一股丁香的清香。

"这样吧,"祖父猛吸了一大口烟,"等这季稻子割了,让丁香回娘家住一阵子,到时,再让人去提亲,您看?"

"妙呀!妙呀!"王成文站起来,拉着祖父的手,"到我家吃饭!"

祖父跟王成文走了。"说说,那房子原是不住人的,丁香怎么又住进去了?"

"当初,我估计金发媳妇拿不到金镯子,会打那四间房子的主意,就故意说是凶宅,让丁香搬出来。等到金发媳妇自己也不要了,又分到一只镯子,才让丁香再住进去。简单呀!哈哈哈哈!"

第二天,戏班在三辆牛车上,沿着弯弯的溪岸,缓缓地向镇上去了。祖父半躺在车上,眯着眼,抽着烟。车架上,插满了傻花旦采来的丁香花,一路芬芳。村里响起一阵鞭炮声。祖父心想,这多像是丁香喜宴的炮声呀!

选自《福建文学》2011 年第 3 期

吹 猪

乔洪涛

1

姚小娟以前从来不和我说话,今天放学的时候突然冲我笑了。她笑得真好看。两个浅浅的小酒窝,里面像是盛满了蜜。我脑袋一下子晕晕乎乎的,我急忙凑上去,说,姚小娟,你真好看。姚小娟羞红了脸,说,乔红林,去你的。她虽然骂我"去你的",可是我并没有去你的,我笑嘻嘻地跟在她后面和她走在一块,她扎的小马尾辫一翘一翘的,上面还系着一个蝴蝶结。那蝴蝶起起落落,翩跹起舞,看得我眼花。我忍不住伸手去捉她的蝴蝶,姚小娟躲开了,说,去去去,乔红林,你别耍流氓。你再耍流氓我就不和你说话了。我只好止了手,向前一步和她并肩走着,我歪头看了看姚小娟说,姚小娟,你也觉得我是小流氓吗?姚小娟看了我一眼,停了一会儿,说,人家都说你爱耍流氓。我娘不让我搭理你。

我这人学习不好，我知道，在老师和同学眼里不是个好学生，因为我爱欺负小女孩，往她们书包里塞个毛毛虫什么的，看着把她们欺负哭了，我就会觉得很好玩。但是我觉得我并不是小流氓，像张夏伟和胡军才是小流氓呢。他们有一次把刘美美的裤子扒下来了，刘美美露出了白白的小屁股，还有一次，他俩把王小鱼的小鸡鸡给捏肿了，还不让他告诉老师和家长，他们才是小流氓呢。

姚小娟说我是小流氓，我挺伤心的。别人说我也就说了，我不在乎。可是姚小娟说我我挺难过，因为我喜欢姚小娟。我说，姚小娟，我很难受。我的眼睛红红的，想掉眼泪。姚小娟一看，又过来安慰我，她拍拍我的肩，说，乔红林，其实，你和那些小流氓还是不一样的。一听这话，我又马上高兴起来，说，那你说，有啥不一样？姚小娟说，反正不一样就是不一样呗。我笑嘻嘻地说，姚小娟，你是不是喜欢我？姚小娟急了，用小拳头在我身上乱砸，说，呸呸呸，乔红林，你说的什么话！丢死人了！她用拳头砸我，我浑身像过电一样舒服，我心里说，多砸几下，多砸几下。可姚小娟气呼呼地走了。她看来真生气了。

我急忙撵上她，说，姚小娟，对不起。姚小娟不说话。我说，姚小娟，你知道不，我还替你打过架呢。姚小娟斜着眼看了我一眼，说，吹牛。吹牛。我急了，说，真的。我发誓，不是真的让我变成一头猪。哼哼哼。我学着猪叫。姚小娟扑哧笑了。她说，我咋不知道呀？我说，你不知道。那一次，张夏伟和胡军扒了刘美美的裤子，还想扒你的裤子。他们一个说你的屁股一定比刘美美白，一个说你的屁股一定比刘美美黑。他们打赌，说要放学的时候扒你的裤子看看。两根棒棒糖呢。

姚小娟突然眼里含了泪，她哭着说，流氓，流氓。我说，姚小娟你别害怕，我警告他们了，谁要是敢扒你的裤子，我就揍他们。姚小娟哭着说，乔红林你打得过他们吗？我攥了拳头说，我会降龙十八掌，我两掌就把他们打趴下。姚小娟说,不信,不信,吹牛。我说,不信你看看。我真的学着郭靖练起了降龙十八掌。姚小娟不哭了,说,他们要是敢耍流氓,我就告诉我爹。姚小娟的爹姚春狗是个屠夫。虽然他并不赶集杀猪卖肉,但是平时里村上杀猪杀羊杀狗什么的都要他去杀,他好喝酒,杀完了猪羊,请他喝一顿酒,再送给他点猪羊下货就可以了。我听姚小娟要告诉他爹姚春狗,有些害怕,姚春狗打人可厉害得很。其实张夏伟和胡军没有扒姚小娟的裤子主要是害怕姚春狗,姚春狗喝了酒谁也敢打,常常在大街上把姚小娟的娘打得鬼哭狼嚎的。我急忙说,姚小娟你放心,不用告诉你爹,有我呢。杀鸡焉用牛刀!我刚学了一句话,今天就用上了。姚小娟其实也不想告诉她爹,就说,乔红林你真能保护我吗?我又拿了个姿势,说,嗨,那当然,黑虎掏心!姚小娟说,那我以后放学和你一块走行吗?我一听心里高兴坏了,我巴不得能和姚小娟一块走呢。但是我没有表现出来,我说,好吧。只要有我郭靖在,蓉妹妹你就放心吧。姚小娟笑了,说,还郭靖呢,臭美吧你。

我突然想起来一件事,说,姚小娟,下午去我们家看杀猪的吧。你爹要去给我们家杀猪啦。姚小娟好像早知道这件事,并没有惊讶,说,可是我得写作业呢。姚小娟是三好学生,作业做得最好。我说,今天才星期六,明天再写也来得及呀。姚小娟想了想,说,那好吧。我正想写一篇作文呢,就写《杀猪》吧。我也想起来我们老师布置的作文,让写一件有意义的事。亏得姚小娟提醒我,正愁着没的写呢,过年"杀猪"算是有意义的事吧?

其实,过年杀猪我娘不同意。我家已经好多年没有过年杀猪了。我娘主要是不舍得。我家里每年喂一头老黑猪,那猪都是我娘一把屎一把尿养大的。过年杀猪,那简直就是要我娘的命呀。原来都是年前把猪卖了，过年的时候去割肉吃。可是今年我爹说，割的肉都是喂饲料长的猪肉，不好吃，哪里有自己喂的猪肉好。再说了，乔红涛（我哥哥）今年相亲订了对象，年前要去女方家里送节礼，得一大块猪肉呢，那得花多少钱呢。花钱买猪肉，钱都让杀猪的赚去了，不如自己杀了，留下自己用的，剩下可以卖，最后还可以弄挂下水呢。好酒肴呢。我爹游说说。我娘犹豫了半天，最后也只好同意了。

昨天我爹就去找姚春狗，请他来我家杀猪。姚春狗自然愿意，昨天下午就要杀。可是我对我爹说，必须得星期六再杀，我放学好看看杀猪的。我爹说，你个臭小子。也好，还可以帮帮忙。就同意了。今天下午，我家就要杀猪了，我说，姚小娟，你别忘了来看呀。

2

费了好大劲，才把那头黑猪从圈里弄出来。我爹，姚春狗，还有张夏伟的爹张哼，胡军的爹胡三四个人都下手了。他们弄了绳子套在猪蹄子上，拴牢了，然后"嗨"的一声把猪放倒在地，我爹和姚春狗拿一条棒子穿过去，张哼和胡三用另一条棒子穿过去，四个人喊一声"起"，就把那黑猪歪歪斜斜地弄出了猪圈，抬到了我家前面的场子上。我慌里慌张地帮着拿绳子，垫凳子，张夏伟和胡军也来看热闹，黑猪拼命地叫唤着，他们两个小流氓兴奋地嗷嗷地叫着。真是小流氓！姚小娟也来了，我看见她远远地躲着，还用戴了花手套的手捂住了耳朵。

我操，得有三百多斤吧！姚春狗说，吐掉了嘴里的烟。

叫我看，四百斤也有。累死我了！张哼喘着气，好像刚和张夏伟的娘干了一仗似的。

乔月亮，你要发大财了！胡三点着一支烟，搓着手上的猪粪说。

你们谁也别走,谁也不能走,晚上咱喝酒。我爹乔月亮高兴地说,一边给他们递烟。

我娘躲在旁边的锅灶旁烧热水,她都烧了满满的三大锅了。每烧好了一锅,我爷爷就挑过去倒进那个大铁盆子里,那个大铁盆子真大,是姚春狗家的,专门用来烫猪褪猪毛的。我娘一边烧水,一边抹眼泪,她中午还特意弄了一盆好饭给黑猪吃,她看着黑猪呱啦呱啦地吃着,就开始掉眼泪了。这一折腾,黑猪吃的好饭都变成了猪粪,拉了一院子,弄得我爹他们一手猪粪。

熊娘们,不让你再喂,不让你再喂,你不听,你看看,你看看,白瞎了粮食!这又不是去收购站祟猪!我爹说。

不是你喂大的,你不心疼!我娘带着哭腔说。

红林,把猪粪扫扫。姚春狗说。我去拿扫帚。张夏伟却抢过去帮我用铁锨铲了。这小子。我知道,他巴结我是想弄根猪尾巴吃。张夏伟就这点儿出息。他从小嘴角不好,整天流涎水,哩哩啦啦的。我们村上的中医说,他得吃九十九条猪尾巴才能好。所以,不管谁家杀猪,张哼就带着张夏伟去帮忙,大家都把猪尾巴送给他。据说,这几年他已经吃了九十五根了。胡军也过来帮忙,又是拿盆子又是递刀子的,我知道,他巴结我是想弄个猪尿泡。猪尿泡吹大了可以当气球玩,他早就给我说了,要我把猪尿泡留给他。他冲我嘿嘿笑笑,我故意装作没看见,不理他。我看看姚小娟,姚小娟正帮我娘烧锅呢。我娘很喜欢姚小娟,她经常教育我说,你看看人家姚小娟,长得又俊,学习又好,你再看看你,你干什么是块料呀!每次我娘说我的时候,她都拿姚小娟做比较,我说,娘呀,你是不是相中姚小娟了?要不我娶她当媳妇儿吧?我娘就拿了火棍打我,说,你烧了高香!

姚小娟和我娘说着话儿,我娘嘿嘿地笑起来。远远看去,她两个还真像婆媳俩。我心里美滋滋的。想,要是我娶了姚小娟就好了。可是我知道,那简直是癞蛤蟆想吃天鹅肉。我早在心里想好了,等杀了猪,熬完了骨头,我就把八块猪腿关节用红颜料绿颜料染了送给姚小娟。猪腿上每条腿两块,一共有八块关节骨,女孩子们都喜欢要。她们把那些骨头染成红色的绿色的,玩一种小游戏。这种游戏姚小娟玩得最好。

拿盆子来!撒点儿盐!屠夫姚春狗说。

我知道要杀猪了。急忙去拿盆子,我爷爷早准备好了,我把盆子拿过去,放到猪脖子下面。黑猪放到了门板上,门板架在两根板凳上。

滚远点儿,小兔崽子。姚春狗说,弄你一身血!

我急忙退了几步,心扑通扑通跳起来。我娘闭上了眼,把姚小娟搂在怀里,嘿嘿,两个傻女人真够傻的。我爹兴奋地了不得,说,猪,猪,你别怪,今天杀你一道菜……

一刀子捅进去,血就顺着刀子涌出来。等抽了刀子,那血就像喷泉,滋滋地向外喷。姚春狗跪在猪脖子上,狠狠地摁住猪,我爹还有张哼和胡三在后面摁住猪腿,以防止猪乱蹬乱踹。猪拼命地叫着,脖子里的血随着猪的叫声,一股子一股子地往外出。快了,快了,快放完了。姚春狗溅了一脸血,成了个大花脸。我拽拽姚小娟,姚小娟冲我说,恶心死了,我爹。我摸摸她的小尾巴,说,你爹成唱戏的了。说完,我们都呵呵地笑起来。我娘却哭了。

放完了猪血,姚春狗把外衣都扒了。接下来,要趁热摧猪,用钎子捅猪,然后就是吹猪了。先用木锤子砸一砸,使猪身上的肉皮破裂,然后,用铁钎子在猪身上捅一遍,让肉和皮分离,接下来,就要抱住猪腿,从猪腿的豁口上往里吹气,直到把一个疲沓下来的猪吹成一个大圆球。然后用绳子扎住口子,就把猪扔进大铁盆里用热水烫。烫一会儿，再用铁刮子去刮猪毛。铁刮子能不能刮干净，能不能把猪毛和黑脏皮刮下来，吹猪吹得好坏是关键。如果吹得足，鼓得好，就能刮得干净。

我尿了一次，姚春狗已经开始吹猪了。他在后猪腿内侧用刀子开了一个口子，用铁钎子伸进去捅了一阵子，说，好了，吹吧。就光了膀子，趴在猪腿上吹了起来。他个子矮，却是个胖子，头大嘴大，肺活量也大。他深吸一口气，噗地就吹进去；然后，再吸一口气，再吹。一会儿他就满头冒汗，脸也涨得通红。开始的时候，猪一点儿也不见动静，过了好大一会儿，才看见猪慢慢肥起来，胖起来，先是猪肚子鼓胀起来，接着是猪腿也肥硕起来。我真想吹吹，可是我爹说，这吹猪有技巧，不能乱吹，别人都插不上手。否则的话，吹进去的气就都跑出来了，弄不好还会伤人。我爹去忙别的去了，就剩下我和张夏伟还有胡军看着姚春狗吹猪。姚春狗满头大汗，他抬起头来看看，对我喊，乔红林，过来，过来，帮我摁住猪腿，我撒泡尿去。妈的，憋死我了。我一听，这可是个光荣活儿，急忙过去帮他摁住猪腿。他站起来，揉揉酸痛的腰身，说，摁住了，别撒了气，小兔崽子。我说，摁住了。他说，我尿泡尿，你别乱动呀。我说，你去吧，我知道了。

我使劲攥住猪腿，生怕里面的气跑出来了。一会儿，我的手脖子就酸了。张夏伟要替我，我说，去去去。姚小娟也过来，在旁边看，她说，乔红林，你累不累呀？我咬了牙说，不累。姚小娟说，那你能不能吹猪呀？看着姚小娟问我，我突然来了本事，我说，这还不简单，我也可以吹猪。不信你看看，我的肺活量大着呢。

为了逞能，我把嘴堵在我攥紧的刀口子上，深吸一口气，使劲往里吹去。真结实！我用足了吃奶的劲，才吐进去一点点，我脸憋得通红。我得换口气。一张嘴，突然，扑哧一下，从猪腿里喷出来一股子腥气直冲我的嘴里，我防备不及，一张喉咙，那股子气直直地喷进了我的肺里。"啊！"一声惨叫，我松了手，觉得肺里火烧火燎的，疼得厉害。

姚春狗和我爹听见我的叫声，一步跨了过来，红林，红林，怎么了？我头晕乎乎的，使劲咳嗽着，躺在地上，没有了知觉。出大事了！后来，我听说，我好半天才醒过来，醒过来就不停地咳嗽，都把血咳嗽出来了。我娘吓坏了，哭起来，一边哭还一边骂我爹，说，杀猪杀猪，就是你要杀猪，你这是杀人呀！

我爹也吓坏了，急忙去请我们村上的老中医。老中医扒了我的眼皮看了，又给我摸脉，最后说，这是让气给呛了。没大问题，没大问题。回去休息休息看看。

听说没大问题，才都放了心。姚春狗说，唉，你说我撒的哪门子尿呀！姚小娟吓哭了，呜呜地哭。我有些心疼，我说，别哭，别哭，我还没死呢。我想开个玩笑，可是我躺在床上，不停地咳嗽，连玩笑也开不成了。

乔红林的肺烂了，得补肺。我爷爷说。吃啥补啥。姚春狗又重新把猪吹起来，然后刮了猪毛，把猪掉在树干上开膛破肚，割了猪肉，先留下了一大块好肉，其他的都分着卖了。我爷爷在那里翻猪肠子，他干些零碎活，他说，猪肠子得洗干净又不能太干净，不干净了有屎，太干净了就不香了。那天晚上，他们在堂屋里炖了下货喝酒，我在里间床上不停地咳嗽给他们伴奏。我娘使劲炖了猪肺，端了猪肺汤给我喝，我其实不喜欢喝猪肺汤，但是捏着鼻子喝了一些，又都咳嗽出来了。后来，半夜吧，他们都走了。姚春狗拿了一挂猪肝；张哼给张夏伟拿了一条猪尾巴；至于猪尿泡，据说是弄烂了，胡军没有要成。我说，猪关节骨别扔了，给姚小娟留着。我娘说，好好歇你的吧，还想着她,要不是她,你也弄不成这样!

我哼哼着说,和姚小娟没关系。我自己吹的。

我娘说,哼!我还不知道你!就知道逞能!

3

本来以为休息一下就会好起来,可是到了半夜我突然发烧。低烧。浑身疼痛,不舒服。我娘吓坏了,喊起喝醉的我爹来,说,快起来,快起来,红林烧迷糊了。我迷迷糊糊地嘟囔着,吹猪,吹猪。我爹也醒了酒,问我感觉啥样?我还是继续咳嗽,咳出了不少血。

不行,得去医院。我娘果断地说。

天明了再说吧,半夜三更地怎么去医院?我爹醉眼蒙眬。

不行,现在就去。你起不起?我娘命令我爹,掀开了他的被子。

我爹只好起床,懒洋洋地穿裤子。中医三叔说了,休息休息就没事,问题不大。

问题多大是大?你就相信那个死老头子的,他看病死了多少人啦?!我娘喊。

好了,好了,那就去医院。我爹穿上了衣服,找鞋,我的鞋呢?我的鞋呢?

到了县医院一检查,大夫把我爹和我娘臭熊了一顿,说,你们怎么当父母的?还要不要这孩子!肺都烂了!住院吧!

我娘哭起来,我爹坐在那里直叹气。我娘问,大夫,还能看好吗?还能看好吗?大夫不给个好脸,说,看他的造化!那有没有后遗症?有没有后遗症?大夫不搭理她,关门走了。我娘又哭起来。把我爹哭烦了,我爹一摔帽子,说,我找姚春狗去,让他看着办!

我娘说，对，你得去找他，去找他。让他杀个猪，他给把个孩子弄成这样子。不找他找谁？我爹说，治好了他拿住院费，治不好他赔我儿子！我娘说，那你快去，快去吧。

一直住了半个月院，过年也是在医院里过的，这半个月姚春狗和我爹我娘轮流在医院里陪着我。这让我怪不好意思的。本来是我自己逞能，还连累着姚春狗在这里伺候我。姚春狗耷拉着个脑袋，像是做错了事的学生。倒霉。倒霉。他嘟囔。姚小娟和她娘也来看过我两次，每次都带着好吃的给我，可我还是不断地咳嗽，吃不下去。姚小娟就哭起来，又不敢放声，一屈一疙瘩地，梨花带雨地，泪珠儿挂在她的小脸上，她真美。她拿了寒假作业来指导着我做作业。她一来我就咳嗽轻多了。姚小娟看着作业给我讲解，我就看着她，她真好看。我说，姚小娟，你的蝴蝶结呢？姚小娟下次来就把蝴蝶结给扎上了，大红的，鲜艳欲滴，真像一只蝴蝶。我伸手去摸她的蝴蝶结，她这次没有骂我耍流氓，只是羞红了脸。我说，姚小娟，那些猪骨头关节我娘给你了吗？姚小娟点点头。我说……姚小娟说，乔红林，求求你别说话了，你还咳嗽着，得注意休息。我点点头，有些感动。她给我讲作业，我不说话，只是听。我看着她，她的眼睛真漂亮，明亮亮，带着泪水儿；她的嘴唇真红，牙齿真白，舌头是粉红色的，真香；她的小鼻子翘翘的，上面还有两个小雀斑，真美；她的脖子长长的，白白的，嫩嫩的，泛着青光，真想摸一摸。

姚小娟知道我看她，脸红红的，说，乔红林，你老实点好不好。

我爹和姚春狗出去吃饭了，回来的时候捎回来五个热腾腾的猪肉大蒸包，我和姚小娟一个人分吃了二个。第五个我让姚小娟吃，姚小娟让我吃。我爹和姚春狗看来喝了点酒，两个人说说笑笑的，都有点兴奋。看着我和姚小娟推让吃蒸包，我爹说，姚小娟，你长大了给我们红林做媳妇儿行不行？姚小娟的脸腾地更红了。我爹和姚春狗呵呵地笑起来。姚春狗说，乔红林，你喜欢我们家姚小娟吗？我吭哧半天，说，小娟真好看。姚春狗哈哈地笑起来。

后来，半夜里醒来，我听见我爹和姚春狗说悄悄话。我爹说，你说了可要算话呀。姚春狗说，乔月亮，你还不了解我是什么人。我爹说，小娟他娘同意吗？姚春狗说，她不同意也得同意。我爹说，姚春狗你别多想，我是看着两个孩子好我才说的，你别觉得是我强迫你。姚春狗说，你看你，说的啥话。我看咱红林也不孬。我爹说，那就这么定了？姚春狗说，定了。再过几年，高中毕业了，就让他们结婚，又不出村，嫁在自己跟前，我更喜欢。我爹说，还是你想得全面。我儿子学习也一般，也肯定考不上大学。你闺女学习不错呀，咱不扯她后腿吧？姚春狗说，都成亲了，还上什么大学？她也不是那块料，咱祖坟上就没有冒过青烟。

我心里扑通扑通跳个不停，我听出来了。我爹这是要给我和姚小娟订娃娃亲。其实，也算不得娃娃亲了，我都十三岁了，姚小娟也十三岁了。

昨天我娘在这里的时候，我就听见我爹对我娘说，我告诉姚春狗了，要是我儿子有个三长两短，我就去法院告你去。姚春狗吓坏了，说，这病能治好吧？我说，治好了就怕有后遗症，到时候我儿子娶不上媳妇就上你家赖着去。姚春狗吓坏了。过了半天，姚春狗说，要不，让我们家小娟嫁给红林？我当时一愣，又一想，这是好事呀，这办法不错。再说了，姚小娟这孩子我也挺相中的。但是我还没答应，我说得回来和你商量商量。

我娘说，你瞎扯啥你！

我爹说，你想想，你想想，不是瞎扯。

我娘开始还不大情愿，说，小娟这孩子是不错，可是我看不中姚春狗这个亲家。这事再说吧。

昨天我迷迷糊糊听我爹和我娘商量，我也没当回事，没想到今天我爹和姚春狗就把这事给定下来了。我太高兴了，我太愿意了。

我真想喊一声，我喜欢姚小娟。

可是我没有，我装作睡着了，我一夜没有咳嗽，睡得很好，还做了梦。

第二天，我说，我好了，咱们出院吧。

我爹说，你不咳嗽了？我说，我不咳嗽了。我爹说，那就出院。

4

原来的时候，放学总想和姚小娟一起走，没想到和她定了亲，却不好意思和她一起走了。看见她，总想躲得远远的。张夏伟和胡军见了我就笑话我，见到姚小娟就冲着她喊"新媳妇"，每次都弄得姚小娟脸蛋红红的。姚小娟放了学总是匆匆地跑掉。后来，姚小娟就和刘美美一起走，刘美美不笑话她，刘美美和她越来越好了。

出院之后，我的肺病好了一些。屠夫姚春狗每次给别人杀猪，其他的不要了，总要一挂猪肺，杀完了就给我家提来，让我娘给我炖肺汤喝。给姑爷治肺。姚春狗总是这样说。我都不好意思了，每次他来我家，我就跑出去躲得远远的。那一个春天，我喝了不下十几头猪的猪肺汤。后来，我一闻到猪肺味就难受呕吐，直到现在，我也不吃猪肺，不仅不吃猪肺，任何动物的肺我也不敢染指了。我爹从那也就不再提让姚春狗赔我肺的话了，他们两个成了好朋友，经常在一起喝得醉醺醺的。喝醉了酒，他经常回家打姚小娟的母亲，我爹则跟着学会了打我娘。这两个醉鬼，越来越操蛋了。

升到了初中，我们都在乡镇中学读书，住校。我在一班，姚小娟在三班。平时我们谁也不搭理谁，只是偶尔的时候，姚小娟会悄悄把我喊出去塞给我一个鸡蛋，送给我几张饭票什么的。姚小娟吃饭少，我的饭量渐增，她就把省下来的饭票送给了我。我觉得不好意思，每次都扭扭捏捏的，姚小娟也不说话，塞给我就走。后来，姚小娟是我未婚妻的事让胡军说出去了，弄得全校风雨大作，成了笑话。连老师见了我也笑眯眯地不怀好意地问我姚小娟是我什么人，我都快羞死了。那之后，我和姚小娟见面就更少了，她再塞给我饭票我一律不要了，我说，姚小娟，请你以后不要再来找我了。

我听刘美美说，姚小娟那天晚上哭了一夜，甚至连退学的念头都有了。我知道后难过了半天，又不好意思向她道歉，就给她写了个纸条，说对不起。姚小娟从那以后见到我就只是笑笑，两个小酒窝盛满了忧伤。姚小娟越长越漂亮了，她的身高蹿出来一大截，和我差不多高。她的腿长起来，腰细起来，胸却压抑不住地鼓起来。有不少男生给她写信，每收到信她就让刘美美转给我，我看了自然是火冒三丈，找张夏伟和胡军把男生痛扁一顿或者恐吓一顿，后来，就没有男生敢给她写信了。

开始的时候，姚小娟学习一直名列前茅，我那时候在班里属于中下游。我就觉得压力很大，老是觉得姚小娟看不上我，她只是在可怜我，或者说我肺坏之后她在回报我。于是我发奋读书，常常学习到深夜，结果初一结束的期末考试，我考取了班级第三名的好成绩，姚小娟却下滑到班级十几名。之后我的成绩一步步提升，最后初中毕业时终于考取了全校第二名的好成绩，上了县城一中。姚小娟初中毕业没有考上一中，她的分数只到了委培线，需要教一大笔钱才可以上高中。

姚春狗说，算了，算了，一个女孩子家，读什么高中，读了也上不了大学！再说，已经有了婆家，我哪里有好多钱供你？姚小娟就退学了。

姚小娟退学之后，姚春狗也曾经鼓动我爹让我退学。有一次，我爹也说，乔红林，你干脆退学算了，退学了快点和姚小娟结婚，我也好早早地抱孙子。可是我娘不愿意，我娘说，你做爹的说的什么屁话，咱红林还得考大学呢。我娘平时很怕我爹，可就是在我的事上她敢和我爹顶嘴。我爹最终还是没让我退学，因为在一中读书的三年，我不仅肺病彻底好了，不咳嗽了，而且年年给他拿回一摞奖状回来。

我在外读书，姚小娟常来我家帮忙，帮我娘洗洗衣服做做饭什么的，俨然已经是我家的儿媳妇了。姚小娟长成了大姑娘，村里的人都眼馋得厉害，我爹就越发高兴。可是我却觉得自己离姚小娟越来越远。在班里看惯了那些女同学，回家见到姚小娟总没有话说。姚小娟漂亮是漂亮，可是觉得有些太土了。城里的女孩子都穿高跟鞋了，姚小娟还穿着布鞋；城里的女孩子都穿裙子了，可是姚小娟却一年四季是长裤子。但是我不敢看姚小娟的眼睛，那眼睛水汪汪的，纯纯的，真真的，又仿佛满含了哀怨，我不敢看，我害怕一看就把我吸进去了，再钻不出来。

拿到大学录取通知书的那天，我爹请来了村上的人来喝酒，姚春狗也来了。那天，姚春狗和我爹一样高兴，都喝醉了。但是那天，他们都没有打老婆。

姚春狗说，乔月亮，红林出息了，我脸上也光彩呀，怎么说也是我的姑爷。

我爹说，那可不，那是。

姚春狗说，要不趁着还没开学，咱让他两个把婚结了吧？

什么？我爹说，结婚？我爹一拍大腿，说，好，结婚，结婚。

我娘却不愿意，我也不愿意。

我一听就急了，我说，结了婚学校里就不要我了。人家还是个学生哩！

我爹一听也明白过来，说，对呀，学生不能结婚。

姚春狗说，不结婚你要是不要小娟了咋办？

我心里一沉，不说话。

我爹说，那不能，这都定了亲了，做了多年的亲家了。

姚春狗说，外面是个花花世界，说不准呢。

我娘说，咱不是那样的人。

姚春狗说，乔红林，你是不是陈世美？

我生气了，说，你才是陈世美呢！

他们都哈哈大笑起来，说，不是就好，不是就好，就要你这一句话呢。

去上大学前那天晚上，刘美美来找我，悄悄告诉我姚小娟在村头的桥底下等我。我也正想和姚小娟告别一下呢，就连饭也没吃就出去了。

天擦黑，老远我就看见桥底下有个人影。我过去喊了一声：姚小娟。

乔红林。我听见姚小娟的一声颤巍巍的哭腔。

我下去，还没有走近，姚小娟就扑过来，一下子扑到我怀里哭起来。她不敢放声，嘤嘤嘤嘤地抽泣，越哭越屈。我没有防备，一屁股坐在地上，姚小娟就倒在了我怀里……

我哭了。她也哭了。

我没敢。

她说我愿意。

我说，不，等我回来娶你。

她就再不说话，在我肩膀上狠狠咬了一口，趴在我怀里哭。

第二天，我走得很早，村上的人都还没有起床，我就坐车走了。

这一走，就是四年。

这一晃就是十几年。

中间有几次回来过，都是急匆匆逃犯似的，我没有再敢见姚小娟。

后来，听说，姚小娟嫁给了张夏伟。张夏伟一直就暗恋姚小娟。刘美美则嫁给了胡军。胡军后来还和张夏伟干了一架，据说因为小时候张夏伟扒过刘美美的裤子。

我在大学留校任教，也结了婚，她不美，但是是大学校长的女儿，我因此得以留校。后来不到三年，我们就离婚了，我一直单身到现在，因为我不想再结婚了。

后来，我就常常想姚小娟，想我要是和她结婚会不会离婚，会怎么样？我常常想起她，不知道她和张夏伟过得好么，但我知道，我的咳嗽病又犯了，一到冬天我就不断地咳嗽。

看来，我的肺的确是坏了。

选自《时代文学》2012年第2期

黑镜分身术

陈崇正

第一季：黑镜分身术

我们都倾向于相信矮弟姥是不死的。即使在她死去好几年以后，我的朋友都不止一次宣称在村子的某些角落仿佛望见她，但谁都没有再见到她了，连同她的黑镜分身术。

半步村向来盛产巫婆，她们代表了各种不同的神明，分管各种仪式，比如婚丧有别，仪式程序也由不同的巫婆负责。要结婚，得去问观音娘，她满面喜气，会帮你掐算好良辰吉日，画好符咒，配好红花仙草（即石榴花和菝草），交代好新娘进门的各种诗词口诀。而如果是阴宅问鬼之事，则一般找盲婆婆，她能很好地解释一切异象，告诉你前因后果，比如你家中住着几个鬼，分别有什么来历，何处沾惹了它们，又如何夹带回家，应该用什么方法破解，乃至焚香的次序，桃木剑的摆放方位，无不十分详尽有效。

但只有矮弟姥是全能的神。她在柚园东北角靠近茅厕的那间阴暗的屋子里住着。每逢农历初一十五,她的哑巴儿子——哑叔在门口收钱,有所求的人交了钱,掀开帘子走进去,在一片黑暗中用或激昂或低沉的语气叙述着发生在自己身上的悲喜,然后带着矮弟姥的破解之法欢天喜地离开黑屋子。

我爷爷以前的房子和她相邻,只隔着一棵被雷劈过的老榕树。我爷爷当过兵,捕过鱼,卖过牛腩汤,外表彬彬有礼,内心十分傲慢,他难得对另一个老人表现出敬畏。这不仅因为矮弟姥每次都能准确说出各种奇怪的植物的名字(有时我怀疑她也是随口瞎说),还因为她十分灵验的咒语。我爷爷常常被当年战场上的鬼魂所苦,时常会觉得双脚被什么东西抓住,动弹不得,但每次矮弟姥从门口进来,屋内弥漫着煤油灯散发出的那股刺鼻气味,她端坐在椅子上,念念有词,片刻之后,我爷爷的双脚就能缓过劲来,渐渐复苏。

根据我爷爷的描述,矮弟姥代表着四皇爷(至今我都不知道这是什么样一位神灵),能手鞭邪神,脚踩恶鬼,无所畏惧。也就是说,平时的矮弟姥是个女的,一旦她神灵附体,她的声音开始变粗,喉音很重,不知所云,双眼似闭非闭藏在她鼻梁上那架黑色圆形镜片的眼镜后面。然后她的头慢慢低下去,直至从眼镜的上缘露出她圆鼓鼓的眼睛,直勾勾地看着我们,这时,她开始说话,出口成章,全是对仗的诗句。

据说矮弟姥并不识字,人们无从知道她口中句句押韵的诗句从何而来。我爷爷说,矮弟姥之所以如此厉害,皆因她当年死过一次。"文革"刚开始,她地主出身的丈夫矮弟吞金而死,人们迁怒于矮弟姥("黄金交出来!"),将她拉到碧河边上去枪毙,一枪打倒,第二天,矮弟姥居然满脸是血从河边走回家。这一枪没有打死她,反而成就了她,让她这样一个地主婆顺理成章成为碧河一带声名显赫的巫婆。那个年代大伙都穷，巫婆还不足以成为一个谋生的职业，矮弟姥还必须和儿子一起下地种番薯，日子非常艰难。有一阵子番薯收成不好，她还跟着且帮主出海捕鱼，但不久船帮就散伙，矮弟姥索性在外面跑了一圈才回来，有人说她去了峨眉山，有人说她去了武当山，但也有人说她其实哪儿也没去，就躲在附近的木宜寺里修行。总之，回来之后，矮弟姥就是我们村最厉害的巫婆。

我八岁那年生了大病，浑浑噩噩在床上发着高烧。赤脚医生来过，羚羊角煮水，味道极苦的中草药以及各种颜色的药粉都吃过一遍，体温仍然不见下降。我眼中的世界一片白雾茫茫，只见屋梁上挂着的那个竹篮子无端在空中旋转。这是我的幻觉，但它就像梦境一样真实。矮弟姥在我爷爷虔诚的邀请之下来到我们家里，她口称神灵法号，焚香三拜，才在我身边坐下，伸手揭开我身上厚厚的棉被，将我的上衣脱下，让我像死鱼一样翻转身体，赤裸着上身趴在床上。她让我爷爷端来一盆温水，取出随身的玉佩，一边用温水打湿我的背部，一边用玉器刮擦我后背脊椎骨的两侧。一直到我背上像有两条热辣辣的火蛇在游动，在互相撕咬，矮弟姥的双手才慢慢停息下来。

"生姜煮水，喝两碗。"她就这样对我爷爷说。从她的口气里，我爷爷明白问题已经不大，激动得泪都快掉下来了，他口中一直在说着我早死的父母，以及我自出生以来所经受的种种不幸。我在床上呼呼大睡一觉，第二天醒来果然高烧退去，活了下来。我爷爷说这场高烧差不多把我烧傻了，起床时居然一口气吃了三大碗粥，于是叫我傻正。村里人都对我爷爷说，傻正好几次大难不死，以前溺水有人把他捞起来，前年没被牛踩死，现在发烧没死，必有后福，你就等着享福吧。

此后大概一年时间，我按我爷爷的吩咐，在深夜里给邻居矮弟姥送茶。这是我爷爷每天必喝的夜茶，但他总是将第一泡茶，冲在一个白色的瓷杯里，让我小心翼翼送到矮弟姥家，顺便将昨夜的那个白瓷杯取回。两个白色瓷杯就这样轮换着，小巷静谧，没有月光的晚上黑暗那么纯粹，只听得到风吹榕树发出簌簌的落叶之声。我在黑暗之中手端茶杯，摸索前进，好几次被溢出的热茶烫痛手指，却不敢丢掉茶杯。这一年之中我摔坏了三个白色瓷杯，爱惜瓷器的爷爷没有像以往一样骂我，而是十分平静地让我到灶台上再取一个杯子，又倒了一杯热茶送去。

"她救了你的命。"每次我表现出不耐烦，我爷爷总是这么说。

矮弟姥从来不拒绝别人的谢意。"来了啊——辛苦你啊孩子——"她每晚都是这两句话，没有更多的台词。她总是用食指的第二指节敲了敲木桌子，让我将茶杯放在桌子上。其实她不说话也可以，她不敲桌子也可以，但她总是这么重复着，仿佛这样的言语动作在每一个晚上都是新的。

她有时会将茶杯端起来，象征性地用抖动的嘴唇呷上一口，眼睛里什么都没有；有时候则一动不动盘膝端坐床头，双眼紧闭；有时候还喃喃自语，仿佛同时在和很多个自己说话。只有一次，她让我过去，一手轻轻拉过我的小手看我的手相，另一只手抚摸着我的头顶。也许是由于害怕，我的头盖骨有一种酥麻的感觉，仿佛就要被融化了。她夸了我一通，说我聪明，然后让我注意十二岁时候的劫难。那时我觉得怎么可能有什么劫难，一点都预料不到我十二岁时会死了爷爷。

"一个人死了，他不是真的死了，他会在另一个世界活着；一个人不完美，他也不是真的不完美，另一个世界里，他依然是完美的。"这是我听她对我说过的最长的话。

如果不是哑叔的死，村里永远没有人知道什么是黑镜分身术。这种介乎生与死的神奇巫术，向来只存在于月眉谷木宜寺相关的一些传说里。也有人说曾经在年久失修的停顿客栈之中见过分身术，但终究没有人亲眼看过，或者说，不会有这么多人同时亲眼见证了这样一个历史时刻。

哑叔在我印象中，是个瘦高个儿。后来也有人说他其实并没有那么高，只是因为我太小而已。他总是穿着一件浅蓝色的衬衫，卷着衣袖却并不扣上纽扣，露出里面白色背心和褐色皮带。至于裤子，经常歪歪扭扭，沾满了泥土。我们并不知道哑叔多大年纪，但他总是满脸胡楂，让人感觉他已经五六十岁了。他没有结婚，有人说他可能不喜欢女人。但他又聋又哑，性格古怪，便又让人感觉他不可能有女人喜欢。逢年过节，哑叔就会在矮弟姥门口摆一张小桌子负责收钱。而平常的日子，那张小桌子上就放着一个红色塑料桶，有所求的人总会自觉往里头放进香火钱，多少随意，不给也行，从来没有人过问。

哑叔死了。死的时候像一只青蛙到处乱跳，大家都说中邪了，也有人说矮弟姥惹麻烦了，殃及子孙。村里的说法是，凡是惊动鬼神之人，多少得付出点代价，要么残废，要么早夭，要么断子绝孙。

那天哑叔到地里栽种番薯苗，天气热，他到水坑里去喝水。水坑里流淌的清泉，看起来十分亲切；而哑叔的动作，同之前他做过千百次的一样：弯腰、掬水、低头喝水。但这次不同的是，肚子痛，且奇痛无比。哑叔弯着腰回家，刚到家门口他差不多就成了一只蛤蟆，四脚着地，肚子却拱了起来。哑叔嘴巴里只发出吱吱呀呀令人惊怖不安的声音，但却不知道是什么意思。

矮弟姥在儿子的背上接连贴了三道灵符，又喂了自制的草药，却一点都无法改变儿子变成死青蛙的命运。只见哑叔的脸慢慢变成青绿色，眼睛外凸，冷汗直冒，大口喘气。矮弟姥慌了，她用颤抖的手点燃了三炷香，烧了一道符放在水里，手捏剑诀，口含三口清水喷在哑叔身上。人们很少见到矮弟姥家门口有这么大动静，门口榕树下高高低低围了不少人，大家都不敢出声。一番折腾之后，大家没有如预料中那样看到哑叔站起来，却见他蔫下去，脸色慢慢变得苍白，忽然他抬头，对着自己的母亲摇了摇头，又摇了摇头。

"找上门了！找上门了！找上门了……"她喃喃地说，把门帘拉上了。

究竟是什么找上门了，矮弟姥没有说。她将奄奄一息的哑叔抱进黑屋子里去，屋里的煤油灯亮了起来，人们都发出一声叹息，爱看热闹的人陆续离去，只有住在附近的一些人还在窗口、阳台或大树下远远观望。

就是那天下午，很多人看到三个哑叔从漆黑的屋子里跑出来，排着队扑死在门口。屋内传出矮弟姥抽泣的声音。我爷爷壮着胆子掀开帘子，只见屋内一灯如豆，屋子中央放着一把折叠椅和一面大镜子。矮弟姥瘫坐在地板上，背靠着乌黑的大床，呜呜地哭着。

门口躺着三个哑叔！脸朝下，但体型衣饰都一样。

矮弟姥想将濒死的哑叔一分为三来挽救他的性命，这样的做法显然被证明是失效的。就像一个萝卜，如果有一个地方是坏的，我们可以把这个地方削掉，其他地方还是可以吃的。而此时重病的哑叔，他的寿命已经无法一分为三。

"分身术！"人群中有人窃窃私语，这个词像鬼魅一样传遍了半步村。

分身术是最后的一股大风，将哑叔的魂魄吹散了。当天夜里，我爷爷将三个哑叔运到栖霞山上掩埋。我跟在他后面推车子，他说，三个哑叔年龄不同，一个年轻一些，一个年老一些，只有一个与刚去世的哑叔年龄相仿。我爷爷清楚矮弟姥的心思，大概她很想救活其中一个，但终究无力回天。

过了头七的那天早上，天色微明，矮弟姥敲开了我爷爷的门。我爷爷开门时睡眼惺忪，歪着脖子看着这个丧子之人，像是在等待她的指令。矮弟姥没有说话，她穿着以往的那件蓝色衫，纽扣斜斜扣在右肩上。在彼此沉默的这段时间里，我爷爷渐渐清醒，他看到她背着行囊，拄着拐杖，看情形是准备远行。矮弟姥开口说话，她先是感谢爷爷多年来对她的帮助，接着说了一些好人平安之类的话，最后才交给他三张符咒，吩咐在我十二岁的时候将三张符咒一起贴在门上。

四周又静默下来，矮弟姥站了一会儿，准备转身离开，我爷爷才叫住她："要不，你把孩子带走，传些道行？"我爷爷回望了我一眼，眼中充满忧伤和犹豫。

"老了，带不动。"矮弟姥头也不回地走了，这一走就是十年。

这十年中刮过三次大风，碧河的水有两次漫过了堤岸，雷劈掉了村口那棵大榕树，高速公路穿村而过毁掉了郑家的祖坟，半步村开始有了一些不剪头发的发廊，破爷的木材厂着了大火，木宜寺的千手观音塔楼倒塌了下来……这些都没有留给我多么深刻的印象，唯有那场雨。那场大雨像天漏般倾注，把爷爷家二楼的屋顶淋塌了。人没有被砸到，唯一的损失是矮弟姥留下的那三道符咒，被大雨打湿泡软成为一团纸饼。

爷爷花了一个下午的时间试图重新拼贴那三道符咒，但它们已经面目模糊。这让我爷爷在很长一段时间里失魂落魄。那几个月半步村小学在重建，我和爷爷路过工地，看管工地的老头是爷爷的老战友，我们被叫进竹棚去喝一杯茶。我们从竹棚告别出来的时候，没有早一步没有迟一步，正好一个巨大的升降梯砸了下来，将竹棚砸个稀烂。

看工地的老头死了,我的脚从此也瘸了。爷爷虽只是被一支竹篙打中了腰,伤得没我重,但他目睹老战友被砸成肉酱,又勾起了许多战场上的回忆,爷爷大病一场。在病中,他总被鬼魂所纠缠而大喊大叫,几天之后就说不出话来,终究在我十二岁那年的冬天去世了。村里的老人院出面与施工方交涉,施工方到我家里来看了两次,见我孤苦无依,被钢筋洞穿的右腿肿胀未消。眼看我书是读不成了,便让人将半步村小学旁边原来的那猪圈改造了一下,弄成一间店面。但这么小的店面能做什么呢?大家都出主意,但都说不好。我只能开始风餐露宿捡些垃圾废品维持生计,所以那里天然成为一个废品收购站;两年之后,我又将爷爷的牛腩汤锅搬进去,自此以卖牛腩汤为生。

十年。十年时间真的太久了,这期间有两个女孩子常常光顾我的牛腩汤店。其中有一个有阵子痴迷文身,还在我屁股上练习刺青,一口气刺了三只半猫头鹰,照镜子看黑乎乎的一片。但她们终于还是离开半步村到城里去,她们都说我好,但谁都不愿意嫁给我。

矮弟姥重新出现在半步村的那个黄昏,下了一点小雨。牛腩汤店已经开张四五年,我已经正式成为一个掌勺人,不再需要亲友们轮流关照。除了左脸被汤锅烫伤的大片伤疤太难看之外,这个熬牛腩汤的工作还是非常惬意的。大概因为人矮脸丑腿瘸的缘故,大家都叫我"矮脚猫",后来我干脆就将"矮脚牛腩汤"作为店名,弄了一块铁皮,用红色的油漆将店名挂了出来。

矮弟姥的伞在屋檐下被铁皮招牌上滴下来的雨水打得啪啪作响。她依旧戴着那副眼镜,身上的衣服换了款式,不再是民国风格的蓝布衫。她笑吟吟地看着我,露出一口整齐的假牙。我惊讶得说不出话来,十分职业地邀请她进门来喝牛腩汤。"我吃素,谢谢!"她的话依然很少,更多是笑。她要我帮她煮一碗素面,坐在最靠门槛的椅子上眯着眼睛吃起来。她的雨伞就靠在门边，在干燥的地面上留下了一小摊水迹。

"我快死了，回来看看你。"她脸色红润，看上去还可以活很久。

她花了三天的时间打扫那间黑暗的屋子，将后面的窗户打开（原来这屋子有窗户！），将天窗的玻璃擦亮。她在墙上装上一面大镜子，形状奇特，整个屋子顷刻之间亮堂不少。

柚园里已经没有什么人居住了，村里人都搬迁到碧河对岸新屋区去，老屋区基本没人。但矮弟姥回到柚园，消息还是很快传遍全村。在农耕时代，巫婆是天然的明星，而在现在，人们只关心她这十年干了什么。果然，不知道谁打探来的小道消息，说矮弟姥在城里不叫矮弟姥，而叫"黑镜婆婆"，因为她戴着眼镜？因为她各种镜子道具？不得而知。但可以确定的是，黑镜婆婆是很多达官贵人的座上宾。据说她救了很多人的命，但她从不收钱，却用一个本子将所救之人的生辰八字记录起来，说是"记命"。"欠我一条命，以后要还。"大家都笑了，将这话当成玩笑。她也笑，很淡然地笑着。

"你要娶老婆。"

"没钱，丑，瘸，没人要。"

"钱会有的，老婆也会有的。"

矮弟姥让我在她屋子的中央挖一个宽半米、长两米、深一米的土坑，还在坑里铺上了稻草。我以为她要使用魔法在坑里变出满坑的钱来，但没有，那个坑看起来像个棺材，她用木板将坑盖住了，还贴了符咒，在符咒上放了三枚铜钱。

"过几天就有人送钱来，你带个麻袋来装钱。"她笑着给自己泡了一杯茶，呷一口，"还是你爷爷泡的茶好喝，我都喝了那么多年，一直记得那味道。他是个怪人，那么多年也不娶亲。"

过了几天,安静的黄昏,橘黄色的光线让人感觉好像喝醉了一样。这时,一辆黑色汽车开进了柚园。所谓开进来,其实也只能停在大院门口,门槛太高,过不来。汽车的窗户也是黑色的,看不清里面的人。车门打开,走下来一个穿蓝制服的司机,他小跑着打开后座的门:一条修长的腿伸下来,高跟鞋,然后是头,黑墨镜,黑帽子,帽檐很低,整个人终于出来了(从背影料定应该是美女)。她在约定的时间,走进矮弟姥的家。窗帘很快被拉上。从帽檐下面只能看到嘴巴,樱桃小嘴,开口说:"怎么还有男人?"黑墨镜对着我。"我的助手。"矮弟姥很低沉地说。美女就不敢吱声。她自己找了一把长凳子坐下之后,竟然啜泣了起来。

"您一定要帮帮我,"她声音甜美,"就当我欠您一条命。"

"这次我要钱。"

女人愣了一下。事先的规矩被打破。"钱……钱有!有!"她打了一个电话,蓝衣司机提着一个箱子就进来了,伸手进来放在门帘后面,便恭恭敬敬离开了。矮弟姥示意我去拿箱子,在我耳边说,你有钱娶老婆了,千万别出声。

屋子里静默下来,天窗上面透下来的光柱刚好打在门神的图案上面,狰狞可怖。

"可以了吗?"女人央求道。

"脱吧。"

女人又转头对着我。

"这瘸子是哑巴,说不了。"矮弟姥说。

女人颤抖着脱下帽子,摘下墨镜。微弱的灯光之下,她的脸比门神还恐怖,歪斜塌陷的鼻梁,糜烂的眼皮,简直惨不忍睹。

"韩国的美容骗子把我害了,黑镜婆婆您一定要救我,我知道您有办法，您要什么我都给！"

"用你七成命，换回十八岁。可愿意？"

女人一怔，矮弟姥又解释道，让你回到十八岁，但你要缩短三分之二的寿命，可愿意付出这样的代价？比如本来你能活三十年，但现在，你就只能活十年。

"十年……能不能多一点……"

"看造化，看你终究能活多长，三分之一……如果心中犹豫，那你请回吧。傻正，把钱还给林小姐！"

"不！怎么样我都愿意，这样活着比死了还痛苦，影迷们要看到我现在这样子……"

矮弟姥缓缓点了点头："你现在几岁？年龄？"

"我的年龄是秘密，"女人很快意识到自己说错了，"我二十……三十三岁。"

矮弟姥喃喃自语："三十三减去十八等于十五，三十三加十五等于四十八，三个年龄是十八、三十三和四十八。"

"十八岁。"女人的眼里放出了光彩。

这是我第一次目睹分身术的操作过程。没有绚烂的烟花，没有蒸腾的烟雾，黑暗空旷的屋子中央摆放着那把折叠椅，墙壁上的镜子蒙着黑布，镜子前面的桌子上放着一盏煤油灯。女人依言面壁而立，喝了符水，焚香并跟着矮弟姥一起念着所有人都听不懂的经文。准备停当之后，矮弟姥却说，现在只能等待——必须等到月光从天窗照进来，照到椅子上，法事才可以正式开始。在此之前，她刚好有时间和女人聊天，聊她发迹的明星历程，聊她那些负心的男人，聊她未来的演艺事业。这个丑女人在黑暗的掩护之下，语气逐渐松弛，她心中有许多的想法，希望在回到十八岁的时候重新开始。

"让那些臭男人看看我十八岁的样子！"

今夜的满月特别听话，没过多久就真的将皎洁的光芒灌注进来，像白银柱子立在黑屋子的中央，照在那把椅子上。矮弟姥将自己的黑框眼镜给女人戴上，再让女人坐到那把古老的椅子上，空气里弥漫着紧张的气息。矮弟姥揭开镜子的黑布，房间里仿佛亮了一些。透过黑框眼镜，在墙上的黑框镜子之中，女人看到了一盏油灯还有她自己。矮弟姥说，看着那盏灯，直到镜子之中什么都没有了，就开始站起来。在矮弟姥喃喃的咒语声中，她站起来，看到镜中人还坐在那里。矮弟姥又喊了一句："出！"只见一个面相奇丑的妇人也茫然站了起来。

这时，矮弟姥将镜子的黑幕布放下来，喊了一声"合！"三个人应声倒地。矮弟姥走过去，将女人鼻梁上的眼镜摘下来，戴到自己脸上。

十八岁的女人醒来的时候，我已经按照矮弟姥的吩咐将另外两个人放进了之前挖好的土坑里，盖上了木板。十八岁的女人，青春的从容慵懒还停留在她完美无瑕的脸庞上。

"她们在哪里，让我再看一看她们。"

矮弟姥摇摇头："不能见，不能有三个人同时存在于这世上的阳光里，不然就乱了。自此之后，你也不能再照镜子，镜子里没有你。"

女人离开了，她看起来没有想象中开心。她离开时，我赶紧去打开木板查看土坑里那两个人，但没有人。矮弟姥再次露出她的白色假牙并说，地狱和人间是两个世界，平行交叉又循环，三个人都不是我变出来的，他们只是我从其他世界拉过来，在某个通道中共享了时间。

第二天中午午睡时我鬼压床，梦见有人开门进来杀我，却动弹不得。这个梦在莫吉出现在我家里的时候得到了验证，我确实也是动弹不得。不过逃犯莫吉前来柚园刺杀矮弟姥和我，那已经是两个月后的事了。初冬天气，冷得非常潦草，风无端地吹来吹去。我常常发呆，想念已逝的亲人，有时很欢乐，有时很孤独。

矮弟姥猜说杀死我们灭口应该是那位女明星的主意，但莫吉辩驳说这是明星公司的主意，跟女人无关。聊这个的时候，我们俩正被他倒挂在屋梁上，像两条风干的咸鱼。

"杀了我们，你马上又得被抓到监狱里，很快也被灭口，监狱比地狱好不了多少。"矮弟姥的假牙掉到地上，说话含糊不清，但句句在理。

逃犯莫吉没有说话，他手里捏着刀。

"我可以帮你易容，别人认不出你来，你可以过全新的生活。"

逃犯莫吉没有说话，他手里还是捏着刀。

"我可以变出一个年轻的你，一个年老的你，一个现在的你，你可以选择那个年轻的人去活着，过十年二十年快活日子，就跟转身一样容易。"

莫吉终于说话了："我不想要年轻的自己，我想要年老的那个。年轻时候我不喜欢自己。"

生意成交了，这个身材高大皮肤黝黑的汉子居然听信了矮弟姥的话，像一个虔诚的学徒一样看着我们，眼睛里充满了迷惑和惊恐。好人莫吉把我们放下来，他还帮矮弟姥拾起假牙，用清水洗干净才递给她。

分身术又一次出现在这片忙忙碌碌不知所谓的时空里。很快，三个莫吉从灯光和月光交汇的地方走出来，扑倒在地上。我提议趁此机会杀掉逃犯莫吉："他是逃犯，死在哪里都没人追查。"但矮弟姥阻止了我，她说从来只有别人欠她命，她不会欠别人命。她说莫吉这么容易就相信她，那么莫吉一定是个好人。"要不很蠢，要不很好，估计是个很蠢的好人。"她伸出手指到嘴巴里去调整假牙。在无数次的分身之中，她仿佛看清楚了事情的次序，所以，她又一次说，她就快要死了。

杀手不能杀掉，还得帮他活下去。于是像往常一样，我正想将其他两个拖进土坑里，但却被矮弟姥阻止了："要使用年老那个身体，年轻的那个就不能消失；年轻的消失了，老年和中年就跟着会消失，这是时间的次序。"

"那怎么办？"

"我来替他们消失，消失了的东西也就不会死了。"她说她下辈子要做一块石头，她还说了一些关于重量和平衡的话。我没听懂，或者说她没打算让我听懂。

三个莫吉茫然从地上爬起来，他们一个接着一个走出门去之后，向三个不同的方向各自散去，什么话都没说。

他们走后，矮弟姥就躺进了土坑里。她将那盏煤油灯带进土坑里，而将她那副黑框眼镜留给我："透过它，你会知道所有幸福和痛苦都是等量平行的。"她让我带着那箱钱和记命的本子到东州市区去卖牛腩汤，千万别再回半步村了。

我刚摇摆着走出她的屋子，屋子就轰然倒塌了。这个情景与当年我和爷爷走出竹棚何其相似。矮弟姥消失了，她带走了一个隐秘的时代。但我们一直觉得矮弟姥没有死，她只是从土坑里遁走到另一个世界，秋风吹起的时候，她应该会回来，拄着拐杖或雨伞，只是没有人会认出她。

第二季：灯影分身术

夏天快结束的时候，我的好朋友施阳才回到育才图书公司。那一天的空调照例开着,玻璃门动了一下,施阳进来了。这个倒霉的教材推销员,他将好几个星期以前背走的那些印刷粗糙的教辅资料和世界名著,原封不动又背了回来。他十分自然地走回他的座位(办公室东北角最靠近垃圾桶的那张办公桌)。这时他才发现那把旋转椅上坐着一个年轻人。施阳还没有意识到自己已经被公司开除了,他很大方地朝那个慌忙让座的年轻人摆摆手说,没事,你继续忙着吧,我先去跟大家打声招呼。

被玻璃屏风隔断的一张张办公桌因为施阳的归来而重新打通了经络,压抑的办公室里响起了久违的笑声。施阳给我们带回来一个消息:半步村小学关门了,许多农村小学都关门了,孩子少了,孩子们到城镇去上学了,想抢占农村小学图书市场的做法行不通。其实这个落后的信息我们每个人都知道,但大家还是十分配合地装作大吃一惊,赞同他的业务判断力。施阳正想和我们说说半步村分身术的事,但领导刚好在这个时候进来,他将施阳叫进他的办公室,很直接就告诉他被解雇的事,让他到财务那里领走那点被克扣得所剩无几的工资。

施阳离开了,关于他灯影分身术的传言,都是后来的事。离开公司那段时间,他过得很不好,来找我借过两次钱。他换过好几份工作,包括帮医院洗刷输液瓶、到一家狗肉火锅店的厨房帮忙杀狗、当过两家火葬场的清灰工,都不是什么正经的活计,但养活自己也没问题。问题是他正和一个女孩子在交往,约会吃饭看电影都需要钱,所以他来找我,在我的客厅喝了两壶茶,才开口提到钱。

"就借一点,我尽快还。"他这么说,我当然要借他。可他第二次又这么说,我只能借他所提数目的一半,从此以后就再没见他的影子。

开口借钱之前,施阳对我说过很多话,很多我都忘了,现在想起来,中心意思大概是他倦怠了,想找个人结婚。他说的这个人就是关满。女孩关满我们也都认识,她以前在我们公司做过一个月财务就辞职不干。大家都猜测她辞职的原因是因为另一个女同事,有人说她是同性恋或性冷淡。关满短发,清瘦,爱穿白衬衫,袖子挽得老高,要不是胸口傲人的双峰,大家都会把她当男孩。

施阳说,他是在关满心情不好找人喝酒的时候将她搞定的。"搞定"的具体意思是上床,也就是说关满既不是性冷淡,也不是同性恋;但施阳又说,他总担心在床上得到就会在床上失去,所以正在努力。他说这话的时候,我不由得看向他的裤裆。他似乎明白我在怀疑什么,又补充说,他那方面很正常,他正在努力其他方面。说着他从口袋里掏出一个玻璃瓶子,里面装着淡青色的粉末。我正想打开瓶子闻一闻,但他一把抓回去,小心翼翼放进口袋里,神秘兮兮地说:

"这是半步村且帮主送我的礼物,他几十年前出海,带回一把淡青色的椅子,放在木宜寺中。不久前千手观音佛像倒下把椅子砸碎了,这是其中一小块。我救了他的命,把他从枯井里背到停顿客栈,所以他送我这瓶药。"

当我问这玩意儿可以做什么时,他讳莫如深,跟我说了一个陌生的词语:分身术。他说在半步村木宜寺,本来有三个和尚,老和尚悟木,中年和尚悟林,小和尚悟森,但他们是同一个人分身出来的,线性的命运被拆分成三个线段,三个人分别选择了人生的不同阶段去生活。然后呢?然后他们又变回一个人,就是且帮主。"三个水龙头同时打开,寿命就变得很短。"但对于人生冷淡倦怠的人来说,要活那么长干什么呢?

所以,关满毅然接受了分身术的试验,她将一小撮药粉分三次吃下去。那天晚上,施阳终于得到他想要的,三个关满与他纵欲狂欢,他终于同时占有了一个女人的一生。第二天醒来以后,合成一体的关满蹲在墙角抽烟哭泣。她哭泣并不是因为伤心，而是人生如同一个揭穿了的魔术一样了然之后的另一种空虚。

他们分手了。施阳捏着那瓶淡青色的粉末一言不发。自此之后，施阳仿佛是一个兜售迷幻药的色鬼，他用手机里的微信等软件找到附近愿意一起过夜的女孩，混熟之后就开始玩以一变三的疯狂游戏。其实说她们是女孩不太准确，因为他发现再老的女人也有年轻的时候，再年轻的女人也有老了的时候，所以他的食谱广泛，口味越来越不讲究，形成了一个固定的团队。其中不乏寂寞的富婆，她们给了施阳想要的性和钱，而坐在一旁观看年轻的自己翻云覆雨，常常看得泪流满面。

这样一个游戏总有玩腻的时候，新鲜成了另一种倦怠。再加上无论如何节省，玻璃瓶里的淡绿色药粉也所剩无几了。施阳决定搬家，他想找一处江南古镇，摆个小摊，过另一种生活。他将东西重新整理打包之后，躺在床上迷迷糊糊入睡。他梦见大海，还有半步村的且帮主，他正驾驶着一艘大船，开进一处飘荡着三片乌云的海域。醒来的时候他发现并没有三片乌云，床前站着三个人。

逃犯莫吉将他围起来。逃犯莫吉现在是三个人，拿着三把明晃晃的刀。他们说：

"先生，你得帮帮我，我想合成一个人。"

按照莫吉办事的规矩，施阳被倒挂起来。出租屋里没有横梁，也没有树杈，所以施阳被挂在电风扇上。电风扇很古旧，平时转动起来总发出吱呀吱呀的声音，仿佛随时都可以飞下来用三片扇叶轻松削掉谁的脑袋。现在这把破风扇挂上一个人，它竟然还能吱呀吱呀缓慢转动起来。全身的血液倒流到头部，施阳感觉自己的眼睛都快凸出来了，他跟随着风扇的速度匀速地旋转，眼前循环播放着三个莫吉倒转过来的脸。

"你应该去找那个帮你分身的人!"施阳说完就咳嗽起来,他头晕眼花,理智告诉他一定要在死去之前说服眼前这个人。不,这三个人。

"她死了。"少年莫吉说。

"那个巫婆的房子倒塌,她被压死在里面。"中年莫吉说。

"我不知道还有谁会这种巫术,离开半步村之后,我从一名妓女那儿听说您显赫的声名。"老年莫吉显得很有礼貌。

施阳强调被他分身的人都是一觉醒来就变成一个人,从没试过恒久的分身术,他也委实不会什么巫术咒语。但很快他就没有办法说句子了,他只能说词语,因为逃犯莫吉将一张泡湿的纸巾贴在他的鼻子上,他只能用口呼吸。

逃犯莫吉将第二张纸放进脸盆的清水之中,又十分优雅地将纸巾拎了起来。纸巾在滴水,水滴越来越少,但施阳的呼吸却越来越急。

"试试!我愿意……试试!帮你!我帮……我能……"

莫吉还是将那张湿纸巾贴到他的嘴巴上,三十秒之后他才将施阳手上的绳子割断,施阳用手将纸巾扯开,贪婪地呼吸。莫吉不慌不忙,将他脚上的绳子割断,施阳扑通倒栽在床上。

"谢谢!"施阳跪在床上放声大哭,一把鼻涕一把泪,"谢谢!我险些死了!刚才我以为我活不成了!"

"你知道,我从来都没有想过要杀掉你,只是我喜欢按我的方式来,这样交流起来会比较直接高效。"

交流是必要的,莫吉开始讲述巫婆的分身术。她所用的道具很简单:月光、镜子、一盏煤油灯、一把椅子、一副黑框眼镜。"没有什么灵魂机器?巨型发电机?"只有符咒一张,燃尽投入水碗之中,清水口服。念咒诵经,月光透过天窗照到木椅上,端坐,看一灯如豆照出好多影子，也看镜子中的自己如何被月光笼罩，直至镜子中那个人突然消失了，站起来，就能看到镜中人还坐在原地。然后……没有然后……然后就一头栽倒睡着了，醒来时已经是十八岁、三十八岁和五十八岁。"她还说什么没有？"巫术开始之前要等待月光移动照到椅子上。她说我们身边有很多个世界，只是我们看不到，听不到，感觉不到，其实在时间之中重重叠叠有无数个自己，开门关门都有一个自己走进和走出，必须在死亡的那一刻才恍然大悟。"我刚才快死了，确实就像自己要飞起来一样。"所以，你要将我合而为一，你看，我现在就是飞出来的。"分开了不是蛮好的吗？各过各的生活，齐活。"不跟你扯这些！你看，我们的喉结正在慢慢消失。三个莫吉同时仰起了头，果然喉结都变平了，难怪三个黑男人声音都很尖。中年莫吉扯了一下他的络腮胡子，那些用胶水粘上去的胡子就全掉下来了。

老年莫吉说："看吧，一分为三，我们慢慢变得不是男人，大概是怕我们分别都生一个孩子出来吧！"他指了指自己的裤裆说，再不变回来，那把柄就会消失不见了，现在每天短一点，快成太监了。

莫吉很严肃，但施阳也不禁笑出声来。伴随着笑声竟然响起一阵敲门声，门外一个女人的声音在叫："阿施，别笑那么淫荡，整栋楼都听到了，快开门！"

来的是关满。关满带来了施阳最爱吃的竹笋面，她让施阳吃面，说有事跟他讲。施阳确实也饿了，狼吞虎咽吃了起来："说吧，我吃完你也刚好说完，就可以走了。"

"干吗？才分手就巴不得我赶紧走，难道家里有其他女人？你收拾东西呢，想跟谁私奔？"关满十分自信挺胸靠在椅背上，白了他一眼说，"那就直奔主题吧，我换工作了，跟了一个大老板，做他秘书。反正我也想通了，跟谁过都是过，还不如过得好一点，但是人啊，总是有那么多不满足,我跟他提起你的药粉,他很感兴趣,今天他生日,我想让他今晚高兴一下,你给一点药粉给我,行不?你慢点,小心噎着……你抹什么眼泪……跟你要一点药粉,不至于要抹眼泪吧?"

"你走吧,药粉不能给你,给了你也出不了这门,你走吧。"

"给一点,就三指甲缝的量,行不?"

施阳没有回答,另一个声音回答她:"不行!"中年莫吉在关满背后,把门反锁了。老年莫吉和少年莫吉也从厕所里闪出来。

"行啊!"关满站了起来,"哈哈,我以为只有我的想法变了,没想到你变得更快,竟然还玩起男人来了,性趣越来越广泛了!"

三个莫吉同时亮出了手里明晃晃的刀,尖刀将关满脸上嘲讽的笑容全给逼了回去。

施阳长叹一声:"你放过她吧,她什么都不知道……你这傻丫头,我不是让你赶紧走吗!他迟早会杀掉我们的,他一定会灭口的。"

"那个给你药粉的人也在半步村?他死了没有?"莫吉问。

在出租屋待了两天,逃犯莫吉还是决定让施阳带路去半步村找且帮主。他们分成两组,中年莫吉和关满扮夫妻,老年莫吉少年莫吉和施阳扮成一家人,以掩人耳目。出门的时候中年莫吉突然把施阳一把扯回屋里,对着墙上挂的一幅草书书法吼:"说说,上面写着啥字,我都琢磨了几天,每看一眼就纳闷这样乱涂乱画写的是啥?"

"这是一个中学校长送的书法,上面写的是:举杯邀明月,对影成三人。"

"对影成三人?"莫吉喃喃念了两遍,伸出毛茸茸的大手,一把将画轴扯下来,揉成一团扔在地上,不解恨还上去踩上两脚,"被那巫婆骗了!以后不准在我面前说三字!"说着他气鼓鼓带着关满走在前面。

中年莫吉这孩子气的行动倒是把施阳逗乐了,他故意高声问:"我说莫吉们,要是千山万水回到半步村还是合并不了,咋办?"中年莫吉回过头来,双眼如炬瞪着施阳,片刻之后才掉过头去继续前行。赶到汽车站已经时近晌午,莫吉让关满去买了五张车票。一看时间还早,车没来,于是先找一家小店吃饭。

吃饭的时候莫吉忽然问施阳:"你杀过人吗?"

"我杀过狗。"施阳说。

见莫吉的脸色一沉,施阳赶紧解释说:"我曾经在一家狗肉火锅店打工,杀过狗。怎么?杀人我不敢,杀狗还行。"

"杀狗和杀人其实一样,没什么技术含量。你今天说得对,要是合并不起来……"莫吉停了一下,目光落在少年莫吉身上,"那就执行B计划,让他……"他用筷子指着少年莫吉,"让他……把我和那老头煮熟了吃掉!"听到这话少年莫吉的脸色登时变得煞白,他眨了眨眼打了一个冷战,把碗筷放下不吃了。

这很像一个笑话,但没有人笑。施阳后悔刚才谈论那样的话题,莫吉这刚烈的性子要急了大概真的会吃人。关满轻声对施阳说,他走起路来真像电视里的牛魔王。"牛魔王吃人吗?"

这大概是夏天最后一个台风,午饭之前天热得像个焚尸炉;午饭吃完,大雨就下来了。水做的斜线东一阵西一阵,落在小饭店的塑料雨棚上,力道很大,跟刀砍一样。少年莫吉就是在这个时候借着上厕所的机会从后门跑进雨幕的。"都怪你!说什么吃人的事,把那孩子吓跑了!"寻不着少年,老年莫吉满肚子牢骚。但中年莫吉什么都没说,他询问了老板娘几个问题,便带着老年莫吉冲进了雨幕。

"那我们怎么办?"关满茫然问。

"逃啊!"

"逃去哪?"她一掏口袋,五张车票还在,"对!到半步村去!他们以为我们跑回家,一定没想到我们还按原计划前进。"

风雨中,汽车在盘旋的山路上行驶,就像行走在风口浪尖上的一叶孤舟。极度疲惫的关满靠在施阳的肩膀上,呼呼睡去,鼻息均匀,一种久违的感觉在施阳心中蒸腾。在无数女人的身体分合狂欢之中,在情欲极致细若琴弦的颤抖之时,他所感觉到如萤火虫般微明剔透的空虚,也许正是由于缺少了这样一个充满信任的依靠。或者说,我们一直都被安稳和癫狂交替折磨着,在不确定中追寻一种确定,在凝固之中又追寻着奇迹。

施阳用手肘碰了碰关满的手臂:"喂,要不,我们进村去,就住那里,别再出来了?"

关满的回答如针芒让我的好朋友施阳心中七彩的气泡无声无息便破灭了。她说,那村里蚊子一定特多,你多给我弄点药粉,我回去好给老板有个交代,你自己爱住多久就住多久,跟你在一起尽是倒霉事。

在那么一个瞬间,施阳认为他心中时时惦念的关满,与此刻话中带刺的关满正处于不同时空。

"你们来求生,我却在等死!"且帮主隔着停顿客栈七号房间的门对他们说,"那个来放火的少年到了没有?哦,还没到时候,他快来了,他快来了。"

施阳吃了一惊,这个胖嘟嘟的且帮主,一定在身体无数次的拆分之中清晰地预见了未来。他一遍遍地告诉自己:"我是固体的。"却依然一不小心就习惯性脱臼一般又走出来一个分身。屋内一灯如豆,却人影散乱,他必须满屋子找到他的分身,然后像穿袜子一样重新将他们穿在身上。

停顿客栈的老板金满楼请施阳回到楼下小坐,他说:"你们这些分身乏术的人,竟还能回到这山谷里来,年轻人,好好喝杯甜酒吧!"他给施阳倒了一杯酒,摇了摇头说:"帮主疯了,他说有人要来烧掉我的客栈,让我快跑。"他又摇了摇头:"我不走,要烧的话,连同我一起烧死。"关满问他知不知道一把可以做成粉末的淡青色椅子,金满楼笑了,露出他金灿灿的大板牙:"都被帮主吃掉了,他吃掉了一把椅子。你们都想吃椅子,你们都生病了。"

　　脸色苍白的少年莫吉来到半步村时,已经是四天后的事了。他是从东州市区步行进山来的,山路漫漫,这个铁块一样的少年走得跟风一样快。施阳在看他身后有没有跟着谁,他十分果断地告诉他"他们不会来了,或者已经来了。"施阳就不敢再追问下去。他走那么远的路,开始并没有打算来放一把火将且帮主烧掉的,但他吃完一碗竹笋面之后却这么做了。大火刚好烧掉七号房间里面的所有东西,但很快就被金满楼放置在七号房间楼上那七个大水缸里的水给浇灭了。大家都知道是他放的火,于是顺理成章报了案,这个干净的少年就成了一个少年犯,十五年之后还会是一个逃犯。被带走之前他对施阳说,他打开门时屋内灯影摇曳,且帮主已经微笑着自己燃烧了起来,仿佛一盒焦急等待的火柴遇见了一丝火花,一支火柴着火了,接着全部火柴着火了,都迫不及待就完成了各自的命运。

第三季:平行分身术

　　巫婆矮弟姥死后,我从半步村搬到东州市区居住,继续卖我的牛腩汤。跟随我一起的,有一个箱子、一个本子和一副圆形黑眼镜。如果你听说过半步村的巫婆矮弟姥,你就知道箱子里装的是钱,钱当然是巫婆矮弟姥留给我的,有多少?不知道,因为我并不打算打开它;

本子上记录了一些人的名字和一些符号和数字，像是一个账本；还有那副眼镜，看起来很酷，但据说戴上它，在午夜时分就能看到鬼，我胆子小，不敢戴。

接下来我故事的重点，并不是钱也不是眼镜，而是我用一个月的时间娶了一个哑巴老婆。这件事如果发生在英国威廉王子身上，大家都觉得很浪漫；但如果发生在我，一个跛脚的傻子身上，很多人会觉得难以置信。初来乍到一切不熟，我先在东州市区溜达了两天，漫无目的地转悠。那天大雨过后，我穿过一条老街，看到一间小店，开着一扇门和一扇窗。从门口可以看到里头挂着很多衣服鞋帽手提包，从没有玻璃遮挡的大窗户可以看到有一个女孩子在里头画画，抬头一看，有一块斑驳的木匾挂在上面，写着：雪竹公主手绘。

我走进店里去，女孩一动不动，也不抬头，她的目光专注于她的笔尖。她的画笔沾着颜料，正在一个白色的手提袋上画龙猫。她的竹青色裙子被收拢起来夹在膝盖中间，并拢的膝盖上放着画板，那个手提袋就摆在画板上。我对她的专注会心一笑，继而转头看这间小店。小店很小，一个转身就可以看完，但用心细视就会发现所有的衣帽上都有一幅清新的小画，画着迎风而立的少女或者胖嘟嘟的叮当猫，线条干净，落落大方。我蹲在她旁边看她画画，她的侧脸很美。没想到这小城老街的姑娘，看起来居然比乡村姑娘还要清澈。我准备离开小店时，她抬头礼节性地对我笑笑，更美，美得像一条蛇，一直钻到我心里去了。我一时间心烦意乱，不知所措。我小时候看过几本言情小说，但我皱着眉头回想了一下，没有一本书里头描述过现在的感觉。

我走出手绘店，一眼就看到对面有一间关门的店铺。一个念头在我心中生成。几天之后，附近的居民就都知道，在手绘店的对面开了一间"矮脚猫"牛腩汤店，开店的是一个跛子，样子腼腆，人称傻正。

傻正这个名字朗朗上口，叫的人都笑了，我也笑口迎客，加上我十多年的牛腩汤手艺，很快就为这条小巷增添了一些人气。一些人会选择从小巷这边绕过去，多走几步路便可以顺手带走一份十分美味的牛腩汤回家。不到半个月，我慢慢就和周围几条街的人混熟了，彼此可以轻松地开着玩笑。我也毫不隐晦我的目的，我向每一个人打听手绘店这位姑娘的情况。人们开始总是一愣，然后点头哈哈笑了。

"你这跛子，看上对面的哑巴了？"

"她是个哑巴？"我内心倒是一阵高兴——这下好了！大家都是天残地缺，也没有什么配得上配不上的问题！我心中的石头落地了，感觉离成功又近了一步。然而跟一个哑巴相处，会不会是一件困难的事？好多年没见过哑巴了，这让我想起死去多年的哑叔。哑叔那么憨厚，经验告诉我哑巴都是好人。

"但听说她在隔壁城市有一个恋人……"我心里一冷脸色大变，街坊们哈哈大笑起来，"你们瞧，这脸上挂着茄子……逗你的！好好追吧，我们都看好你！你迟早成为十二指街最会煮牛腩汤的情圣！"

我还没有展开追求就开始造势，哑巴姑娘谭琳一定听到了风声，她傍晚关店门的时候，总是用眼角很紧张地往我这边瞄。在出门回家的时候，她总是低着头，踏着碎步，却不敢再朝我这边瞄。

我的顾客里头只有一个人反对这桩婚事，他叫梁伯，他要大家叫他梁哥，说他没那么老，但大家看他头上花白的短发，就都还叫他梁伯，叫起来比梁哥顺口。梁伯负责附近十条街的清洁卫生，每天一大早就推着垃圾车哒哒哒碾过石板路收垃圾，他干活不紧不慢总得忙到晚上才回去。有时候收工比较早，他就待在我店里抽烟聊天吃东西，一直到我关店才回去。按他的说法，老伴死得早，回去孤灯对影连个鬼来聊天都没有，太孤单。梁伯爱喝牛腩汤，经常靠在我门口的柱子旁边的长凳上坐着，嗦嗦嗦就吃完一碗牛腩汤，每次都一定要我再给他添一点汤："太咸了，加点汤。"其实他就是想多喝一口汤而已，我也乐意成全他，多往他碗里倒两块牛蹄筋。

下雨天，大街是不用扫的了，生意也冷清，店里就我和梁伯两个人。梁伯把头靠在那根木柱子上，对着天空说："傻正啊，别说梁哥没劝你，对面那美人你要不到，你没那命，别搭上一生好运气啊。"

"您老的意思是我没那好运气，娶不到美女做老婆？"

"你还是不懂，她不是哑巴，只是有点不正常，"梁伯的手指在脑门的位置绕了两个圆圈，眼睛瞪得斗大，接着说，"她会说话，只是不跟我们说话，我有一次就见到她倒立着在跟一块石礅说话，就这样，两手撑地，长发都垂到地面上；还有一次我倒完垃圾回家，在巷子里就见到她像是被什么东西追着打，但巷子里空空的什么都没有，你们年轻人不懂，老一辈的人说这叫鬼上身，反正就不太吉利，你最好别靠太近。这么漂亮的女人，如果大家不是觉得诡异，早就被人娶回家了。"

梁伯的一席话把我说得兴奋不已，内心充满了好奇，但又有一点害怕。因为我当时还没有戴上那一副黑框眼镜，对于矮弟姥留下来的分身术理论还不怎么理解，更不懂得平行时空中每个人和他自己有着什么样的错位，又如何在某个通道共享不同的时空，所以觉得这个老头危言耸听，可能是他一时眼花没看清楚便加入自己十分迷信的猜测。

我正想多问一句什么，谭琳刚好关了手绘店，撑着伞十分从容地从店门前走过，她的白裙子在雨中更如一朵百合花，我看得眼睛都发直，连梁伯的叹息声都顾不上了。梁伯断定我已经走火入魔，也没什么好说的，十分扫兴便举着黑伞走进雨幕回家去了。

如果按照正常的时间顺序，我必须找个机会亲近谭琳，还要向她送花,从一朵玫瑰到九十九朵玫瑰,我必须经历种种考验,最后谭琳才允许我跟她做朋友,从普通朋友到有好感的朋友再到真正的男朋友,少说也得半年时间;若想解开她身上的纽扣,那就更加遥远了。

但不是的,故事不是这样发展的,说起来我要感谢那个台风。那可能是那年夏天最后一个台风了吧,只知道这个台风向东州刮过来,然后就和往年一样,这个台风并没有打中东州,都按照惯例吹向西宠。所以照例是闷热过后的倾盆大雨,大雨时下时停,下了好几阵,在临近中午的时候下了一阵暴雨,整个天空好像翻过来。雨水并没有把我的牛腩店冲走,却带来了莫吉。

巫婆矮弟姥在没有去世之前曾经做了最后一场法事,那就是将凶悍的逃犯莫吉一分为三,将一个莫吉均匀变成少年莫吉、中年莫吉和老年莫吉。在那个大雨滂沱的午后,中年莫吉和老年莫吉没有任何征兆就跑到我的店里来,他们探头探脑看了半天最后才看到我。看到我之后他们愣了三秒,我想逃跑,但已经来不及了——"这不就是巫婆旁边那个瘸子吗?"——他们如获至宝,很快像捕捞到一条带鱼一样将我倒挂在牛腩店里屋的横梁上。被绑着双脚倒挂在横梁上,这是多么熟悉而痛苦的感觉,我的脸很快就涨得通红,血液倒灌感觉快透不过气来。

"我帮你把脚绑紧点,多挂一会儿,两条腿拉整齐,你大概就不会瘸腿了!"逃犯莫吉在做这件事的时候轻车熟路,我不得不承认他如果愿意到工厂里去,一定是个好工匠。"啪!"绑好之后,他还在我屁股上拍了一巴掌,"哎哟,屁股上还有文身?猫头鹰?"

"还是这样倒挂人,你们一点都没有进步!"

中年莫吉没再理我,他将老年莫吉扶到墙边的沙发上坐好。老年莫吉刚才跑步过来,已经累得像一条伸舌头的狗,嘴里老说着"不行了不行了身体不行了"之类含糊不清的话。

"你把少年莫吉藏到哪里去了？"

我告诉他我只对女人感兴趣，藏一个小孩？我暂时没有恋童癖。

"他走丢了，"老年莫吉边喘气边说，"但他不可能会走丢的，我们三个人，本来就是一个人，我们知道他来到你这里，藏在某个地方。"

"你们一定弄错了，从早上到现在我一直在这里捣蒜泥，没有什么生意，也没有什么客人到店里来。"

"不可能弄错的，一个人怎么可能弄丢他自己。"中年莫吉脾气一直不好，他好像随时都想对我动粗，严刑拷打。

老年莫吉说："他躲在一个箱子里。"他半眯着眼睛感觉到。

中年莫吉说："我到外面去看看，好像在那个方向，你看着这个傻子，不能再让他跑了，他是巫婆的助手，多少应该会一点法术。"没等我辩解我不会法术，他已经大踏步往外走。我突然感觉到非常糟糕，他走过去的方向，正是谭琳的手绘店。

果然，过了不久，我心中的女神谭琳，就被中年莫吉拖进来。莫吉一手抓着她一头秀发，谭琳就这样弯着腰像一条上钩的鱼被拉了进来。这个可怜的哑巴姑娘嘴巴里发出不规则的声音，却说不出一句连贯的话。莫吉在他屁股后面又摸出一条绳子来，不顾我的反对，他将谭琳也倒挂了起来。就这样，我心中的公主也没有意外地被倒挂在横梁上，她长发如黑色的瀑布冲向大地，长裙翻过来倒垂在腰上，白皙修长的双腿尽头是一个性感的黑色四角内裤。我承认这个时刻想入非非是一种犯罪。

两个莫吉见状都哈哈大笑起来："小傻子，你倒是挺淫荡的，看见人家姑娘的玉腿就开始升旗了？说吧，把小莫吉藏在哪里，反正这附近也没人,就只有你们俩。你们说吧,省得我们还要去搜——要是傻子说出来,我就把这姑娘的衣服扒掉让你兴奋个够;如果姑娘先说出来,我就把这傻子给阉了。"

"她是个哑巴姑娘!"他们想让一个哑巴说话,我怕我迟早得被他们阉了,"附近的人都知道她是个哑巴,她什么都说不出来的。"

"那看来得先把你给阉了。"中年莫吉笑嘻嘻,手里捏着一把明晃晃的尖刀。

"你才是哑巴!我只是不想说话而已。"谭琳突然开口说话,把我吓了一跳,心中暗道看来梁伯是对的。她能开口说话,而我一无所知,那我就更快被阉掉。

然而这个被倒挂过来的谭琳不哭也不闹,她说:"你不能阉了他。"她说完脸蛋都羞红了,只不过这种羞红被掩藏在倒挂的脸色涨红之中,只有我才能看得出来。我登时明白了谭琳的意思,这个孤独而单纯的姑娘,她似乎一直在等我走过去送她玫瑰,而一天天过去,我一直没有。我是个胆小鬼。

一阵清风吹来,店门口煤炉上的牛腩汤刚好这时候烧开了,一股牛腩汤的香味从外面飘进来。老年莫吉吞了一口口水,说今天中午因为少年莫吉溜掉了,午饭也没吃饱,这么一折腾累得要命,得先弄一碗牛腩汤来压压惊。说着兀自走到外面,拿起瓷碗就开始盛汤,还问中年莫吉要不要。中年莫吉也跟了出去,两人乒乒乓乓打翻了两个茶杯,开始在外面吃着牛腩汤。

他们走开了,我问谭琳的第一个问题是,人是不是她藏起来的。这小妞果然单纯,她答,我为什么要告诉你。我便笑了,接着问,她能开口说话为什么大家叫她哑巴。这回她没有回答我怎么知道,而是说:"我说的他们都不信,说我乌鸦嘴,就干脆不开口。"我十分惊讶，心想一个人装哑巴为什么能装得这么像，瞒过了整条街的人，这得有多深的城府啊。谭琳见我皱眉头，以为我害怕，笑着问我："你胆子就真的那么小？你那个矮弟姥婆婆就说你胆子特小，让我耐心一点。没事的，你不觉得现在这个情景，以前好像什么时候曾经发生过吗？"

她说的那种似曾相识的感觉我明白，就是你在做一件事的时候总感觉这个场景似乎什么时候发生过。但我还是苦笑着告诉她："这以前真的发生过，那时候巫婆矮弟姥还没有死，我和她也是这样被倒挂在屋梁上，这是莫吉作案的风格——把人倒挂起来，有的人就这样被挂晕了，有的人就被放血，割开血管，在我们下方放上一个水桶，能盛半桶。"

我本来想吓唬她一下，但谭琳并不怕，她说我要是看到她看到的一切，就不会觉得怕了。

"咦对，你怎么知道矮弟姥？你认识她？"

她噘着嘴不想说，我催促了一遍，她才说："所以人们都说我从小就是阴阳眼啊，你看，矮弟姥和我姐姐这时候就蹲在天花板上聊天呢！"

我的眼睛向外面的天花板和里面的屋顶张望，什么都没看到，忽然想到这丫头可能是在吓我的，就像我刚才吓她一样，便骂道："死丫头，别胡说！他真的是个杀人犯，你别不信！"我决定转移一下话题，"你就一个人看店？不孤独吗？"

"两个人啊……我说你又不信了吧，我和我姐姐一起看店，只是你看不见她……他们马上要来了，他们等一下有一个人过门槛得摔一跤，你看着，别不信……"

果然，两个莫吉走进来的时候，老年莫吉摔了一个四脚朝天。他从地上爬起来，嘴里还嚼着一块牛腩，也不管谭琳在笑话他，便和中年莫吉一起爬上隔层去了。这间店铺分前后两个部分，前面做生意，后面是房间，中间有一扇门相通。小房间用几根横梁搭了一个隔层，我铺了席子睡在上面。他们先后从木梯爬上去，边爬边喊："小莫吉，我看到你了，出来吧！"

小莫吉并没有被带下来，带下来的是一个箱子。箱子被打开，吸引莫吉眼球的并不是满箱的钱，也不是那个破本子，而是那副眼镜。

"就是它！"一个莫吉对另一个莫吉说，"我们就是戴着这眼镜一个人变成三个人的，弄得现在胡子消失鸡巴变短，男不男女不女的，你这瘸子，赶紧把我们变回来！"

中年莫吉有点气急败坏，他将一把明晃晃的刀搁在我两条大腿中间，表示随时都可以将我从中间破开一分为二。我赶紧告诉他，即使要合成一个人，那也得找到他的第三个分身，那个被他吓跑不知去向的少年莫吉。再说了，巫婆矮弟姥已经死去多时，如果操作不当，少胳膊少腿，或者跟我一样变成一个瘸子，那岂不坏事？

还没等我说完，中年莫吉和老年莫吉便一起冲出门外，不多时，少年莫吉便被抓了回来。

少年莫吉躲在一面镜子里。

那面试衣镜我见过，它原先就挂在谭琳的雪竹公主手绘店正对门的墙壁上，很多客人会把各式各样的手绘包搭在肩上对着这面镜子看看是否合适。

少年莫吉在大雨之中跑到这条街，他闪身进了手绘店，对谭琳说："姐姐救我！"就这样他一直躲在手绘店隔层上的箱子里。他隔着雨幕听对面牛腩店里的声响，但什么也没听到。过了很久，他忍不住下楼来，蹑手蹑脚打算往外跑，却发现两个莫吉已经闻到他的气息，正从牛腩店里冲过来，慌张之中少年莫吉掉头往手绘店里躲，不料一头撞进镜子里出不来。

这些被分身的人，都是无法在镜子之中看见自己，却可以消失在镜子里。

所以这面镜子被带进牛腩店，中年莫吉抱着镜子对我说："瘸子，现在人齐了，赶紧帮我们合在一起！"老年莫吉翻看着那个破本子："这里头有没有记录了什么方法？"

"我知道怎么做，但你得帮我们解开绳子！"谭琳说，她回头看看我，"没事的，矮弟姥在天花板上看着我们呢！"

我们终于被解开绳子放了下来，被挂得太久，我头晕脑涨扶着墙才勉强站了起来。谭琳也站着，但直立的谭琳是另一个谭琳，忧惧布满她的脸，她张口咿呀几声，却什么都说不出来。很快，谭琳沿着墙边弯下腰去，她两手撑地，靠在墙边倒立着。

"不用怕，刚才是我姐姐。我必须倒立着，我站直了就不是我，就会成为我姐姐，她是哑巴，就没法跟你们说话。"

她让我戴上那副眼镜。我戴上了，在我眼前是一个倒立悬空的世界，矮弟姥和另一个谭琳果然正头朝下屁股对着天花板坐着。矮弟姥朝我摆摆手，她手里有三个绳索，绳索的另一头牵着莫吉的三个分身。从她的角度看来，三个莫吉正像三个倒立的风筝飞在天上。然后我看到另一个我，也在我的上空，头顶对着头顶，看着我憨笑。一个平行的世界呈现在我的眼前，我忽然想起矮弟姥临死之前对我说的话，她说："戴上它，你会知道所有的幸福和痛苦都是等量平行的。"

我听不到她们说话。但谭琳显然听得到，她让我取来一个小镜子，这一次我看清楚了，我只需要将小镜子对着大镜子，轻轻一拉，少年莫吉就从镜子那一头被拎过来。中年莫吉正想伸出手去揪少年莫吉的耳朵，但被谭琳吆住了，谭琳说，老老实实站好，才能用镜子将三个分身都收集在一个镜子里，然后才能从平行的世界里将那个人给拖回来。"不是我说的，是矮弟姥婆婆说的。"她最后这样强调，增加了她这番理论的权威性。

逃犯莫吉按照老中青站成一排，他们分别占有了一个人完全不同的三个人生阶段。作为三个被虚拟的人，他们像是三个空空的酒瓶，等待着被回收再造。倒立的谭琳要我取来那个笔记本，她口中念念有词，说要将账本上的这一笔灵魂交易一笔勾销，然后果真就将其中的一张撕了下来。三个莫吉望着那个破笔记本，这个时候他们内心都掠过一丝恐慌。那张写满奇怪符号的白纸被撕下来的瞬间，他们居然感觉到一丝疼痛，只是不知道痛在哪里。

倒立的谭琳有一丝巫婆的味道，她的声音仿佛从大地深处发出来，果断而有力。她让我点了一盏灯放在地板上，再让我将小镜子举起来，举到老年莫吉的头顶上。在煤油灯熟悉的苦味里，老年莫吉就这样成为镜子里那个跟他头顶对着头顶的人，在空气里凭空就消失了。镜子慢慢移动到中年莫吉的头顶上，代表着逃犯莫吉性格中凶残一面的镜像，同样在摇曳的灯光里被吸进了镜子里，成为一个头朝下站在天花板上的人。老年莫吉和中年莫吉这个时候像服装店里两件重叠在同一个衣架上的两件衣服，他们的影子服帖地重叠在一起，仅仅需要少年莫吉的影子，这样一个人就完整地倒立在镜子里。

少年莫吉有一丝紧张地等待着。在对面隔层箱子里躲着的时候，他甚至想通过伤害自己的方式来让中老年的自己停止对自己的搜捕，但举起剪刀时他发现他竟然连划伤自己皮肤的勇气都没有。这个一脸稚气的少年，他开始讨厌他自己，但却又不得不和他自己以及自己的未来和平相处。

现在，这只可以修复自己的小镜子已经慢慢向他的头顶移动，他的呼吸开始急促起来。但就在这个时候，门口响起了一个熟悉的声音："傻正，不在家？躲在里头干什么，给我来一碗牛腩！"来的正是梁伯。梁伯的声音让我一怔，但就在这个停顿的时候，少年莫吉一跃而起，将我手中的镜子夺了过去，同时低头吹灭了地上的煤油灯，我眼前登时一片漆黑。少年莫吉抓着小镜子往外跑，整个世界也跟着他往外跑去。他一头将毫无防备的梁伯撞翻在地，一眨眼工夫，这个野蛮的孩子就消失在雨幕之中。数日之后，我在电视上看到他在半步村烧掉了停顿客栈的两个房间被抓起来。如果没猜错，那只收藏着他中年和老年镜像的镜子大概也在大火中消失了。

而现在，我要做的是将在地上捂着肚子的梁伯扶起来。他一把扯下了我的黑框眼镜："今天中元节本来就容易闹鬼，你还戴着黑眼镜干吗，不吉利！刚才是谁家的野孩子……你们俩在……"他看到哑巴谭琳从我的屋里羞红着脸低头走出来，仿佛猜到自己来得不是时候，"真不好意思……我不知道你们这么快就……你们聊，我不吃了，先走了！"

他不理会我的客气挽留，披着雨衣就走了。

谭琳站在我的面前，她犹豫了一下还是留了下来，没有直接回到她的店里。她抬头看了我一眼，看到我正在看着她，又低下了头。她退回屋子里，将地上的箱子、本子和我手里的眼镜一起收拾好，将煤油灯放回了灶台，然后举着自己的试衣镜准备搬回店里。但镜子太大，她挪动起来有点吃力。所以由我帮她扛过去，她跟在后面，我摆好镜子的时候，她低头向我一鞠躬。我在她鞠躬的这个瞬间，一把将她抱住倒转过来。当她头朝下的时候，那个活泼开朗的谭琳就出现了。我问她一个身体居住着两个人的感觉如何，她说就像两个人开着一部车，她现在坐在副驾驶座,有时觉得车快了,有时觉得车慢了,但都操控不了。

她问我喜欢哪一个她,我当然回答两个都喜欢。她说爱她哪里,我说爱她那双无邪的大眼睛——她的眼睛真美,像两条游动的金鱼。我说我是一个跛子,本来就是一个不对称的人,身上有着不对称的生长速度。经过这一遭,我更相信一个人身上存在着重叠的时间。谭琳说她担心婚姻这样一种生活形式会阻挡一个人追求新奇的脚步,而我为了哄她高兴,声称我在她身上已经发现了一个全新的世界。我抱着倒立的谭琳在手绘店里转圈跳舞,丝毫没有留意到去而复返的梁伯带着六七个街坊邻居,正站在我的牛腩店里,隔着雨幕看我抱着谭琳像只蜜蜂那样一颠一颠地说着情话。

经此一役,我们的婚事算是铁板钉钉的事了。谭琳带我去见她的父亲。她的父亲是一个瞎子,脖子没有力气支撑头部的重量,只能将那颗肥胖的头颅暂时安放在右边的肩膀上。所以我走进她家里的时候,远远就看到一个歪着摆放的大椰子。大椰子对我笑,问了父母姓名及家庭情况以后就没有更多的话,只说好:"好好好!这样好!"他自始至终都这么说,最后说:"我是个瞎子,只希望我女儿别变成瞎子就好。"这句话意味深长,我理解的大意是希望他女儿谭琳别看走眼看错人,所以我信誓旦旦加以保证。"我有钱。"我告诉我的老丈人,我准备用矮弟姥留给我的钱去买一套房子,那钱是她留给我娶老婆的,这算专款专用,不会用错地方。老瞎子颤抖着移动了一下他手中的拐杖,说房子不用太大,房子越大想要的就越多,够住就好。但这句话我也没听进去,因为那时我正看中碧河边上一套临河的大房子,我把箱子里的钱数了一下,购房之后刚好略有剩余,可用于装修和结婚旅行。

幸福在按部就班地进行。我们到泰国的海边度完蜜月回来,皮肤都晒黑了，心里却充满了阳光。因为我完全领会了倒挂会成为另一个人的美妙之处——这相当于我一次就娶了两个老婆。但回来之后谭琳就一直忧心忡忡，一周之后，她的瞎子父亲就坐在马桶上走了。悲伤也被葬礼的程序按部就班地稀释了，谭琳哭不出来，我也哭不出来。直到安顿完一切之后，谭琳回到家里，才突然哇的一声哭了。她哭完就去手绘店画画，不眠不休画了一天一夜，便在画架旁边沉沉睡去。在我无比担忧的目光中醒来之后，她对我说，我要一心一意对她，因为我已经成为这世上唯一爱她的男人。我当然满口答应，但我的哑巴新娘摇摇头，她在画纸上勾画了两个牵手的女人，然后将其中一个画掉了。

"你不能都要，得做出选择。"我知道她正这样对我说。她很显然要求我对婚姻、爱情和性爱都提高到信仰的高度，不可三心二意。

我告诉她，我很难取舍，她身体里的姐妹俩我都喜欢。

"谁规定专一的爱情就不能同时爱上两个人？"我反问她，我如何能在她们两人之中做出一个选择，一个羞涩一个活泼，这不都是叫谭琳吗？一个魂灵两个肉体，一个肉身两个灵魂，不过是一张扑克牌的正反面罢了。

但谭琳不吃这一套，她咬着嘴唇不再说话。到了夜里，她也不允许我再玩那个翻转过来的游戏，我反复劝说，告诉她一个身体翻转一下，不过就如同一本小说的两种读法，并没有任何不妥。

但谭琳不肯。

我开始想念那个活泼的谭琳，她火辣、大胆，能十分容易就刺穿我的身体将我的欲望抛到顶点，每次都带给我颤抖的惊喜。那个被囚禁在天花板上的谭琳很显然也在反抗，她想要的，天花板上清冷的世界并不能带给她，她需要火辣地燃烧。

但我看不到她。谭琳把我的黑眼镜和破本子都藏起来了。仅仅有一次,我偷偷将那个黑眼镜戴上,便发现倒挂的谭琳早就将她的嘴唇贴在我的嘴唇上,只是我一直视而不见。我看到她的脚下垫着高高的椅子,支撑着她倒垂下来,和我接吻。

"用平行分身术,将我和她分开,求你。"火辣的谭琳说,她想回到地面上来,要平等的竞争,她不惜耗费一半的寿命。

我在她的眼睛里看到了火。

而另一双柔情似水的眼睛出现了,她含着泪,要我摘下眼镜,不然——

"我就从这窗户跳下去,跳到碧河里去,你连尸体都捞不到!"哑巴谭琳用手语十分清楚地这样说,"我想我们得有一个孩子,如果用平行分身术,那就永远也别想有孩子了。"

是的,结婚这么久,她的肚子一直都没有动静。

"你要孩子,对不对?我们都想要,对不对?"她用笔在画纸上这么写道。

我点点头。她伸出手,要我将眼镜递过去。我只能递过去,她一把将眼镜扔出窗外,刚好落入浩荡的碧河之中——"要不眼镜扔进碧河,要不是我跳进碧河!"

在这空空的大房子之中,她满眼泪水站在那里,像一个掉进水里的孩子在抓住最后的救命稻草。她举起她的画笔,折断了,并用折断的笔杆刺穿自己的左眼。同时哑巴谭琳开口说话:"我会补偿你,给你一个孩子,给你一双阴阳眼,我会永远爱你!"我扑过去,抢下她的笔,救下她的右眼。

"你不能什么都要,你得做出选择!"

没有一种处理欲望的方式是正确的。如果有第二次相遇,我还会做真正的傻子，去娶一个羞涩而有一双美丽眼睛的哑巴。大概有些事情仅仅是被完成是远远不够的，你必须用全部灿烂去包围它，再用一生的时间去圆满。

选自《花城》2014 年第 3 期